初恋

祖阔小说选

祖 阔 ◎ 著

长春出版社

全国百佳图书出版单位

图书在版编目（CIP）数据

初恋：祖阔小说选 / 祖阔著. -- 长春：长春出版
社, 2025. 1. -- ISBN 978-7-5445-7553-9

Ⅰ. I246.7

中国国家版本馆CIP数据核字第2024WM0416号

初恋——祖阔小说选

著　　者　祖　阔
责任编辑　吴冠宇　周　济
封面设计　宁荣刚

出版发行　长春出版社
总 编 室　0431-88563443
市场营销　0431-88561180
网络营销　0431-88587345
地　　址　吉林省长春市南关区长春大街309号
邮　　编　130041
网　　址　www.cccbs.net

制　　版　长春出版社美术设计制作中心
印　　刷　长春天行健印刷有限公司

开　　本　880mm×1230mm　1/32
字　　数　210千字
印　　张　10
版　　次　2025年1月第1版
印　　次　2025年1月第1次印刷
定　　价　59.80元

目　录

喘　息

　　田惠芬走出第七家养老院的时候，两腿已是软得再没一点力气。不单腿软，心也是凉的，从心底处一直向外寒着的那种，让人身体随着要打战。腿软也罢了，心怎么凉呢？是因为她走过的这七家养老院里面，竟没有一家，同意接收一个患了老年痴呆症的老人。按说，他们做的就是这个行业，说起来是一个让人钦佩、给人温暖的事业，可是，他们都不愿收一个患老年痴呆的人。有的很干脆：对不起，不收。有的则跟你讲上一堆理由，又说些同情的话，最后还是不收。这么一家一家地走下来，田惠芬的心就寒了。也不是说坚决不收，那样说也冤枉了人家，其中有两家可以商量，但都有个门槛，就是要加钱。规模大的那家，一个月要 6000 块，把田惠芬又吓了一跳，这一个秋天的日子下来，田惠芬不知道这是吓第几回了。她试着跟人家磨了一下，看样子 5500 块还有希望。规模小的那家，一个月要 4500 块，一口价，封了田惠芬的嘴。就这，人家还勉强着，说是看在你是个孝顺儿女的份上。

手里的小纸条上面，写着七家养老院的地址和电话，这是田惠芬女儿在网上给她找的。本可以挨家地打电话，可是田惠芬觉得不踏实，她要实地看一看，给老人选一个好地方。七家里面，只有一家算是官办的，别的都是民办的，也就是私营的，大小不一，看上去有像样子一些的，也有不大像样子的。原想着七家这么多，总能选一个合适的出来，没想到却是这么一个状况，田惠芬就懵了。

她不是心疼钱，她是没钱，没那么多钱，她得回家算算账，仔仔细细地算。

54岁的女人田惠芬，站在养老院外的石阶上，看着满街奔跑的车流和人群，任今年的最后一场秋风裹着雪花还有飘飞的落叶在脸上抽打，已现灰白的头发凌乱着，茫然无助。

还是秋风刚起的时候，田惠芬的老公公就糊涂了，后来才知道是患了老年痴呆症，田惠芬的日子就难了。

老公公得这个病，从年龄上看，好像是早了点。以田惠芬的常识，得这个病的老人，都要上80好几。那还是一少部分，大多数老人是不得的。而田惠芬的老公公80刚冒头，人就糊涂了。这么一比，那还是有点早。

刚有点征兆的时候，田惠芬也没在意，人上了年纪，脑子糊涂些是平常事。可是后来老公公的病发展得很快，才几天的工夫，人就彻底呆掉了，记不住时间，记不住事情，说话都是小时候爬墙上树的事，说眼前的事都是驴唇不对马嘴，吃饭喝水的本能都忘了。田惠芬就有点慌，把一个社区医院的医生请到了家里，让给鉴定一下，那医生看了，叹了一口气说："田大姐，你运气差了些，这像是老年痴呆，你有得忙了。"田惠芬不甘心，又找朋友请了一个大医院的副教授到家里来看，副教授到底是大医院的，一点都没犹豫，明确地告诉田惠芬，这是典型的老年痴呆症。副教授还说："老人的这个病，只会越来越重，治是没有意义的，家里人要有个思想准备，把他看好就是了。"

送走了副教授，田惠芬呆呆地望着面无表情的老公公，带着一丝希望问道："爸，你真的是糊涂了吗？"老公公却跟她叫了一声："三闺女，你来了？"就傻笑起来。田惠芬觉得她自己也傻掉了。想哭一下，又早没了泪水。

按说，早是早了点，运气差也是差点。可是呢，毕竟这还不是个要命的病，别人家也有老人得的，也不见得日子就过不下去，怎么说难呢？

田惠芬的男人在两年前得了癌症，撑了半年，走了，走的那年是55岁。田惠芬小男人3岁，今年也是54了。一个女人到了这个年纪，那还有什么说的？女人的所有事都到了头了，真的是无话可说。家里有条件的，就上老年大学，学唱歌跳舞去，把那年轻时未了的梦捡回来一些，也无非是自己安慰自己。有家里负担少些的，又不追求那个品位，就上广场跳秧歌打太极。再有家里负担重些的，哪里有闲心弄那些事？就在家里买菜做饭带孩子，上面伺候老的，下面伺候小的，开始又一轮的人生。

这么数起来，往下就该数到田惠芬了，可是她连这一类也数不上，她还得往下数。因为她的这个家，先是缺男人。这么说是因为老公公已上了80岁，该归到老小孩儿那一类了，早不能当个男人使了。再有，婆婆在几年前已是个心衰的病人，又有哮喘，平日里不敢多有动作，生活只能是半自理，起居都是靠惠芬照顾着。惠芬的男人去世后，婆婆虽然挺了过来，但那病是明显地又加重了些。再就是，一个小叔子，家在与省城相隔150千米的另一个城市，按说，老大没了，老二在，儿子养老，那是天经地义。可是呢，小叔子自己的家也是个平凡人家，拿不出多余的精力和财力来接收一双老人。还有一层，田惠芬那个妯娌，是个有个性的女人，也不是说人家不贤惠，就是个性，与公婆相处，不似惠芬这么随意。所以老二那个家，公婆俩自己先就不愿去。其实真要是去了，惠芬也是不放心——惠芬嫁到这个家二十多年，早把公婆当成了自己的父母，她不想让公婆受委屈。

所以，这个家的格局就成了现在的样子——由儿媳妇田惠芬带着公公婆婆过日子。这么样的一个家，在人堆儿里面，已经垫底儿，还有什么数的？

下一代呢？惠芬只有一个女儿，这一代的孩子，别管家贫家富，都是手心里面长大的，你能指望她什么？女儿是学动漫设计的，惠芬的理解就是画画。大学毕业后，不愿意在父母身边待着，说北京好，得去北京发展，就去了北京，离家就不是百里，而是千里了。谈了个男朋友，也难得回家一次。就算不是这样，惠芬也不想拖累女儿，她想让女儿这一代过得轻省些，女儿还那么年轻，就让她相帮着照顾爷爷奶奶，往后惠芬自己老了，还得让女儿来照顾，那女儿这一辈子不是就完了？她自己还有什么人生？惠芬知道自己这一代，也就是这样了，往前面数多少代，也都是这么过来的。书本上的词儿说的是责任和义务，家里话讲的是个孝敬，都是老理儿，那没什么说的。可是，她不想让女儿这一代也这样，女儿那娇小的身子，连煮个面条都不会，她哪里承受得了？惠芬早想好了，待自己老去的时候，她就自己管自己，在不能动弹之前，去一个女儿找不到她的地方，山也罢，水也罢，把一个生命任风静静地吹了去。这样，对她自己，对女儿，都是一个解脱。她不想让女儿承担那责任和义务。女儿自己能把自己活好就是个不易的事了，哪里忍心再让她管老人？也不是说不讲亲情，亲情是永远在的，那该是在心里，不是说一定要把儿女拴在身边让他们疲惫不堪就是亲情了。惠芬心疼女儿，不想让女儿为了她这个当妈的再劳累。田惠芬没上过大学，也没读过几本书，但她有自己的道理，她的道理还有点与众不同。与她年龄相仿的那些女人，都在抱怨如今的儿女不知道孝敬老辈，惠芬不这么想，她不让女儿孝敬，她要让女儿好好过自己的日子去，平日里打个电话，年节回来看看，也就行了。她知道有句话叫作"时代变了"。时代都变了，行事自然也要变变，不然这么一代一代地叠下去，何时是个头儿？

所以，小叔子一家，还有自己女儿，田惠芬都是不指望的。她早有了准备，知道这个家无论怎么样都得自己扛着。可是话又说回来，扛是扛着，那是在老公公没得这个病之前。老爷子虽是80岁的人，但身体别的方面还好，能帮着惠芬料理些事情。那时候是两个人照料一个人，难是难了点，到底还算个正常的日子，所以惠芬还有底气说"扛着"这个话。现在呢，老公公这一痴呆，成了惠芬一个人照料两个人，还是又老又病的人，这不就是个"难"么？或许还得加上个"更"吧。惠芬虽是还在

"扛"着，但是，哪里还有底气再说那样的话？

　　大医院的副教授留下一句话，说是老人的病会越来越重。起初，惠芬对这个"重"还没什么概念，以为就是越来越糊涂吧，还能重成什么样？无非是穿衣吃饭得有人照料着，出门遛弯得有人跟着，胸前缝上了牌牌，写明了地址和电话。婆婆看惠芬劳累，自己又帮不上，就掉泪，说老天不公，本来日子就难，又让老爷子得了这个病，苦了媳妇了。惠芬就笑，说："不是说老小孩儿嘛，只当是看个孩子，没啥的。"

　　说这个话，是在天还没凉透下来之前，惠芬多少还轻松着，可是下最后一场秋雨的时候，麻烦事来了。那场雨下了两天，麻烦事也接连来了两桩，惠芬纵是再坚强的人，也在心里叫苦不迭了。

　　先是第一夜，老公公看着外面下雨，兴奋起来，把窗子打开去接雨水，嘴里嘀咕着："水！水！发水了！天兵天将，打，打！"惠芬哄着他吃了饭，让他坐在沙发上看电视，其实老爷子已经看不懂电视，只当玩。惠芬腾出空来，伺候着婆婆吃了一堆药，又洗漱了，扶着上床睡下了，返身来管老爷子。老爷子却已经在沙发上睡着了。惠芬把老爷子摇晃醒了，引着他去睡觉。家里是两室一厅的房子，两个老人睡一个屋，只是分床，一人一个单人床。老爷子没痴呆之前，自己都能料理，还能帮着老伴穿衣脱衣。可是痴呆了，情况就不同了，自己倒是也能穿衣脱衣，但是穿得不像话，脱得也不像话，惠芬的婆婆不敢大动作，哪里有插手的力气？所以自老爷子痴呆后，他的一切事也都是惠芬料理了。惠芬像往常一样，给老爷子脱到只剩下一套线衣线裤，服侍他睡下，关了灯，自己才有空喘口气。事情是半夜里起的。惠芬在自己的屋里听到客厅有动静，吓了一跳，以为是来了小偷，她手抖着，抓了一把剪刀，到门边听动静，却听到婆婆在喊："惠芬你别怕，是老头子。你个老家伙，不好好睡，起来闹人！"惠芬扔了剪子，跑出来，见老公公上身反穿了毛衣，下面却还只是个线裤，把客厅的窗子开了，冲着外面吹气，吹那雨水。惠芬忙着关了窗子，把老爷子扶进了屋里，婆婆也起来了，却喘着，只敢坐在床边叹气，骂老东西。惠芬忙活了一阵，又服侍两人睡下。后来才知道，这是老年痴呆的一种症状，半夜里像梦游一样起来，若是只在那里呆坐，倒也好了，怕的是他动，如果看得不紧，也可能开门跑到外面去。

　　第二夜，是天快亮的时候，惠芬还是在自己的屋里听到了动静，以为又是老爷子起来游走，忙披衣起来，听到的声音却是在老人的屋里，是婆婆的哭声。惠芬又吓了一跳，忙着进了屋，却见婆婆立在老爷子的床边，嘴里带了哭声喊着："惠芬你别进来，别进来。"惠芬闻到一股浓重的屎尿味，一下子明白了是怎么回事，脑子嗡了一下，又很快地镇定下来。她知道这就是了，是那副教授说的"越来越重"。该来的事，总要来的，这也说不得了。她先把婆婆扶上床，平静地说："妈，你别哭，大夫不是说了嘛，大小便失禁这事儿是早晚，也没啥的，我来弄，你不要管。"婆婆哭着，拍着床叹道："惠芬啊，惠芬你给我找药，找那睡死的药，让我俩吃上，一块儿走了算了，这么折磨你，我们还活什么活？"惠芬也不答婆婆的话，手脚麻利地接水给老爷子换洗。这是她第一次看到自己的老公公光了身子，也不是只看，还得洗。惠芬的脸只是略红了那么一下，也就过去了，有些事，逼到头上了，那是没什么话说的。惠芬男人病着的时候，惠芬也给自己男人洗过，所以经验是有的，可那时候有护工，不是惠芬一个人，这实在也不是一个人的活儿，老公公又不知道配合，所以，忙乱着，把床单也弄湿了，被子也弄湿了，惠芬也忙出了一身汗。待要重新睡下，天已亮了，该做早饭了。

　　事情到了这个地步，惠芬倒也罢了，纵是心里面叫苦，但她也早有了准备，准备着把自己这么一个人，趁着还有点力气，都给了公婆，陪着他们走到最后。日子难是难不死人的，看你是个什么心态。谁让她嫁到了这个家呢？男人走了，难道把公婆扔给那个有个性的妯娌？或是让公婆俩独自撑着这个家？他们如何撑呢？想都不要想。所以，惠芬除了再难点，也没什么说的。最难过的还是婆婆。儿媳妇伺候老公公，虽也是天经地义，但伺候到这个份上，如何说得过去？

　　所以，婆婆就提出了把老爷子送去养老院的想法，婆婆知道，这个话只有她说出来合适，惠芬是绝不会说的。婆婆也是心疼惠芬，不能为了两个又老又病的人，把惠芬的后半辈子毁了。惠芬才是54岁的人，又这么贤惠，怎么说也要再找一个，去过几天好日子，哪有道理把她拴在这个家里？婆婆就说："惠芬，给你爸找养老院吧，这事你不用多说，我决定了。给老二他们打电话，人不来行，但是他们也得拿一份钱。"惠芬先愣了一下，问道："妈，你怕我伺候不好我爸？"婆婆说："不是，我怕你累。伺候我一个，够你忙的了，再加上他添乱，你哪里吃得消？"惠芬说："妈，要为这个，那没事，我不怕。"婆婆说："不是怕不怕，为那一个老东西，把你弄垮了，不值。听我的，别再说了。"

惠芬知道再说无用，就拖着，婆婆问起，只说找着呢。

扛这么样一个家，既要有心力，又要有精力。这两样惠芬都不缺。可是，也不是只这两样就齐了，还一样，得分得出人手。老公公是个大活人，他要动；惠芬呢，虽是个下岗的，不用上班，但她得买菜做饭，出去办点必办的事，这个时候，她就难以分身了。婆婆看不住公公，让他跑出去两次，一次被物业的保安送回来，一次是院子外的人家给惠芬打电话，让去领人。领回家的时候，已经拉在裤子里了。婆婆就说："惠芬，知道你不愿意送他去养老院，怕邻居朋友们说闲话，说你当儿媳妇的不管老人。不用管那些，谁家的事谁家自己知道，你还是快找吧，这么着不是个事，把他送出去，咱们都喘口气儿。妈求求你了，行不？"惠芬没话，难过了半天。

接下来的一件事，就把惠芬逼到了墙角，也由不得她硬撑着了。没想到一个人痴呆了，原来看上去不是事的事，现在都是事了，绕都绕不过去。

家里的卫生间没有浴缸，只装有一个淋浴头。老公公原来只在家里洗澡。惠芬男人在的时候，或是老二来的时候，也偶尔带老爷子去街上的洗浴中心，让他享受一下，但老爷子不愿去，怕花钱，还是在家里洗。痴呆了以后，他自己倒是洗过一回，把个卫生间弄得翻天覆地，天上地下都是水，自己还摔在地上。惠芬不得不进去，扭着脸把他扶起来，待要重洗，热水器里的热水早没了。婆婆打电话把老二找来，带老爷子去洗浴中心洗了一次。回来一算账，加上老二来回的车票，加上洗浴中心的门票，两人洗个澡要 600 多块，眼见得不是个办法。那还是在老爷子大小便失禁之前，后来失禁了，就去不得澡堂了。失禁后虽是加了尿不湿，但更要常洗澡，不然别说他一个人，整个家里的味道都说不得。惠芬就和婆婆说："妈，别让老二来回跑了，我在家给他洗。反正给你也是洗，不多我爸一个。"惠芬说这话时，脸上淡着，没一点尴尬。婆婆知道，给老爷子换尿布已经是难为惠芬了，这个家里，早讲不得公公儿媳那一层了。婆婆到底是个长辈，比惠芬想得周到，换尿布是一回事，洗澡又是一回事，哪里是那么容易的？所以婆婆还是说："惠芬，洗澡不似换尿布那么容易，还是送他走吧，没别的道儿。"

惠芬不服，就给公公洗澡。进了卫生间，把老爷子脱光了，安排在一只结实的木凳子上坐定。淋浴头的水一开，惠芬就傻了，知道婆婆到底是多吃了几十年盐，说的话有道理。先是，她穿了一身线衣裤，这是她想了好一会儿才定下的法子，穿多了不行，穿少了也不是，以为是准备得当了，可是，洗起来的时候，因两人离得近，还是把她浇得浑身湿透，出来的是热水，浇到衣服上，就成了凉水。还有一层，老爷子比惠芬高一个头，身量有 150 斤重，惠芬平日里给他穿衣都是在床上，还好穿些，这下坐在凳子上，惠芬哪里搬得动？又怕冻着他，待忙乱着把老爷子洗好穿好，送出卫生间，交给等在外面的婆婆时，惠芬已是又冷又累，人快虚脱了。婆婆又不敢用力，只好拿了一个按摩棒，看着老爷子，不让他乱动，更别跑出去，也不舍得真打，只吓唬他，让他好好待着。惠芬换了衣服从卫生间出来，腿软着，一下子跌坐在沙发上，人已是站不住了。老爷子这时却喊：

"发水！发大水！天兵天将！打打打！"婆婆一下子把按摩棒抽过去，狠狠打在老爷子肩上。惠芬含着泪按住婆婆的手说："妈你干什么啊？"婆媳俩对着看了一会儿，抱在一起，无声地哭了。

也不是没想到雇个护工，可是又有难题，而且是一堆难题绑在一起的。雇个男的吧，就要重新安排卧房的格局，让护工与老爷子睡在一个屋里，惠芬睡到婆婆屋里去。这个格局的难处是，先不说家里来个陌生的男人，惠芬的一切都不便了，单说干活，给老爷子换洗的时候，那不是一个人干的活，惠芬能不帮点忙？没外人的时候，惠芬自己给老公公洗洗换换，关上门一家人，谁也说不了什么，可是当着一个外人的面，做儿媳妇的，如何伸手？雇女的呢？这事儿不想还罢，一想就不对了，又不是自家老人，哪里有女的肯来做这个活？

这还没说到钱。惠芬也打听了，这样的护工，一个月少了4000元是没人愿意干的。把惠芬吓了一跳。

婆婆再说找养老院的时候，惠芬就默许了，不再反对。可是，待惠芬先去了小区里面那家小养老院看过以后，就动摇了。惠芬回来跟婆婆说："那哪里是养老啊，条件太差了，只好说是把老人寄放在那里，不冻着饿着，再没人管，看那老人真是可怜。就那还要3000多一个月呢。"婆婆说："好赖先不说，对付活着还讲究什么？有账算就行。"婆婆就开始算家里的账。惠芬小心着跟婆婆说：妈，别算了，3000多是指能自理的老人，我爸这样的，人家不收。婆婆张着眼，愣着，一下子泄了气，望着窗外的秋风，哭了一回。

惠芬就给女儿打了电话，让女儿在网上给她查找养老院。

惠芬在平日的电话里，很少对女儿说她的艰辛，所以，女儿虽是早知道爷爷患了这个病，但并不知道家里的详情。女儿在爷爷刚得这病的时候，还带着男朋友回来看过爷爷一次，男朋友给爷爷买了一支手杖，一双老北京千层布底儿的棉鞋，说是秋凉了，让爷爷早点穿上。两人还像逗孩子一样，逗着爷爷说那不着边际的话，哈哈笑着，觉得爷爷好玩。这次女儿接了电话，也没多说什么，只让惠芬拿了纸笔，把查到的养老院一一记下，还嘱咐惠芬给爷爷找个好点的，别心疼钱，就挂了电话。过后没几日，惠芬的银行卡上就多了 2 万块，惠芬知道是女儿转来的，她也知道女儿的收入是随着画画走的，画的画有人要了，就有稿费，若没人要，就得挺着。惠芬没文化，但也明白如今这世上的竞争是多么厉害，哪一行都有千军万马的人在干，哪一行也不容易。就说女儿这一行，你画得好，还有人比你画得好呢，那个叫稿费的钱，哪里那么好赚？单说租房子这一桩，就能把人吓死。女儿从没跟她诉过苦，但她知道女儿的不易。想把钱给女儿退回去，可一是怕女儿伤心，二也是她真的太需要钱了。惠芬在心里面欣慰着，知道孩子是懂事的，到底是至亲的骨肉，怕爷爷委屈着。她便也望着窗外的秋风，暗自掉了一回泪。

惠芬平日里出门办事，都不敢耽搁太久，怕婆婆管不住公公，在家里惹出什么事来，更怕公公跑到外面去，出什么危险。这次要找养老院，惠芬是事先把路线都计算好了，把时间压到了最少，只用两个下午，便跑了七家。丈夫留下的这辆单车，旧点也罢了，蹬起来还沉，要不说腿软呢。

惠芬在第七家养老院门前站了一阵子，惆怅了一回。说是惆怅，也无非是喘口气儿的工夫，事情在脑门上顶着，哪里有时间，又哪里有资格站在这里惆怅？她把凉下去的心，又慢慢地提回来，再慢慢热起来，抖擞了一下精神，骑上破旧沉重的单车，往家里赶。

家里却已经乱了套。惠芬进得家门一看，又气又笑，再有些心疼，更是难过。家里地板上全是碎纸，公公可能把家里所有能找到的纸全拿来撕了，把餐桌上的塑料台布也抠烂了，因那餐布上画着个苹果，公公以为是真的。惠芬进门的时候，看到公公的腰上缠了根晾衣绳，另一头绕在了暖气管子上，公公坐在地板上，低头解那个绳子，婆婆仍拿着那个按摩棒，坐在沙发上看着他。俩人都呼呼地喘气，一个是因为解不开那绳子，一个是因为过于用力，发了哮喘。惠芬也顾不得问话，忙着把婆婆扶上了床，吃了药。又忙着给公公解了绳子。解绳子的时候，惠芬就闻到了屎尿的味道，又忙着弄水，就让老爷子趴在沙发上，给他里外换了，脏衣服扔进了卫生间里，先关紧了门，再给了公公一个苹果，哄他跟着自己到厨房里做晚饭。老爷子许是饿了，站在惠芬的身后吃苹果，看着她忙活，也不捣乱。

吃晚饭的时候，惠芬把找养老院的经过跟婆婆汇报了。婆婆因久不出门，早就不了解外面的世界了，听到外面已经变到了这个样子，像听天书，吃了几回惊。收拾了桌子，婆媳俩便开始算家里的账。

说是算账，其实就那么几个钱，不用算也是清清楚楚。公公的退休金是 2000 块，婆婆的退休金是 1000 多。惠芬说下岗还好听些，其实是个被"买断"的，原来做工那工厂给了四万块，就再不管她了。公公没痴呆的时候，惠芬还在小区里面打了两家钟点工，一个月有一千多的收入。公公痴呆后，她不能出去太久，只勉强留了一家，也就是一个月几百块。男人得病的时候，已经花光了家里所有的积蓄，还欠下了几万块的债，到现在也没还清。老二那边，说是老爷子若去养老院，他们顶破天能出个 1000 块一月，再多一分钱，怕是都要打离婚。这么样个账，想想都让人堵着，还有什么算的？就算把公公送去 4500 一个月那家，别说入不抵出，就算能凑上 4500，那家里面婆媳两个吃什么？

惠芬心里面还有一个想法，她看过了一个月 6000 的那家之后，就相中了那家，觉得规模、条件、员工素质什么的，都让人满意，要是让公公去了那样的人家，也算是个好归宿。有 6000 那个比着，再看 4500 的那家，上下都觉着不对，就不想让公公去。可是，这也只好是在心里面想想罢了，算是痴人说梦吧。

账是这么个账，算了半天，路还是死的，婆媳俩就再没法子了。就算是狠了心把老爷子送去两千三千那样的养老院，可他是痴呆，人家不收，加钱也不收，人家不愿担那个责任。事情就这样摆在那里，两个人相对着叹了口气，婆婆就又要哭。惠芬忙劝着婆婆，说："妈，咱不哭不哭，大不了咱不去，还在家里，还是我伺候着，天无绝人之路，我不信还把人难死不成？"婆婆忍住了泪，又说出一个法子："要不然，还是雇一个在家里，管他男的女的，多给他几百，他一个人伺候老爷子，不当着你这个儿媳的面，也就没啥说的。"惠芬问："那我呢？"婆婆说：

"惠芬，听妈的话，你就再走一家吧。这个家，你也尽了心力了，别再管我们了。"这回是惠芬要哭，惠芬说："妈，你说这个话，是伤我的心。这世上我不管你们，再谁来像我这样管你们？你少给他一分钱，你看人家干不干？我怎么能让你们受那委屈？"婆婆听了这话，到底忍不住，呜的一声哭起来。惠芬把婆婆抱在怀里，让她哭。

窗外下的，不知是秋雨还是雪花。老爷子听不懂她们在说什么，只管把窗子打开，像个孩子样，又去接那雨水和雪花。

转天的晚上，一家人吃晚饭。老爷子自己吃不好，惠芬像往日一样，给他脖子上戴了围嘴，喂他吃。老爷子不配合，用手抓，弄得一饭桌都是菜汤。婆婆就拿了按摩棒吓唬他。就是此刻，惠芬放在桌上那旧手机响了，惠芬接了手机，先是嗯了两声，再就惊喜了一下，叫了一声："是韩玉珠？"听了一会儿，看了婆婆一眼，犹豫着站起身子，走到厨房里去说话，语气明显地淡了下去。说了好半天，最后声音高了起来，又压着，说完了，走出厨房，又坐回到饭桌旁，脸色还是淡着。婆婆见她这样，小心地问："是谁呀？谁是韩玉珠？"

惠芬说："这韩玉珠，是我的小学同学，打小在一个学习小组，我俩玩得挺好。我那天不是去找养老院嘛，她说，她那天看到我了，许是我长得老，她没敢认。哦，就是说的4500的那家。那是她跟两个姐妹合伙开的，她投了几万块，也是自己攒下的钱，算是个小股东。她说当时她就在另一个屋子里，我在那儿求人、讲价，她从头至尾都听着了，确认我是她同学惠芬。我走之后，她就和那两个管事的姐妹商量，要把我爸收进去，还想把价钱低点，降到 4000。可是呢，毕竟人家是三个人合伙的买卖，那两人说，同情归同情，天下该同情的人多了，但是养老院不是慈善院，别说降价，就是 4500，也不想收一个老年痴呆的人。"

婆婆听了这话，脸色木着，说了声："那也得谢谢这同学，好人。"恰在这时，老爷子又用手去捞菜，婆婆就用按摩棒用力敲了下老爷子的手，显见得是心里有气恨。老爷子满脸委屈地看着惠芬，惠芬就按了婆婆的手说："妈，你别打他。同学呢，我是要谢谢她的；那两人呢，咱也不怪，说起来，人家就是4500 收咱们，我还不想送我爸去呢，她们家条件不行，是对付事的。"婆婆正了色道："惠芬，你这么着可不行，能去的，还是想办法去。"惠芬说："行，我再接着找。"婆婆就看着她给老爷子喂饭。过了一会儿，惠芬说："妈，你吃好了就去看电视，只管看着我干什么呀？"婆婆说："那同学还跟你说什么了？"惠芬脸色就有点尴尬，说："没有啊，就说这个。"婆婆说："别瞒我，我都听见了，前面的，是这个事。后面的，是她求你办事，不是你求她。"惠芬就不语，忙着给老爷子擦嘴。婆婆说："惠芬，咱娘俩，就是说的那个相依为命吧？还有什么事不能说的？"

惠芬见躲不过，便放下饭碗说："妈，不瞒你，玉珠要给我介绍一个人，我给挡回去了。"婆婆点头说："这就对了，我听着是有事嘛。人怎么样？多大年纪？干什么的？"惠芬正了色道："妈，这事我早说了，没可能。别说还陪着你们，就算我一个人，我也不可能。"婆婆说："知道你和立伟的感情好，可是立伟毕竟走了，要是碰到好的男人，你正经还有几年好日子过。惠芬啊，听妈的话。"惠芬起身收拾桌子，直着语气说："妈，这事别再说了。"婆婆看着忙来忙去的惠芬，又看着呆坐的老伴，眼睛就又湿了。

连着飘了两天像模像样的雪花，日子真就进了冬天了。

就是在雪后的这天下午，惠芬带着婆婆的医保卡去医院给婆婆开药，这是每天都要吃的药，去医院开要比在药店里买便宜些。家里这个状况，惠芬是每分钱都要算计着花的。因为刚入冬，天气虽阴冷着，下的雪却还有些站不住，半化不化的，白的是雪，黑的是水，路上就泥泞不堪，让人觉着身上和心里面都不干净，走路的人，嘴里就都牢骚着，哪里有好心情？有那开车人不讲究的，把泥水溅到了行人的身上，行人就冲着那远去的车骂。这样的路，惠芬就不能骑车，要坐公交，去医院要倒一次车，上上下下的，人是很辛苦的。惠芬倒是没工夫牢骚，她还在想前两天晚上的那个话茬，那话茬被惠芬生生掐住了，婆媳两人都没有再提。但惠芬总觉得把婆婆的话给截回去，是有些生硬了。她虽是下定了决心，不再找男人，但婆婆的心是真的，惠芬想着得再找个机会，把这话找补回来，别让婆婆伤心。

纵是赶着下午去，医院里也是一堆一堆的人排着长队，惠芬每去医院就想：咋这么多人得病呢？待开好了药，一路辛苦着回来，又顺便去了小区旁边的银行，给一个欠着人家钱的亲戚还了一点款，再回到家里，已是出去快两个小时了。

因是出去的时间久了点，往家里打了一个电话，没人接听，惠芬在回来的路上心里就毛毛的，开门的时候，手就有点抖，门一推开，一股浓重的煤气味扑鼻而来，惠芬在心里叫了声"老天"——人就差点软下去，可是，扛着这么一个家的惠芬，心里面有着一点刚硬的意志，强撑着，抓了块抹布捂了鼻口，冲到厨房门前，厨房门是没有锁的，她一把推开门，看到了在厨房的地上靠着墙并肩而坐的两个老人——人已是昏迷了。婆婆用晾衣绳把两人的胳膊绑在了一起，老爷子明显已是尿了，屁股下面的地上有一摊尿迹，尿臊味合着煤气味，熏眼刺鼻。惠芬的脑子嗡了一下，又嗡了一下，她忍着满眼的泪水，心里喊着自己：别倒下！你不能倒下！做了一辈子饭的惠芬，还懂常识，她憋着气，先把煤气阀门关了，又去开紧闭的窗子，窗子的把手紧，一时又拧不开，她随手抄起擀面棍，想敲碎窗玻璃，又怕伤到楼下的人，只好拼命打那个把手。终于打开了，她把头伸出夫呼了一口，脑子清醒起来，便弯身解绳子，又把两个老人拖出厨房，平放到客厅的地上，这才腾出手来打 120。

在抢救室的走廊里等着时，惠芬已快虚脱了，她一面担心着老人的安危，一面想着，婆婆是怎么拖着虚弱的身子，把老爷子哄到厨房里，又怎么用绳子把两人绑到了一起的？光是这些，也快把她累死了，还用什么煤气？这么想着，惠芬的心里面就疼得不行。偏在这时候，女儿又来了电话，惠芬不敢说发生的事，强忍着，听女儿说。女儿这次倒也没问她在做什么，只是赌气一样地告诉惠芬，只管把老人送去那个好的养老院。不是有 6000 的吗？还是 7000？女儿说，去，一定去。钱的事儿我管，我也不攒钱了，攒点破钱干什么？攒一辈子也买不起北京的房，我最近又得了笔稿费，仨人的画竞争，我中了，都给你拿去。女儿与平日里不大一样，话多。惠芬等她说完了，问："把他们送走了，我干什么？"女儿说："你？你过你的生活呀。

妈你还没到 60，你得过几年好日子，我两辈人都孝敬，我拿钱给爷爷奶奶养老，就是为让你也解脱呀。妈，对这个家，你真是尽力了，行啦。"惠芬听着女儿的话，心里有了点谱，自己的女儿，自己最了解。她单刀直入地问："跟小松吵架了吧？"

手机那头沉默了一下，听得见女儿抽泣了一下，又忍着，故作平静地说："分手了。"

惠芬虽是有准备，到底是一惊，问："是因为家里这个状况？"女儿大了声说："要结婚，晚两年不行吗？人家都是女的着急结婚，他一男的着什么急？分就分，我还不要他呢！"惠芬打断女儿说："丫头，你给我听着，赶紧给我把人找回来，他想结婚就结婚，也不想想你几岁？快 30 了你！"女儿说："妈，家里这样子，你让我结婚？让我结婚？我再不帮你一把，你就垮了！"惠芬心里一下子酸上来，哭了，人也冷得要发抖，她颤着说："丫头，你别的，你要是连婚也结不了，我的日子还过不过？"女儿在那头也哭了说："妈，你别哭，你听我说"——惠芬见抢救室的门有了动静，便狠了心，口气强硬地说："钱我不要！家这边的事，你也不要管！"惠芬一下把手机关了，她想骂人，狠狠地骂，又不知骂谁。

医生出来了。亏的是时间早了些，抢救室的医生说，生命没问题，人是保住了，但是两人一个心衰，一个痴呆，先得观察一个晚上，明天能不能回家还得再说。医生带了责备的口气说："这老太太，连走路的力气都没有多少，能把俩人弄成这样，实现这个计划，这得多不容易？"惠芬也不想为自己辩解，只说感谢的话。

抢救室的外面，早是围了一群看热闹的人，七嘴八舌，这会儿也都大概明白了是怎么回事。就听有一个女人说："要说呢，俩老人要真是走了，也不是坏事，他们那女儿不是也解脱了？"说话的女人，声音也不是太大，偏偏在说这话的时候，她冲着惠芬这边转了脸，声音就传了过来，惠芬听得真真的。

一向温和的惠芬，此时突然低沉地怪叫了一声，像一头发怒的母狮，头发本就乱着，就更像。她一低头，向着说话的女人就撞了过去。两人隔着五六步远的样子，她要狠狠地撞那女人的肚子，让那女人再乱说话！惠芬的双眼被泪水模糊着，觉着那几步路倒像是千山万水，怎么还撞不到呢？

在一片惊呼声中，惠芬像电影的慢镜头一样，飘到了那女人的身前，只是，她终是撞不到那女人的肚子了，她像一片轻飘的叶子一样，向着医院走廊那坚硬的地上，飘落下去。飘在空中的惠芬，身子又一阵发冷，她想，这才下了一场雪，咋会这么冷呢？

初　恋

20岁那年我在部队当兵，第二年。

当兵有个说道，一般来说，当兵超过一年，就算老兵了，可是要算个真正的老兵，要等到两年，当够了两年兵，也可以偶尔踢新兵的屁股，就连排长也得让他三分。这里面的分寸，有点微妙，虽没人教，但都会掌握，一茬一茬的兵，都是这么过来的。在军营里，成了真正的老兵以后，除了上操和训练，那含糊不得，其他的时候，就能随便多了。比如被子叠得稍微塌了一点，饭前唱歌稍晚了两步，上文化课的时候打个盹儿，吃饭时抢个好位子，擦枪的时候动口不动手——这些，都是老兵可以越出的一点边界。

唯有一样不行，老兵也不行。当兵不许谈对象。这是铁的纪律。

也不是全不许，说是当兵不许谈对象，那是指穿上军装以后。有的农村来的兵，依着当地的习俗，十八九，二十来岁就已经有了对象；还有的，碰上那父母着急的，在孩子来当兵之前，就定了亲，两家都过了礼，那也是既成的事实，部队也得承认。所以，说是不许谈对象，主要说的是不许当兵的在军营时，与当地的女青年谈对象。

纪律是死规定，人却是个活物，尤其是当兵的这个年纪，一身的精力除去上操和训练，还是有余处。胆子小的，还忍得住，也是在军营里没什么机会，一心只等着复员回家，找那好姑娘去。胆子大些的，若再有了机会，又哪里管得住？所以，我，还有我的战友武卫明，我们这两个老兵，在当兵第二年的秋天里，再也忍不住，像脱了缰的野马，奔着那坚硬的纪律，直冲过去了。我们犯的还不是一般的纪律，用地方上的话讲，是大忌。怎么叫"大忌"呢？我们两个倒是没与当地的女青年谈对象，我们初恋的对象是——女兵。

没错，我们用的就是这个词儿——初恋。

说这个词儿，那也是仗着比农村兵多念了几本书，知道有这么个词儿，就往自己身上安。其实那时候市面上还不许说这个词儿，连"恋爱"都不让说，还敢说"初恋"？所以，也只是我们俩之间暗自里互相这么说，对旁人哪里敢提？

那年的秋天，秋高气躁，进了秋天还是热得不行。全连上下，都在准备实战演习。我们这防化连，说起来是个特殊的连队，比不得一般的步兵连，一个背包一杆枪就走人，利索。我们是准机械化连队，车辆装备什么的，一大摊子事，最要紧的是，有特殊物品，那可半点也马虎不得。所以，军部的军官们三天两头来连里检查。新兵老兵们也都小心着忙各自的事。老兵们有经验，知道部队一出发就好了，车轮子一动，一切都按照部署好的进行，反倒没什么紧张的了。新兵们兴奋了一阵子，像真是要上战场一样，咬手指头写决心书什么的，想着立功受奖那一天。

可是出发的命令迟迟不下，连队一直处于战备状态，人心都跟那燥热的秋天一样，浮着，沉不下来。

星期天的下午，本是休息，但因是等命令的日子，所以取消外出假，不许到镇子上去逛街，士兵们只要不离开营房，干什么都行。操场上有几个不怕热的在打篮球。有几个要"表现"的兵操着大扫把在扫院子。刘机师领着几个兵，把脑袋钻在开了机盖的"大解放"里面修车。水房里有几个兵在洗衣服。宿舍里面，有下象棋的，有睡觉的，有拿着半导体听广播的，有写家信的——就这个当口，值班排长的哨子响了，全连集合。

哨子响之前，武卫明正在我的小屋子里待着，左磨右磨要说服我去军部。

我是连部的文书，平日里有些文案的工作，又要管全连的武器，就把武器库旁边的小战备屋做了办公室，算是有个自己的小天地。连长和指导员知道我矫情，爱看两本书，爱写两句酸诗，全连的教文化课、教歌、出黑板报，还有他们两个的各种讲话发言稿，也都指着我，他们也就睁一只眼闭一只眼不管我。倒是方便了一个人——武卫明，他有事没事就在我的小屋里泡着，享受我俩家里寄来的好吃食，他有时候还能从司务长那里弄来点好东西，也无非是几个鸡蛋、两根香肠、一听罐头什么的。用他的话说，你这兵当的，值，除了不是四个兜，其实跟干部没啥两样。全连里，武卫明跟我最好，我们既是同一个城市的老乡，又是插队到一个生产大队的知青，两个集体户是邻村，五里路。全连只有我们俩是大城市来的兵，家庭都有点背景，又都读了中学，虽是"文化大革命"时的中学，可那也得叫中学。主要的是，在农村兵的眼里，我们是见过世面的人。还有一层，武卫明在小学的时候游泳好，得过全市少年游泳冠军；我呢，得过全市少年作文比赛的第二名，这就大不一样了。我们是同一天体检，同一天入伍，又分到同一个连队。到连队后，武卫明的军事技术过硬，是连里训练拿分的骨干。而我，用他们的话说是个小秀才。我出的黑板报在军部大院里评比得第一。军部大院都知道防化连有两个好兵，文的武的都给连队露脸。二排长是个四川人，走到哪里都操着改不了的乡音说："这两个，文武二将，是老子接的兵，你们哪个有？"我俩这样的缘分、这样的关系，想不好都不行。那些农村兵战友，看我俩的眼神，像看怪物，既崇敬又妒忌。

以往的星期天，都是我和武卫明必去军卫生所的日子，去军卫生所不为看病，年轻人的身体都赛过牛犊，哪里有那么多病要看？去是为了看那个叫宁的女兵，军部的卫生员。她就是我们的初恋对象。去过了卫生所，我俩才一起去镇子上逛——到小书店买本书，到小饭馆喝一大碗生啤，到电影院看个老电影，到小邮局寄封信——都是挺惬意的日子。可是，惬意是惬意，那得看我们去军卫生所能不能看到小宁，若看到了，这一天都是惬意的，我们这一个星期，都有了聊天的话题；若是赶上小宁星期天不当班，那这一天就不惬意，一个星期都不惬意。

其实，看到小宁的时候并不多，因为不是每个星期天都出得去，连队里还安排许多别的事，教歌，上文化课，篮球赛，学时事，这些活动都是要取消外出假的。再有，就算去了军卫生所，也不是去了就能见到小宁。所以，我们的初恋——这话说起来有点别扭——就是说我和武卫明，我俩分别与卫生员小宁的初恋，也不那么顺利，是件挺辛苦的事。

与小宁相识，是在新兵集训的时候，她跟我们也是同年入伍的，重要的是，家也都在一个城市。跟她的初恋，也是从那时候开始的。这个说法，我还跟武卫明有点不同，我的观点是，虽然在集训时就认识了卫生员小宁，但还没发生初恋，初恋是后来的事，具体的日子和时候，也说不准了，就是说不是一见钟情。武卫明却说，他是一见钟情，他是认识小宁的那一刻就喜欢上她了，开始了初恋。我觉得一见钟情的事不大可靠，爱上一个人，要慢慢来，要那种细细的、朦胧的感觉和过程，而一见钟情，不过是男人的冲动和激情，是荷尔蒙的作用。武卫明嘲笑我，说我看小说看多了，他断定我也是一见钟情，不过是不愿承认罢了。若不是这样，那我喜欢小宁的程度就不如他来得强烈，也就算不上是他的情敌了，还说什么初恋？我也不跟他争辩，由着他说去。

有时候，我也独自回想一下，看看是不是那么回事。在新兵教导队的时候，不是第一天就见到了小宁，是在第三天吧，她们女兵来得晚。走队列休息的时候，我仰靠在一个训练鞍马上面，眯着眼看冬日的蓝天和白云。军营的林荫路上有卡车的声音，由远而近，停在操场边。武卫明捅了我一下，让我看。车上跳下来一帮女兵，由两个男班长带着，就列在离我们班十几步远的地方。我知道这是军部招来的卫生兵和通信兵，分了两个班，训练完了去军部当卫生员和话务员。那一刻，全操场几百号男兵，目光齐齐地望向新来的这一车女兵。

武卫明凑近了我的耳朵说："前面那班，第二排第二个，梳一根辫子那个，看到没有？"我回他："看到了，怎么了？"武卫明说："怎么了？你会不会看？太好看了。哎哟，军部有这么好看的女兵，这也太幸福了。我这兵当的，值了。"我又看过去，看那个武卫明说的第二排那个女兵——并排一个班的女兵，穿着一样的军装，戴着一样的军帽，若不经意地看上去，还不是一个样儿？没什么区别。可是，若以武卫明那样的目光，认真地看上去，还真是觉得女兵与女兵各有不同。说的这个，中等个头，不胖不瘦，军装穿在身上略显大了些，武装带扎在腰上，勒出细细的腰身，鹅蛋脸，白白净净的，梳一根独辫，说不上有多生动和迷人，但是，耐看。这时候我就感谢家里那些藏书，也不管酸不酸了，也不管安在她身上准不准确，反正我一下子就找到了一个词儿：韵味。

这么想着，就觉着人家武卫明说得对，可不就是那么回事，还说不是一见钟情？只不过武卫明是惊在嘴上，我是惊在心里，若不是，如何就想了那么好的一个词儿给她？想了一会儿，又觉着不服，因我那天真的是只有欣赏，可没像武卫明那么心急火燎地就喜欢上人家，认定自己是开始初恋了。

这还没说到相识，相识是在第二天。操课休息的时候，女兵们走队列走累了，又没地方坐，有的就在原地蹲下来。那天还不知道小宁的名字，只看到她和另一个女兵站在一边说话，还摘了军帽用手绢擦汗。武卫明拉了我一把，我没动，他就自己走过去，走到小宁身前，还给人家敬了个军礼，认真地问："是江城的吧？"小宁没答话，旁边那女兵说："咦？你怎么知道？"武卫明双手一拍说："嗨！我就说嘛，一看就是老乡。我，还有那小子，那个"——武卫明指着我的方向——"我俩，江城的，真是太好啦，有老乡了。你们是军部的，这下我们在军部也有人了是不？"

武卫明是个幽默的人，他的话把两个女兵逗笑了。武卫明冲我摆手说："来，过来，这老乡，咱江城的女兵。"到这份上了，我就不好端着了。我走过去，站在他们面前。在军营里，"老乡"真是个好词儿，能一下子把人拉近。四个人刚通报了姓名，还没找到聊天的话题，集合的哨子就响了。我只记得小安反复地念叨我和武卫明的名字，而小宁，只是平静地看了看我，又平静地看了看武卫明。

新兵集训一个月，那段日子里，几乎每天都能见到小宁，也不外是在操场上和饭堂里，武卫明每天都兴奋不已。小宁哪天看了他一眼，哪天跟他说了半句话，他都记着。他自己不愿意写字，要我帮他记日记。我告诉他日记是一个人最私密的东西，哪里有让人帮着记的？武卫明认真地说："那不是咱俩共同的初恋对象嘛，咱俩的心情是一样的，谁写不行？"我在那时仍不愿承认，回他："谁跟她初恋？我可不是。"武卫明着急地说："你这就不地道了啊，你虽说没像我这样变着法往人家身边凑，可是你看人那眼神，啊？那眼神，你唬谁呀？咱哥俩是不是哥们儿？"我没想到这小子粗中有细，会观察，是我的眼神把我出卖了。

回了连队之后，见面就没那么容易了。防化连在镇子的最南边，军部在镇子的中心，相距大约 1 千米，也不是很远的距离。但我们是当兵的，身在军营里，不是个自由的人，所以，星期天去军部卫生所，就成了我们的节日。

早说过，与小宁见面的机会也不是很多。她也是经常背着药箱子，跟着军医在军部大院里四处走，给首长和首长的家人们保健。再就是，跟着军医下连队，给军直部队医疗服务。就是见了面的时候，小宁也是淡淡的，有时候点个头，有时候连招呼也不打，根本就不理我们，该忙什么还忙什么。武卫明呢，他的由头就是"来看看老乡"。他虽是个多话的人，又幽默，但小宁的那个偏冷的性子，有点气场，倒让他不敢造次。我呢，像个多余的人，跟着他，也不说话。我已经在心里承认了，我也是愿意来军部卫生所的，愿意见到女兵小宁。我们也不多求，只要能见到她，就知足了。

一年多的日子，说过就这么过去了。这次战备任务下达之后，武卫明说："我不能再等了，我得在演习之前，跟她说。"我问他："说什么？"武卫明说："说我喜欢她啊，说我现在正在跟她初恋啊。"我绷不住笑了，摇着头对他说："早觉得你用词儿不对，我也不舍得纠正你。初恋，那是两个人的事，那得是你恋她，人家也得恋你才对。现在是人家根本不理你，就你恋人家，那叫什么初恋？"武卫明说："那我不管，反正我要跟她说。哎，有件重要的事，我要是和她说了，我就得让她答应跟我好，那咱俩真就是情敌了。这事咋办？"我说："你们愿意好就好呗，谁跟你是情敌？"武卫明说："嘴硬，你敢说你不跟她初恋？"我又气又笑地用手拍着桌子说："都跟你说了用词儿不对，那不叫初恋。说好听点叫单相思，说俗点就叫剃头挑子一头热。"武卫明也笑了说："看看，承认了不是？咱俩都是一头热，咱俩都和人家初恋，谁也别嘴硬。这么着吧，咱俩一起说，她愿意和谁好就和谁好。咱哥俩，没说的。"

我一听这话，倒愣了一下，话虽没道理，但他心是热的，暖人。

武卫明在我的小屋子里，无数次地回味过小宁的容貌，在他的眼里，小宁就是个天仙，梦一样的女孩。他说的时候，我不配合他，不太搭腔。我们俩本来就是他话多，我话少。也不是觉得武卫明说得不对，或者也不是没有像他喜欢小宁那么强烈，都不是，只是欣赏的方式和层面不一样。在我的眼里，我倒是觉得，卫生员小宁，生得并没有多么漂亮，甚至还没有她的同伴、军卫生所的另一个女卫生员小安漂亮。我看小宁，三个字——白，安静。特别之处是她那双眼睛，黝黑黝黑的，深得没底，就是人常说的眼睛会说话的那种。

就这么一个女兵，在新兵集训的时候，成了武卫明的初恋。在新兵集训结束后的不知什么时候，成了我的初恋。两个少不更事、不知天高地厚的老兵，就这么坠入了情网，也就这么成了情敌。

因为取消外出假，所以去军部得偷着去。我不去，武卫明就磨我，磨了半天，我也不去。我们两个，我比较守规矩，他胆子比较大，什么都敢干，有时候不计后果。其实，瞒着连长、骗过哨兵、溜出营房，都不是难事。但是，现在是战备待命时期，军令如山，真要是我俩不在营房的时候，命令来了，紧急集合，演习出发，那我俩就惨了。武卫明是二排五班的班长，是侦察排的先行官，手里有一台 BJ212 吉普，他亲自开，车上 6 个战士。我呢，掌管着全连的武器装备，记战备日志，还得跟着连长上指挥车。这个时候，谁敢走？武卫明说："今天是星期天，哪就那么寸？"我说："战备期间，哪有星期天？随时都可能走。"武卫明不满地说："说得就像你是军部参谋似的。"我扔给他一本书说："看看书吧，静静心。"武卫明说："不看。"我说："那出去打场球，泄泄你的精力。"他说："单挑，10 个球，赌什么？"我说："随便。"他说："你赢，今天拉倒，哪儿都不去；你输，跟我去军部卫生所，看小宁。"我听他要来真的，倒有点犹豫，这小子球打得好，我不一定能赢他。武卫明说："这么赌，是有点欺负你。我是想，咱这个演习是动真家伙的，保不准出点什么事，演习之前见她一面，真要是那什么了，也没遗憾了，也不枉了初恋一回。"我正色说："瞎说什么！演习到底不是打仗，安全第一，不能出事的。"武卫明说："其实，你要是不去，我一个人去，也可以的。从咱连猪舍后墙翻出去就行了，咱俩又不是没走过。但是，这是咱两个人跟她的初恋，每次见面，都得咱俩，我不能一个人去，至于她最后选谁，那是她的事。"我气得又要拍桌子，手却举不起来，这话虽是有点浑，但面对这样的一个人，你又能说什么？我点点头，起身穿衣服戴军帽说："你，侠肝义胆。冲你这句话，我去。"武卫明乐了说："你说我什么？侠肝义胆？好家伙，评价这么高啊。"

就在两个人要出门的那一刻，院子里的哨音急促地响了，全连集合。武卫明愣了一下，直着眼睛说："秀才，你真是小诸葛啊。真就这么寸吗？天意啊。"他说着先我一步跑出去了，他得跑回班里组织出发。

背包每天都是打好的，通信员身上的事少，早说好他帮我背着。我抓了武器库的钥匙跑去开门，准备发枪发设备，却听到通信员站在连部台阶上冲着对面的营房大喊："不带背包，不带背包，不出发，不出发，临时集合，临时集合！"

我跑到通信员身后问："什么情况？"通信员说："哎，文书，不用着急，是军部卫生所来俩军医，普及战时急救。"我听了，知道是虚惊一场，先松了口气，却又紧张起来，军部卫生所？不知是不是小宁？通信员不满地说："也不先来个电话通知，突然就来了，吓我一跳。"我问他："人呢？"通信员说："指导员陪着，学习室里呢。"

两句话的时间，队伍集合好了。三个排列队，报数，口令喊得震天响。连长仍旧拉着长脸，低头看自己的手表说："不带装备，48秒，还是慢了点，下次，把那个"8"给我去了，不带装备40秒以内。要是战备集合带装备，一分半。听明白没有？"全连战士吼了一声："听明白了。"

随着喊声，军医和指导员从学习室出来了，跟在军医身后的分明是小宁，我的心一紧，又一紧。小宁的脸白白的，一根辫子盘起来，塞到了军帽里面。她今天没有像在新兵连那样扎武装带，一身军装像是改过了一样，合身又得体。我是站在连部班的第一个，与小宁离得最近。小宁肯定也看到我了，我盯着戴眼镜的军医，不敢看小宁。武卫明的五班在我后面，我看不到他，我想，这小子的心怕是要跳出来了吧。

指导员说："为了配合演习，军部卫生所的陈军医，还有卫生员小宁，下到连队来为我们普及战时急救知识，你们要好好听啊，该配合就配合，让我们欢迎。"战士们哗哗鼓了掌，就听陈军医讲课，陈军医讲了一会儿，就让小宁做示范。陈军医操着江苏口音说："这个嘛，得来个战士做模特。我们所里的模特，啊，模特懂吧？就是塑料人，我们那个塑料人坏了，用不得，请上来个战士。"陈军医说着把脸看向连长，还没等连长点人，就听队列中的武卫明喊了一声："报告，我来。"

我心里一惊，随即又无声地笑了。这就对了，不是他是谁？这正是武卫明的风格。若换作我，就算连长点了我，我也不会上去的。

值班排长指挥着几个兵，跑到饭堂里搬来了两张条凳，并在一起，让武卫明躺了上去。小宁就开始讲解急救的动作。这个其实我们平时也有过了解，只是没有这么正规地训练过，军部卫生所来人教，那是他们的工作，也无非是完成任务。不过今天这个架势，是有点大，内容倒是没什么，一看就会了，关键是，当着全连一百号人的面，让一个男兵给一个女兵做道具，这事就不是个平常事了。一群兵，都是"生荒子"，来了这么个好看的女兵，谁心里不是万马奔腾的？

武卫明上去的时候，转过脸，与我面对，也没看我一眼，也看不出他有什么激动，很自然地就躺上了条凳。小宁呢，也大大方方的，一边讲着，一边指点着，这里，那里，双手该触碰武卫明的身体就触碰，也没见什么扭捏，双手压胸的时候，看上去还稍用了点力。最后，关键的时刻到了，讲到了对嘴人工呼吸。在场的人，别说是兵们，我想，就是连长和指导员，怕是也得好奇：这女兵该如何办？那一刻，全连的人没有一点声音，所有人的眼睛都盯着女兵小宁，谁都怕自己弄出一点声响。操场突然静下来，房檐上的鸟叫声和墙外街道上的人声，还有隔墙特务连篮球比赛的声音，原来都听不到，现在一下子就放大了。小宁却不含糊，不卑不亢，一只手掐住了武卫明的下巴和双腮，一只手捏住了他的鼻子，把脸凑到离武卫明的脸大概只有10厘米的地方，停住了。停住了后她又把头抬起来，冲着兵们说：记住了，一定要贴紧他的嘴唇，一定是往嘴里吹气，使劲吹，把你吸的一口气都吹进去，然后离开，再吸气，再吹。看明白了吗？

兵们都直着眼睛看她的脸，心早飞了，哪里还听她讲什么？静了两秒钟，没人发声，指导员又大着嗓子问了声："看明白了没有？"这下兵们回过神来了，可着嗓子齐齐地大喊了一声："看明白了。"

那一刻，我看到武卫明的眼睛，他的双眼一直都看着小宁，一点都不怯场。我想，他心里一定是美极了。

解散以后，连长和指导员要留陈军医和小宁在连里吃晚饭，陈军医却要回军部。连长说："那派辆车送你们。"武卫明站得不远，又听到了，向连长说："连长，我送吧，正好我班的车没在库里，刚换了个轮胎，就在那儿呢。"连长看了看停在车库外的BJ212，点了头说："快去快回，别赶上命令来了。"武卫明说："连长，执行任务得俩人，让文书跟我去吧。"连长低声训他："撒泡尿的距离，还俩人？去吧去吧，快点。"那时候我也装作在磨蹭什么事，没走远。武卫明冲着我摆手喊："文书，走了。"

武卫明开车，我坐副驾，陈军医和小宁与连长和指导员互敬军礼告别后，上车坐了后排。陈军医坐在我后面，小宁坐在武卫明后面。我觉得后背和脖子有点僵硬。就听陈军医说："这位战士表现不错啊，配合得很好嘛，原来还是个班长，车子也开得蛮好的啊。"武卫明说："谢谢首长鼓励。哦，这个是我们连文书，绰号'小秀才'"。陈军医说："哦？我知道的呀，字写得好嘛。那你就是那个，武，武什么明嘛，是不是？防化连的一文一武嘛，军部里出了名的嘛。好好干，你们都有前途的嘛。"我也说了句："谢谢首长鼓励。"一千米的路，说话就到了，进了军部大院，拐了两个弯，就到了卫生所。陈军医和小宁两人下车，我和武卫明也下了车，给军医敬了军礼，目送两人进了卫生所。整个行程，小宁都没和我们说一句话。

武卫明是一直绷着，现在剩了我俩，他才兴奋得不行。他提议说："哎，咱俩晚点回去。"我说："为什么？一会儿出发命令来了。"武卫明说："你傻呀，连长要是心里没数，他敢放咱们出来？"我说："那你要干什么？去服务社买东西？"武卫明说："一会儿陈军医肯定得走啊，他走了，咱就进去啊。"我愣了一会儿，知道武卫明的心思，可是，我看小宁那个态度，根本就不理睬我们，进去又能怎么样？再说，送个人的时间，连长是会算的，回去晚了，如何交代？我坚决地说："不进。咱回去。"武卫明说："这么好的机会，进去看看老乡嘛。"我说："卫明，今天你够本了，还不知足？人家也没理你。走吧。"我上了车，挂上挡，哄着油门，看着他。武卫明叹了口气，上了车说："你呀，你这个人啊。也别光说我，你得说咱俩，咱俩都够本了，都得知足是不？你说的也是，今天不光是看一眼，这是看了多少眼啊，行啦，够用一阵儿的了，演习回来再说吧。"

军部终于来了命令，演习延期，战备降级，连队转入正常训练。武卫明又来劲了，星期天，拉着我去军部。这次，小宁的态度倒是有点变化，和我俩说了几句话，武卫明的幽默，还把她逗笑了，小安是大笑，小宁是浅笑。浅笑也是笑，把武卫明高兴得不行。临走，因为武卫明说口腔里面有溃疡，小宁还给了武卫明一个小纸袋包的药，是维生素 B2。武卫明仍坚守着他的原则，不想一个人偏得，跟小宁说："也给他一包呗，不偏不向。"小宁说："他又没说有溃疡，不用。"

接下来一个星期，武卫明都为了这一小包药歉疚。我都烦了，跟他说："不就一包药嘛，别磨叨了。"武卫明说："是咱俩的初恋啊，怎么能我一个人得呢？"我说："你恋吧，我不恋。"武卫明说："你说实话，她长得好看不？"我说："好看。"武卫明说："你不喜欢她？"我说："喜欢。"武卫明说："这不结了。不是初恋是什么？"我摇头说："你这是什么逻辑啊？跟你说不通。"

话是这么说，可是我承认，女兵小宁，真的是让人心动。虽说初恋的说法总归是说不通，但是单相思，到底是真的。下一次去军部卫生所的时候，我也动了点心思，我拿了一本《铁流》，用旧报纸包了，也不背军用挎包，就那么拿在手里。果然，小宁注意到了，她一边配药，一边问："是什么呀？我打开报纸说：啊，就一本书，我爸说让寄回去，他要给他的学生讲课。"

小宁把书拿起翻了翻说：“那，先借我看看行不？我看书快，不耽误你。”我说：“行啊，你看。”

那天回来的时候，武卫明坚持地说，小宁冲着我笑了一下，单冲着我的。我使劲回忆，不能确定她是不是冲我笑了。武卫明若有所思，自说自话：“哎呀，看来还得是念书啊，女孩都喜欢念书的人啊，念书的人有文化啊，我怎么就没想到这层呢？”我回他说：“你这话酸倒牙了，比念书的还酸呢。”

接下来一个礼拜，武卫明都打不起精神，有天晚上在我的小屋里，他用手来回摸着我摆在小桌上的几十本书说：“你说，我就算现在开始看书，那累死也撵不上你呀。再说，以书会友，那是你的事儿了，我再弄，就显得重复了不是？我也想个什么法子呢？”我看他这个架势，是真往心里去了，那女兵小宁真是把他迷住了，他也真把这所谓初恋当回事了。我觉得这么着下去也不是个事，我想明告诉他，我虽然也喜欢女兵小宁，但没想，或者说，没敢想跟她怎么样，一是，我们现在是大头兵，还什么都不是呢，谈对象的事早着呐；二是，女兵，又是军部的女兵，那哪是一般的心气儿？心气儿高着呢，我可不想去找那个没趣。武卫明若想来真的，他尽可自己去，我就不陪着了。想是这么想，可说出的话又不能伤了他，只能走一步看一步了。

秋天已经快过去了，中午热，早晚凉爽，辽南的小镇，空气好得不行。

星期天下午，武卫明换了一身新军装，又来叫我。我说：“对不住啦，你自己去。看看我这一桌子材料，指导员要给军直连队讲政治课，下星期轮到他了，几个指导员比着来呢，大事。”

武卫明愣了一下,这回没坚持,自己走了。

没多大一会儿,武卫明回来了,扔给我一张字条。字条写在一张处方签上,没抬头也没落款:我去军区医院参加培训一个月,书带走了,回来还你。

女兵小宁的字,写得有点稚嫩,但是挺好看。字条显然是写给我的,我虽说不往那上面想,但心还是热了一下。我说了句:"哦,走了。"武卫明说:"现在,成了你一个人的初恋了。"我听他这话,一下子烦起来,提高了声说:"早说了我不恋,你想恋就恋去。去,去沈阳找她去,在沈阳百货大楼买一副好看的手套,然后站在军区医院大院里,等她,等她下课,说天凉了,怕她冻手。去,这招管用。"

武卫明听了,也不恼,用手点了我说:"行,终于了,终于了你。好,就等着你这话呢。"我说:"什么话?"武卫明说:"什么话?你这明明是有了想法了,比我还甚呢,我刚说了一句你就恼了,还敢说没恋?"我挥挥手说:"不跟你掰扯,你走,我还写材料呐。"

武卫明就是武卫明,他有他的路数。转天,吃过晚饭,我给全连教了一首歌。解散后,他把我拉到连部房后小树林里面,指着天上的一弯上弦月说:"天上月亮作证,咱哥俩,从今天起,就不能并肩初恋啦,开始公平竞争,先说好,到什么份上,哥俩还是哥俩。谁恋到小宁,另一个得为他高兴。"我哭笑不得,他的话,永远是不通,总是在自说自话。我说:"你的话,听上去透着侠义,可是如果我说,你退出吧,我去恋小宁,你干吗?"武卫明说:"凭什么呀?说的是公平竞争,谁恋上了算谁的。"我叹了口气说："大哥，那可能吗？我还不想为这没影的事，失去了你这哥们儿。你去吧，我从此不见她行吧？"我说着话，把那张字条从口袋里掏出来，向他示意了一下，撕碎了，扬手撒了。武卫明见状急了说："你这明明是赌气嘛，我找你是说正事的，不为赌气。"我说："什么正事？"武卫明说："到这个份上了，咱俩决斗吧。"

我愣了半天，绷不住笑了说："还说我，是你看小说看多了吧？决斗？咱俩？"武卫明认真地说："对，咱俩。你必须应战。"我说："在这儿？徒手啊？你别忘了我在特务连有朋友，教过我格斗。还是我上武器库拿枪去？那可是犯军法的，不用斗，我就先玩完了。"武卫明说："你别急，我计划都想好了，听我慢慢说。"

武卫明的计划是，我们避开各自的强项，选出几个常项的动作，三局两胜，或是五局三胜，让这事有个了断，谁赢，谁与女兵小宁初恋。输的那个，甘心退出。我一听就摇头说："大哥，幼稚不幼稚啊？荒唐不荒唐啊？我不跟你玩。"武卫明说："不荒唐，公平。"我说："那我现在就认输，甘心退出，行不？"武卫明说："不行。你要是不玩，我也退出，等于把俩人都毁了，谁跟小宁也好不上。"我急得在原地直打磨，说："你这就是逼我了。"武卫明说："是。我这不是激将法，但我还是说，除非你不敢应战。"

都是这个年纪的愣头青，话说到这个份上了，谁怕谁呀！我应战了。两人像商量别人的事一样，商定了"决斗"的项目。接下来的一段日子，是武卫明给我准备的时间，他说我坐连部一年了，身子骨早软了，他不想欺负我，让我恢复体能。

头一项：万米负重跑，带装备，穿防化服。我是文书，在连部工作，早就不参加军事训练了。连长听说我要跟二排去跑万米负重，乐了，跟指导员说："看到没有，秀才不甘心只文不武，要文武双全啊。好，我的兵，出去更有吹的了。"指导员却说："你瞎凑什么热闹？你将来即使留连提干，优势也在文上面，不在武上面，你一年没训练了，当心身子。"

我也没怎么在意，当文书之前，都是常训的科目，我也是个尖子兵，算不上什么。看看就到了二排万米负重跑科目的训练日子，我也全副武装，跟上了。结果，我跟武卫明差了90秒，他赢：1:0。

第二项：射击。武卫明是军直部队的射击能手，我呢，当文书的，备枪校枪都是我，子弹堆出来的，俩人是旗鼓相当。到了射击训练的日子，文书本来是保障训练，只管备枪备子弹，可以不打，但连长也知道了我和武卫明在打赌，虽然不知道我们在赌什么，还是想看热闹，默许我上去打。结果，一练习，卧射，我赢。二练习，跪射，我赢。说好是三个练习，我问："还打么？"连长说："打，打！精彩呀，训练嘛，就得有这股精神。"俩人开始打三练习，立射。不得不说武卫明的体力胜我一筹，打三练习的时候，我的手有点软，他赢。但是射击的总成绩，我已经赢了。现在大比分是1:1。

第三项：拆装武器，冲锋枪，盲卸盲装。对我俩来说，这也都是得心应手的项目，看的是现场发挥。结果，也许老天看我们玩得有意思，也来凑热闹，通信员和二排长一起掐表，我俩同时完成，半秒也不差。等于平了一局。

两人都是一胜一负一平，事情没完，差个决胜局。通信员私下里问我："文书，你俩赌什么呀？"我说："赌月亮。"

还没商量好决胜局打什么项目，命令来了，中午接的命令：半天的准备时间，晚上七点出发，夜行军，进入实战演习区域。那几天正是小宁说的从军区结束培训回到军部的日子，武卫明关键时候还是分得出轻重，没再提去军部卫生所与小宁告别的事，开着 BJ212，提前一小时出发，当他的先行官去了。

半个月的实战演习，说过就过去了，无话。秋天也跟着过去了。在落叶将尽的时候，我们回到了小镇的营房。回来的那天是星期四，休整两天，星期天的中午，武卫明跟我说："走，去军部。"我说："去什么呀，决斗还没完呢，还差一局呐。"武卫明说："还斗什么啊，小宁调走了。"

我吃了一惊，问他怎么知道的？他也没说。我知道他在警卫连有朋友，警卫连守着军部大院，消息自然多。到了卫生所，只见到小安，小宁不在。小安有点瞬间的不自然，不易察觉，可我感觉到了。小安把《铁流》交给我说："小宁让我把书还你，还说谢谢。"我问她："怎么就调走了？去哪儿了？"小安说："组织上的事，我哪知道？"我说："那无非是周边几个部队的医院吧？要不，调沈阳军区总院了？她怎么会不告诉你呢？"小安说："别问了，我真不知道。哎，我说你俩是不是老乡？小宁走了，来看我不行啊？"

整个过程，武卫明没说一句话。回去的路上，我问他："有点奇怪是吧？"他闷着，还不说话。我说："是挺遗憾的事，可是你不至于的吧？早说过是不着边的事，你，对了，就算还有我，咱俩单相思，可这结果，也在意料中嘛。行啦，只当是留下一段美好的回忆吧。"武卫明突然站住说："你先回连吧，我晚一会儿回去，你偷着和我排长说一声。"我问他："干吗去？"他不说，转身又往军部的方向去了。我猜他是找警卫连的朋友打听去了。

那天午夜，武卫明背着枪来找我，我和卫生员、通信员三人住一间宿舍，他轻轻把我摇醒了，又捂了我的嘴，怕把那两个吵醒，摆手叫我起来跟他走。我穿上衣服，跟他在营房院子里围着墙转。他是班长，要查哨，半夜在院子里转名正言顺。我是文书，夜里不定期地查哨，主要是查枪支使用情况，也是执行职责。两个人就像幽灵一样在院子里时隐时现，只是，转不是为转，是为说话。

武卫明告诉我："女兵小宁是被人"那个"了。"我惊着了，差点叫起来。武卫明紧紧掐着我的肩，把我稳住了，又接着说："她值夜班，当班的军医被叫去一个首长家看病，留她一个人看卫生所。进来一个男的，先把灯灭了，就把她压在床上，脱她的衣服，她挣扎，后来把药瓶子还是打针盒子什么的弄掉地上打碎了，夜深人静，咣咣当当的。外面的哨兵和回来的军医都听见了，等跑进屋，那男的早跳后窗户了。小宁就是个哭，还想撞墙，所里让小安还有另一个女兵整天整夜地看着她。"

就这么几句话，我听得惊心动魄，小心地问："那，抓着了吗？"武卫明说："听说第二天破案，警卫连的警犬都去了，没抓着。"我急了，大了嗓子说："真的假的？瞎编的吧？军部啥地方，是外人能进去的吗？再说，就算有人，怎么会抓不着，那么多哨兵干吗的？"武卫明说："小点声，喊什么喊你？你说得对，军部大院，外人进不去。所以，抓不着啊，不抓了。"我说："这是什么话？你这"——武卫明嘘了一声说："行了，说到这儿。这都保密的，不让传。"我还没反应过来，问："这都啥时候的事啊？"武卫明说："就咱演习那几天的事。"我望着天上的月亮说："可惜呀，可惜了小宁。"武卫明不满地看着我说："说什么呢？关她什么事？这不怪她。再说，有什么可惜的？"我一时没明白他的话。他又说："小宁还是小宁，还是她。"

年底转年初，武卫明要求复员，连长和指导员都不批。连里要送我们俩去军校进修，回来留连提干。武卫明态度坚决，留不住。连长气得骂娘，指导员一声长叹。我问武卫明："早说好一起留下的，啥意思啊？"武卫明说："看来你的初恋就这样了。我的，还得继续。"我惊了一下，问他："你继续？怎么继续？"武卫明说："我去找她呀。"我又惊了一下，问道："你知道她在哪儿吗？"武卫明说："总找得着。"我小心地问："那，就算找着了，怎么办？"武卫明说："什么咋办？娶她当老婆呗。"武卫明看我傻傻的样子，说道："找着找不着，我都写信告诉你，咋样？"

我还是不能相信，星期天一个人跑去军部卫生所问小安。小安正在当班，让我等着。一个小时后，小安下班，带我回她的宿舍，宿舍里有另一个女兵，小安说："我老乡，来给我送家里捎的东西。"女兵端着洗衣盆出去了。小安叹了声说："咳，谁让咱是老乡呢，绝密的，千万不能说啊。小宁吧，又寻了一次短见，救过来了，现在好多了。"我前面已经被武卫明惊着了几回，现在又被小安惊着了。我问："她现在，在哪儿啊？"小安说："地方我不能说，你别问。"我急了，说："可是，卫明要找她呢，他坚决要求复员就一件事，就找她。"小安也惊了一下，说："啊？他找她干什么呀？"我说："你不知道？武卫明一直说小宁是他的初恋，这不把我也捎上了，说是我俩的初恋。"小安瞪着眼问："初恋？谁跟谁呀？"我知道这事一时说不清楚，就说："反正，武卫明喜欢小宁，懂了吧？"小安问："还有你？"我躲着她的眼睛说："我吧，欣赏小宁是真的，但我可没往那上想。"小安不屑地说："切！还欣赏，知道你会写几句破诗，喜欢就说喜欢，还不承认。"我点头说："是，喜欢。"小安也点头道："哦，我说呢，你们每个星期天来卫生所，不打针不吃药，我说呢。"她又叹了声道："你们这俩老兵呀，想什么呢？按说，小宁是我姐们，我不该这么说她，可是，也得让你俩明白呀。告诉你，人家小宁也就拿你俩当个老乡，要不是老乡，连正眼都不带瞅你们的。人家喜欢的是军务处的郑参谋，四个兜的，明白了？"

我嗓子发干，抓起桌上的水杯就喝了一口，又问："那，那个参谋，喜欢她吗？"小安说："当然啊，小宁，谁不喜欢？"

看来还是我想得对啊，女兵，又是那么好看的女兵，那是什么心气？我在心里为武卫明鸣了声不平。我还关心另一件事，也算是为武卫明问的吧，我问小安："那，现在那个郑参谋……"小安又叹了一声说："还什么参谋啊，小宁出了这事，那人早不见影了。"

辽南的雪不多，也不大。送武卫明上火车的那天，飘着小雪花。我俩在站台上，等着车开。觉得是有挺多话，又觉得没话。闷着抽了一支烟，武卫明说："地方我打听着了，离这儿不远，我回家安排一下就回来。"我说："你想好了，真要这样？"武卫明说："人跟人想的不一样。就说咱俩，也不会一样。那天你一说，可惜了她，我就知道咱俩不一样。"我没想到武卫明话说得这么坦率，脸色就有点不自然。他说："没啥，观点不同吧。告诉你吧，她再次寻短见，是为的怀孕，后来把孩子处理了。她不想离开部队，部队答应了，把她留下了，只是换了个地方。可是，咱驻军才几个县城，多大个地方？这种事，不用风都传得出去。你想，她这样子，背着这么个名声，哪个男的会要她？就算她找了个不知情的男人，要是那男的发现了她的身子不是那个处女，她怎么办？还能抬起头吗？她日子怎么过？"

我到现在才慢慢听明白了，才算是知道了武卫明的想法。我小心地问："所以……"武卫明坚决地点头说："对，所以，我得娶她，我不觉得她可惜，一点都不，她还是她，是我的初恋。我得找到她，告诉她这个话。然后，娶她。"

节 奏

　　阴天，但没有雨。涛拿了件雨衣，搭在装烟箱的小车上，闷闷不乐地离家向市场走去。

　　涛的家离市场有一站地的路。涛并不急，推着小车漫不经心地走，排遣着心中自昨天晚上就有的那点不快。

　　昨晚生意不错，快10点了涛才收摊，回到家，娟儿已经上床了。听到他进屋，娟儿说了声："涛，你回来了，饭菜给你热着呢，我先睡了。"

　　涛匆匆吃了饭，也上了床，把一只手放在娟儿裸露的肩膀上。娟儿睡意正浓，闭着眼睛说："今天加班排戏，累死了，明早吧……"

　　涛突然就没了情绪，一丝恼怒明显地从心中掠过。但他还是默默地关了灯，默默地躺下，听窗外初秋的夜风催着树叶早黄。

　　娟儿还在床上睡着，不到9点她不会起来。刚才涛在床前站了一会儿，娟儿睡得正香，她侧身躺着，一头秀发盖住半边脸，把一床薄被抱在怀里搂着，身子却全露在外面。30出头的人了，由于坚持练功，体形仍保持得很好，身上的曲线撩人心魄。涛几次想俯下身叫醒她，想想还是算了，睡得懵懵懂懂的，叫醒了反倒没有意思。

经常是这样，娟儿在团里把自己弄得筋疲力尽，回到家什么心思都没了。两个人各忙各的，亲热的时候也少了。娟儿是团里的台柱子，刀马旦的第一把交椅。去年团里新分来一个戏曲学校毕业的女孩子，20岁出头，脸蛋、身材都胜过娟儿，虽然功底不如她，但毕竟是年轻，眼见着一天天红了起来，娟儿也就更加拼命地练功想保住自己的地位。涛始终弄不明白，娟儿爱京剧怎么就爱到了这个份儿上，甚至胜过爱自己的丈夫。为了这种快进博物馆的艺术，值得吗？涛拿这话问过娟儿，娟儿却很认真地说："那怎么办？干上了，就别对付。再说，我也干不了别的呀。"

涛想想也是。团里没戏演，又养不起二百来号人，已经减了两次员，麻烦大着呢。不过娟儿的地位很牢固，无论如何轮不到她的头上，犯不着这么拼命。涛有时候觉得很孤独，娟儿回家越来越少地跟他说起团里的事儿，也不太问他的买卖。涛偶尔感到娟儿对他的冷淡时，会突然地冒出一个念头："别是有了外遇吧？"可随后又觉得自己太可笑。

娟儿其实对他很好。

黑鸽儿也对他很好。涛刚进市场，黑鸽儿就迎上来，声音很大地问了声："涛哥！怎么才来？跟嫂子恋热被窝了吧？"

黑鸽儿清脆的笑声把邻近的人都逗笑了。涛脸红了红，也跟着笑了一下，没作声。在市场里，这种玩笑是经常的，人们都没有恶意，你要是恼了，反倒没有意思，以后没人会理你。涛也蹲了半年市场了，早就习惯了这个。一天十几个小时地泡在这里，不开玩笑还能干什么？

烟摊儿就在市场的入口处，管理所统一打制的小铁屋一溜儿排开。卖烟的有七八个。涛的小屋排在最后，左邻是个老太太，"老卖烟的"；右邻是个小伙儿，卖猪头肉和下水。按生意经来讲，涛的"点儿"不算太好，买烟的人一般不愿往市场里走。

黑鸽儿帮着把烟箱子搬进小屋，又下了板，整理好摊儿，然后凑近他，亲切地问：“哎，跟头匠，还没吃早饭吧？”

涛顶讨厌别人管他叫这个，为这他和人动过刀子，可黑鸽儿偏叫。涛没办法，除了娟儿，他只容忍黑鸽儿叫，再说她叫得好听。

“你怎么知道？”

“我就知道。”黑鸽儿得意地歪了歪头，又变戏法似的从裙子上的大口袋里掏出个塑料袋，递给涛：“给，鸡蛋饼，尝尝我的手艺。”涛有点不好意思，但还是接过来吃着。

“好吃吗？”

“好，真不错。”

“瞎说！我根本不会做饭，这是现学的。”

小屋很小，除了烟摊儿只剩下不到一米的空地儿，两个人待在里面就有点转不开身，黑鸽儿身上散发出的女人气息几乎令涛难以自制。他赶紧说：“黑鸽儿，走吧，有人买肉来了。”

两个人都抬起头，朝斜对面黑鸽儿的肉摊儿看了一眼。并没有人买肉，只有老海一个人在剔骨头。

"涛哥，你怕他？"

"倒不是怕。我是想，你总来帮我，老海该……"

"该什么？"黑鸽儿笑了，"你是有老婆孩儿的人了，难道我还跟你搞对象？再说老海也不是那样的人。算了，我有事跟你说，你干了半年了，怎么样，挣了多少？"

"还可以，有……3000 多吧。"

"真是个跟头匠。告诉你，一个月要不净拿 1000，还摆什么烟摊儿？"

"1000？别逗了。抢啊？"

"哎！杀价儿啊。你这人心太善，做什么买卖？那钱是一分一分挣的，松一松口，一盒烟就没了，明白不？你这个'点儿'也不好，我得帮你想招。哟，真来买肉的了，我走啦。"

黑鸽儿走路的样子很好看。一只手插在裙子的口袋里，一只手抬起，往脑后拢着头发，腰肢来回扭着，把红底碎白花的大长裙弄得一摆一摆的。帮着涛办执照的那个哥们儿跟黑鸽儿熟，曾嘱咐过她多关照涛。黑鸽儿虽然年轻，却是个老市场了，有经验，帮了涛不少忙。还有老海，他也对涛不错，因为他听黑鸽儿的。老海是市场一霸，唯独怕黑鸽儿。涛摆摊第一次上烟的资金就是老海借给他的。

离开剧团半年多了，涛现在还不能证明他这条路走得是对还是错，也不知道今后的日子还将有什么样的变化。但起码是有了实实在在的事做，还能交下实实在在的朋友，这也够了，还要什么？

可是娟儿就叹息："可惜了你这身功夫。"

涛从13岁就翻跟头，他自己何尝不可惜？可功夫不能当饭吃，两个人的工资不足200，还有个孩子，日子不容易。更难受的是没事做，团里那些演员闲得直打架，团长急得直冒火。京剧团又不能像歌舞团那样把人放出去"走穴"，只要唱歌不跑调就能弄个歌星当。还混个什么劲？

头一次动员就找了涛，是团长亲自找的。涛没二话，马上就点了头。团长倒有点不好意思了，涛没等他把那一堆解释的话说完，扭身就走了。不用就是不用，说多少还不都是废话！

把铁饭碗交出去不容易。可让人家赔着笑脸动员你走也不是个滋味。好在还用个词儿，叫"停薪留职"。涛原想跟团里提提，弄个武功教员当。他有的是力气，"抄功"、练"把子"，甚至管个靴箱什么的，不是不能混碗饭吃，可想想还是算了，闲人太多，何苦？

上午10点多，天放晴了，涛刚打发走几个买烟的，就看见娟儿站在市场入口处向他招手。他连忙锁了门跑过去。

"娟儿，来干什么？"

娟儿看了看左右，放低了声音说："早上怎么不叫我啊？生气了？"

涛看着娟儿那嗔怪的样子，心里的不快全没了。他笑笑说："哪儿啊，我看你睡得挺香的。"

"给。"娟儿把手里的饭盒递给涛。"中午饭。晚上早点回去啊。"

娟儿很少给他送饭，涛坚决不让她送。娟儿好歹也是省里的名角儿，爱看京戏的人都知道她，她又很爱面子，何苦把两个人都搭上？

"哎，团长让我给你捎个话，团里最近要收靴包了，让你把靴包交回去。"

"收靴包干什么？"

"可能要出国演出，收上去统一登记，再按出国人员的需要重新分。"

涛向别处望着，长叹了一声："唉！本来想留个纪念的。算了，交吧，明天我自己送去。哎，上哪个国家演出？"

"先上香港，再上新加坡。文武戏都带。"

"嗬，真不错。"

"涛，你说……"娟儿尽量不刺伤涛，"你要不走就好了，咱俩能一起出去。"

"这有什么？"涛笑着摆了摆手，"就算出去一趟又能怎么样？回来还不是个混！"

"你这样想就好，我是怕你听了有点伤感。"

涛才明白娟儿是安慰他。他感动地点点头："娟儿，翻跟头的人干不了一辈子，你怎么还不明白这个？当初你跟我的时候，想到过要让我翻一辈子跟头么？我现在混得挺好，市场里人也都不错。我先卖两年烟，以后的日子，再说吧。"

涛的几句话，倒把娟儿说得有点伤感起来，她眨了眨眼睛，叹口气说："那，那我上班了啊。"

"你也别太认真，三十多的人了，把身体弄坏了不是闹着玩儿的。"

"该认真的就得认真啊。现在团里为争出国上戏都打翻天了，我要不是仗着活儿厚实，能这么安稳么？我走啦，今晚我也早回来。"

涛默默回到他的小屋想心事。他也是个好演员，说一点不动心那是假话。

娟儿也是烙的鸡蛋饼，还热着。涛端着饭盒，抬头朝对面望了望，就看到了黑鸽儿也正在望他的那双黑亮的眼睛。

涛回团里交靴包是在几天以后，赶上团里开大会，全团人都在会议室听团长讲话，临近中午了还没散。会议室的斜对面就是大排练室，门开着，涛就在里面等。

涛这是离开半年以后第一次回团。空旷、沉寂的大排练室亲切地拥抱着他，他明显地感到了一点激动。这里的每个角落他都太熟悉了。把竿、脚竿、硬垫、软垫、跳板、刀、枪、剑、戟、大练功镜，都默默地对着他。他也默默地走了一圈。幕布后面的一面墙上，还留着他练功时刻下的一大片密密麻麻的"正"字。涛伸出手指摸了摸，默然地笑了一下，然后回到门边，背对着门，慢慢弯下身，又盘腿坐在刷着红油的地板上，就那么一动不动地坐着。

演员队的小马出来上厕所，在门缝里看到涛，连忙跑进来说："哟，涛哥，你这是……"

涛对小马笑了笑："是你啊，吓了我一跳。我来交靴包，正好，你代我给团长吧，我不等了。"

"涛哥，"小马也面对着涛盘腿坐下来，"等会散了，大伙儿见见吧，中午喝两杯，都挺想你的。"

"不了，不等了。"

"唉！团里也真是的，又不差你那一个靴包。"

"别这么说，公家的东西嘛。"

小马是涛一手教大的，如今出息了，"猴戏"演得挺绝。涛一边站起身一边把小马也拉起来说："怎么样？出国的戏都准备好了吧？"

"嗯，还行。就是钻椅子总弄不利索。"

舞美队为孙悟空设计了一把大圆椅子，靠背是空的，演猴王的演员要翻着跟头从椅子上钻来钻去，许多动作都是涛帮着导演设计的。涛从衣袋里掏出一盒"大健"扔给小马说："别着急，哪天到我家去，我好好给你说说。还有两手活儿要教你。"

"哎，涛哥你慢走。"

秋天的太阳仍然很毒，天闷热，一场秋雨总是下不来。涛感到憋闷，走进剧团旁边的小酒店，就着狗肉喝了点酒，才觉着心里好受一点。

回到市场，涛发现右边的邻居换了人，卖猪头肉和下水的小伙儿走了，卖烧鸡的老韩头却来了。老韩头的烧鸡全市闻名，每天只在中午卖一阵，买的人从来都是排长队。涛知道老韩头的分量，挨着他无疑会沾不少光。老韩头原来在市场中间，今天怎么换到这儿了？

按照市场里的规矩，涛忙拿了两盒好烟凑过去。老韩头并不亲自动手，拿了把凳子坐在门外，指挥着几个儿女在里面卖烧鸡。涛把烟递过去，赔着笑说："韩大爷，您老生意好啊？"

"哟，是你啊。叫什么来着？对，涛。以后是邻居了，多关照啊。不要不要，我抽不好那个。"老韩头把手里的卷烟扬了扬，

"我有这个，不用客气。忙去吧，有事吱声。"

涛转过身，就看见了站在他小屋前的黑鸽儿。黑鸽儿歪着头，绷着脸，冲他瞪了瞪眼睛说："一出去就一上午，少卖多少烟？哪有你这么做买卖的？"

看着涛发愣的样子，黑鸽儿倒扑哧一声笑了，推了一下站在她身边的那个姑娘说："叫涛哥。"

"涛哥。"

涛这才仔细看了看那姑娘，长得跟黑鸽儿有点像，比黑鸽儿略高些，身材虽不及黑鸽儿那样成熟丰腴，但是很匀称，脸蛋儿却是比黑鸽儿漂亮。

"是我妹，叫丽。高中毕业了，考不上，我怕她到处跑坏了，让她跟着我。肉案子太埋汰，没事就坐这儿看你卖烟吧。"

涛走近了点问道："多大了？"

"19。"

涛转向黑鸽儿："怎么不在家复习？再考啊。"

黑鸽儿叹了口气说："你问问她自个儿，是不是那块料？"

丽冲着涛很甜地一笑："涛哥，我考不上，真的。"

"那，那你愿意干什么？"

"我也不知道。"

"干什么？"黑鸽儿两手把丽的一头长发拢起来抚弄着，"先跟着我学做点生意，走一步看一步吧，反正我有钱养她。"

涛无言以对。

第二天，涛多带了一把凳子，让丽坐在门外，一边嗑瓜子晒太阳，一边看市场上每天都新鲜又每天都陈旧的日子。

几天的生意做下来，涛突然悟到了黑鸽儿让丽坐在这里的真正用意，也知道了老韩头的换位也是黑鸽儿的安排。老海救过老韩头的命，所以老韩头乐意帮忙。

涛渐渐有点离不开市场了，不光为钱。

秋雨终于是下了，空气清爽了许多。满树的叶子在秋风中争着一天天黄下去。在飘着细雨的一个下午，涛正在黑鸽儿的肉案前和老海聊天。小马推着辆破单车跌跌撞撞跑进市场，离着挺远就喊："涛哥！"

"小马啊，什么事这么急？"

"涛哥，娟儿姐她、她摔伤了！"

"啊？怎么搞的？重不重？在哪儿？"

"团里车送她上医院了，团长让我给你送个信儿。"

涛的头轰地大了起来，他一把夺过小马的单车，却发现车链子已经被小马蹬断了。涛一时竟瞅着车愣住了。老海把刀往肉案上一刷，吼了一声："黑鸽儿！傻子！叫'出租'，叫'出租'啊！"

黑鸽儿也吓呆了，听到老海喊，才慌里慌张跑出去截了辆"的士"，塞给司机一把钱，把涛和小马推了进去。

涛在车里一声不吭，木头人一样。小马一边擦着头上的雨水一边说："咳！谁也没想到，正练着功，一个'蛮子'下来，就没站起来。涛哥，你可别着急啊。"

娟儿一直咬牙忍着，汗把衣服都湿透了。看到涛，她眼泪立刻就下来了。涛一句话也不问，靠在病床边，把娟儿的头抱在怀里，任她哭了个够。

涛上了一批假烟，赔了一大笔。

3 天之后，早上刚开市儿的时候，涛冷着脸走到黑鸽儿的肉案前，冲自己的烟摊儿摆了下头说："黑鸽儿，你过去一会儿，我有话问老海。"

"哟，什么事啊涛哥？这么严肃。"

"你不走，也好，你就听着。老海，我问你，给我上假烟那小子你认识不？"

老海正在挥刀剁一个肘子，听了涛的话愣住了："咦？涛哥，怎么问这个？我哪能认识他？"

"真的？他不是你的哥们儿？"

老海的脸也慢慢变了颜色，他把剁下来的肘子往案边一扔说："涛哥，咋回事儿？给个明白话。"

"老海，咱们也认识半年多了，你说我这人够朋友不？"

"给个明白话！"老海急了。

"有人告诉我，这事是你安排的，你要整治我。"

老海把刀平过来往案板上一拍："我自己都不知道这件事！谁说的？"

"我不能告诉你，人家嘱咐过我。你说有没这回事儿？"

老海这时脸已经成了猪肝色，他伸手指着涛说："你，你就信他？我干什么要整治你？"涛看了一眼冷冷地站在一边的黑鸽儿说："为她。"

"涛哥。"黑鸽儿挥手止住了怒气冲天的老海，很平静地对涛说："我帮你，一是冲你那个哥们儿，二是看你人好，是个实在朋友。我和老海没房子结婚，可是登记了，我是他老婆。他是什么样人我最知道,他不能做那样的事。这是有人给我俩下蛆,你别信。"

"涛哥!要为这事我往你屁股上捅两刀也顶多蹲 15 天,那多痛快!但是我犯得着扯这个吗?那我还是不是人了?还在这地面儿混不混了?"

涛听老海说得挺真心,一时竟没了话。老海见涛愣着,又接着喊:"我老海是啥人?我为朋友能八个肋插刀。别说鸽子跟你没事,就是有事儿,只要是真朋友,跟你睡觉都没啥说的!是不是鸽子?"

"老海!你瞎说什么?涛哥不是不讲理的人。"

涛低头想了一会儿说:"算了,没有就没有吧,你也不用发誓。我早晚能访到那个人。"

涛说了这话就转身往回走。没走几步,老海突然喊了一声:"涛哥,你站住!"

涛慢慢转回身:"老海,没事了,卖肉吧。"

"涛哥,听你的话,还是信不过我,这我受不了。你过来看着。"老海把左手握起,只留出小指头竖着:"我说啥你都不信,我就剁下指头吧。"

老海把左手的小指按到案板的边上,右手把砍肉的刀慢慢举起来。

左邻右舍有围着看热闹的,但谁也没料到事情会发生这么突然的变化,没人反应过来。就在明晃晃的砍刀被阳光闪出一道亮光的时候,黑鸽儿长长地尖尖叫了一声,伸出手去够老海的刀。可是由于害怕,她的两只手只是下意识地伸出去,并没有够到老海的手。就在老海落刀的瞬间，涛上前一步，出手接住了老海的腕子，谁也没看清是怎么弄的，涛就把老海的刀下了。涛使劲拍了拍老海的肩膀："老海，我信你。我找下蛆那小子算账。"

"谁？告诉我！我废了他！"

"不用你管。好啦，都怨我，今儿中午我请客！"

事后有一天黑鸽儿问涛："涛哥，你那一手真利索，哪儿练的？"

涛笑了笑："真是个傻鸽子。你忘了我是干什么的？"

"下蛆"那小子被涛打掉了两颗门牙。他曾经想占黑鸽儿的便宜，被黑鸽儿打了耳光，又嫉妒黑鸽儿对涛好，就来了这么一手。他看出涛也是眼里揉不得沙子的人，就想借这事儿让涛和老海火并。涛说："我能饶了给我假烟那小子，做买卖都这样，算我栽给他了。可我饶不了你，你不是人。"

医生说娟儿得拄一个月的拐，虽然不影响今后再上台，可这次的出国是无望了。娟儿开始怎么也接受不了这个事实，常常坐在床上望着窗外的秋雨发呆，有时候想深了，就掉几滴泪，把涛心疼得不行。

后来黑鸽儿来看娟儿，给娟儿看了手相。黑鸽儿看手相在市场里出了名，不少人被她看准了。黑鸽儿说娟儿这是天意，上帝安排的，用不着太当回事；而且有一苦必有一福，从指纹上看，两年内娟儿事业上必有一次大发展。娟儿虽然半信半疑，但暗自盘算，明年的秋天要在北京举办全国青年戏曲演员自选节目大赛，紧接着就是上海的全国戏曲"梅花奖"。这些黑鸽儿自然都不知道，没准儿她的话真能灵。

娟儿心里轻松了不少，又开始对着镜子练"架儿"，坐在床上写心得、琢磨戏。看到娟儿愉快的样子，涛从心里感动。他开始明白像娟儿这么活着对，是正经人的活法。没了这个，人也就快完了。

谁也没料到，涛的事又有了变化。团长坐着团里的小车，亲自把靴包给涛送了回来。

省京剧团是全国有名气的几个大京剧团之一，很有些传统，20 世纪 50 年代就曾到过香港演出。这次新加坡的友人又点名要看几出传统的保留剧目。省文化厅急令团里赶排，尽量满足要求。当年，涛的师傅曾在一出武戏里有一手绝活儿，能在一米见方的小桌上连翻 32 个"小翻"。这手活儿涛一直没练出来，涛最多能翻 27 个，而且桌子也加大到一米半，可在如今也算是绝活儿了，团里没人能比。

涛低头想了一会儿，然后问团长："就为 27 个'小翻'？"

团长笑笑说："我说涛，这很重要啊，起码要让外国友人知道我们的传统文化没有失传。"

涛觉得有点好笑："没了这手活儿，戏还是戏，不能就说文化失传了……"

"可是，传统是有一定所指的呀，为什么叫保留剧目呢？顾名思义嘛。"

团长的解释有点不通，涛不想争辩："团长，这事儿，我再想想。"

"哎？我说涛，"团长实在不能明白涛怎么对这样的好事还要拒绝，"你可别让我坐蜡啊，刚才副厅长还给我打电话，让我一定把你请回去。噢，你是不是还有点情绪？唉！情况在不断变化嘛！当时动员你们'停薪留职'，也是没有办法。这次，我先给你透个信儿，团里准备让你回来，等个一两年，几个老的武功教员退了，你就接过来。另外，团里也考虑给你们换换房子……"

团长自己倒有点激动起来，声音越来越大。涛笑着指了指里屋门："团长，轻点儿，娟儿在里面睡觉呢。"

"唉！娟儿够可惜的。行了，两口子总算出去一个。"

"团长，我还没答应呢。我说，让小马上吧，他不也能翻10多个么？功夫这玩意儿是没止境的，可是人生命有限啊，我胳膊腿到份儿了。"

"我说涛，你可别成心'那个'啊。"

"哪能呢。我就是想，就算我出国翻40个'小翻'，又能证明什么？真要看功夫，比我强的还有啊。再说我真是有点……"

"得了，你天天早上在南湖小树林里练功，当我不知道？"

团长末了扔下一句话，让涛明天就回团里报到。

涛第二次回团里送靴包的时候，几乎全团都在大排练室。练功的、排戏的、画布景的、试服装的，乱哄哄的。

涛微笑着向跟他打招呼的人点头，然后把靴包放到团长面前。团长看了看，脸色变得难看起来："你，真的不想上？"

"团长，实在不好意思，感谢团里关心我。我那边烟摊还忙着，我得走啦。"

"去发财？"

涛盯着团长看了几秒钟，想说什么又忍住，低下头，在众人目光的包围中缓步向外走去。身后也随着传来说话声：

"你说，涛哥是不是不行了？早把活儿扔了吧？"

"谁知道行不行啊，反正我是一次也没见他翻 27 个。没准儿开始就是吹呢。"

"团长多余求他，拿起把来了。"

涛站住，转回身，冷冷的目光扫过那几个说话的同事。他几乎是差一丁点就要抬腿走回到团长面前，然后在众人默不作声的注视中，从容不迫地拿过靴包，换上练功服、软底儿鞋，扎上板带，再走上台，活动活动身子，再跳上那个一米半见方的小桌，一口气翻上一串"小翻"。27 个，这没问题，他心里有数。然后再把衣服换好，装好包，交给团长，走人。

涛没动。他终于是忍住了没动。他知道同事们有批评他的理由，他不可以那样去证明自己。7 个和 27 个都不重要，他身外的世界还很大，很新鲜，他仍然是个角儿，只是换了舞台而已。团长的话有点伤人，但也没什么，发财又不是什么坏事。

这样想着，他的脸色渐渐柔和起来，目光亲切地向同事们望了一眼，然后长舒一口气，转身离开了排练室，走出了剧团的小黄楼。

男人不在家

　　我们单位有个叫阿峰的，我把他杀了。我把他杀了，那是因为他给我讲了一个故事，这个故事牵扯到我和他，还有我妻子和他妻子，还有许多乱七八糟的人。他说他跟我妻子"有事儿"，他没喝多少酒，我得信。我就把他杀了，杀得挺顺手。我是第一次杀人，最深刻的感觉就是人从娘肚子里生出来的时候那么艰难，死却这么容易，何况我是个书呆子。

　　有两滴血溅到我的眼镜片上，眼前是一片暗红色的幻象，我潇洒地用手绢擦了擦眼镜又擦了擦手，目光亲切地看了一眼死人那张苍白的脸，然后就走出屋子，漫步在大街上。天上飘着不知是细雨还是大雾，把人们弄得都那么虚乎乎的，不很实在。我像个醉汉似的打量着这座我生活了30来年却越来越感到陌生的城市。我没忘了计算一下时间，在公安局把我铐起来之前，还来得及到"北来顺"吃一次三鲜饺子，到"远东酒吧"喝一次雀巢咖啡，然后去公司跟经理把公事交代清楚，连告个别。再去找阿峰的老婆，跟她也来那么一回"事儿"。再以后，如果警车还不来，我就去体育馆，在门口花钱挂上个等票的姑娘，进去看霹雳舞晚会，直到他们找到我为止。

人学坏也就是几分钟的事。

杨妮真的来了电话。这死东西，闹着玩儿的事儿，她倒当起真的来了。不好扫她的兴，随口就答应下来了。想想有点后悔，他不在家的时候我还从没自己出去玩过。他倒是不在乎这个，他说过即使有多少个男人围着我转他也不在乎，他信得过我。出去散散心也好，晚上憋在家里闷得难受。电视里永远是比马拉松还有毅力的长剧。书也看够了，整天守着这个大资料室，有的是时间看书，晚上回来只想轻松一下。他在家的时候，我们可以下围棋。他的棋技总不见长，到现在我还得让他五个子，才能下成平手。累了，我们就在屋里跳会儿迪斯科。只有在他面前，我才是我自己。除了几个要好的朋友，所有认识我的人都说我是"冷美人"。

谁让他总是出差呢？男人不在家，我"热"给谁看？

电话铃"叽"地响了起来，我吓了一大跳，抓起耳机，又是杨妮。她声音很大地喊我："喂！贝贝吗？我……"

我突然打断她："告诉你多少次了，不要再叫我小名！"

"嘻嘻，没关系，我旁边没人。我告诉你呀，你就在家里等着吧，我坐'的士'过去接你。"

"何必呢，又不远。"

"唔……我们家阿峰回来了，我把他也拽着，让他要车，反正公司掏钱……"

这我倒没想到。可我记得他临走时说阿峰在大连发完货也去广州，他们两个要给公司做笔大生意，没准还要去香港呢。我忙问杨妮："妮子，不是说阿峰也去广州么？怎么……"

"是啊是啊，"杨妮已经有点烦了，"公司往大连拍电报把他追回来了，家里也有个生意要谈。嘿！看我'老头'回来你嫉妒了？咯……"

这死妮子，笑得真好听。我匆匆收拾了一下，第一次提前半小时下了班。

暮春的小风，把人弄得暖暖的。我注意地听着我的高跟鞋踏出的"嗒、嗒"的响声，心里很惬意。一个小伙子的自行车前轮碰脏了我的裤脚，他红着脸说了声："大姐，对不起。"我给了他一个宽容的微笑。我知道他不是坏人，但我也知道他一定会站在那里望我的背影望上两分钟。

上楼的时候我就想今儿准有他的信，打开邮箱一看，果然有。我进了屋倒在沙发上把信拆开。他连一页纸都没写满："贝贝，想你了，北方的春天很好是不是？这里可热得不行。你小心别着凉。该吃就吃，该玩就玩，别闷坏了。但可要注意安全。好好等着我，吻你。"

就这么点，我看了差不多半个小时，心里愉快极了，几乎流了泪。我草草吃了点饭，就开始打扮自己。犹豫了好一会儿，还是穿上了这件黑毛裙，这是他去年到上海给我买到的。我的身材，我的气质，穿上这件毛裙实在是再合适不过了。我只是怕招风，一直不太敢穿。淡淡地化了点妆，刚站起来，门铃就响了。我知道是杨妮，就突然地把门拉开。她眼睛瞪得老大："哟！真漂亮！姐们儿，没治了。走，我还以为你不敢去了呢。"

我高兴地摆了摆头："这有什么？玩嘛！"

阿峰并没在车里。杨妮说他有点事要办，得过一会儿到。

"的士"开得飞快，左拐右绕，停在"北方大酒楼"门前。杨妮拽着我，穿过了大舞厅和大冷饮厅，来到后面的小舞厅。我知道这地方门票比前面贵一倍，想劝劝杨妮，看她兴冲冲的样子，算了，由着她闹吧。

小舞厅毕竟比大舞厅好些，人少，音乐又柔。杨妮要了两杯红酒，我们坐在一张圆桌旁，一边等着阿峰，一边看着舞池里不多的几对舞伴跳舞。

杨妮急急地转动着高脚杯，有点不耐烦地说："阿峰怎么还不来？他说要带几个男舞伴的，都是公司的。"

我笑着打趣地："急什么，还怕他跑了？反正他也不走了。"

"谁管他？愿意走就走呗。"

我有些诧异："妮子，你'老头'回来了你不高兴？"

杨妮望了望我，眼神有些暗。她叹了口气，刚要说什么就被人打断了。一个30来岁的男人走到桌旁，微微俯下身对我说："小姐，请您跳舞。"

我一点准备都没有。我除了跟我们家阿克以外，还极少跟别的男人跳舞。我有些慌乱地抬头望了这个男人一眼，他穿戴很得体，还架着金丝边眼镜，不像坏人。但他的目光不好，我凭着女人的敏感看得出来。我突然想起，这目光我刚才就见过，刚才一进小舞厅，这目光就追过我。我心里掠过一阵恐惧，转头望了望杨妮。杨妮冷冷地说："我跟你跳。"

那人声音不大但很坚决地说："我请这位小姐。"

"她不会。"

那人又俯身问我："真的吗？"

我一时没词儿，又不想跟他跳，就肯定地点点头。那男人死死地看了我一眼，走了。

杨妮在鼻子里哼了一声，又突然站起身扬手叫道："阿峰，快来！怎么就你一个人？"

阿峰笑着走过来，冲我点点头坐下，端过杨妮的酒一口干了说："他们几个不来，让我拿回来那盒录像带缠住了。"

"什么片儿？"

"《大白鲨》，好莱坞名片儿。真对不起，妮子说你不愿跟不认识的男人跳舞。这几个都是公司的，都跟阿克不错。他们说改日他们请你，他们做东。"

阿峰那认真的样子倒把我逗笑了："行了，我不过出来散散心。"

乐队奏起了轻快的华尔兹。杨妮一摆头："阿峰，你跟贝贝跳。"

阿克和阿峰是铁哥们儿，我虽然也和他挺熟，但和他跳舞还真是第一次。我见他有点紧张，就笑着说："你跳得不错。"

他摇摇头，过了好一会儿才说："我不愿意跳舞，妮子硬把我拽来，说陪你。开始我不相信你能来……"

"为什么呢？"

"因为你是……是'冷美人'嘛。"

我扑哧一声笑了。他也笑着说："你难得笑。你该调调工作，准是那个像小教堂一样的资料室把你培养成这个性格的。可我也知道，你在家是很热的……"

我收了笑容问他："谁告诉你的？"

他脸有点红："阿克。"

我知道话有点过格了，就连忙闭了嘴。

一曲下来就热了，我用手绢擦着汗，一边喝冷饮，一边欣赏着阿峰和杨妮的"探戈"。这时候那戴金丝边眼镜的男人又径直地朝我走来。我有些紧张，想起来走掉又不敢，好在阿峰在这里可以壮胆。

那人竟大大方方在我对面坐下了，从容地拿出一盒高级香烟，用打火机点燃，又悠然地朝我吐出一口烟，慢慢说："小姐，你这么漂亮，撒谎可不好。你不是不会跳舞吗？"

我白了他一眼，恰好阿峰和杨妮转到跟前，我叫了一声："阿峰！"

杨妮小声在阿峰耳边说了句什么，阿峰点点头，坐到那男人身边，也悠然地点着一支烟问："怎么了？"

我不出声。那男人盯着阿峰说："没什么，我请这位小姐跳舞。"

"她怕生人，也不太会跳。"

"那么，"那男人冷笑着看了眼杨妮，"这位小姐呢？"

"她刚下来，累了。我们得回去了。"

我们三个刚站起身，那男人也站起来。这时从旁边走过一个矮个子长得结结实实的男人，站到阿峰身后。阿峰看了看前后说："哥们儿，大路朝天，各人半边。你抬抬手，行个方便。"

"是啊，大路朝天各人半边，你怎么俩都占着？"

阿峰的脸白了："朋友，不太仗义吧？这可是我老婆！"

矮个子嘿嘿笑着："哪个是？是的领走，不是的留下。"

我知道遇上流氓了，紧张得气都不敢大喘，手心攥出了汗。我平时出门都在小兜里带着把水果刀，今天偏偏忘了。这时就听杨妮说："她是！我跟你跳。"我想也没想脱口就说："她是！让她走！"

没人敢过来，都站得远远地看着我们。阿峰双手在胸前合起抱着肩膀，盯住那男人说："她们俩都是。"

"你这家伙……"矮个子刚出口，阿峰用右手的胳膊肘向后一搗，像电影里那样。矮个子就倒下了。我吓得一闭眼睛，睁开眼又见阿峰指着戴眼镜的男人："你把那玩意儿摘了。"

"不要紧，来吧。"话音刚落，阿峰就挥起了拳头。杨妮惊叫了一声抱住我。大概只有几秒钟的工夫，那男人就摔在另一张桌子下了。他站起来，戴上眼镜，对已经爬起来举着一把椅子要冲过来的矮个子说："算了，你不是他的对手。朋友，你不白给。这么着吧，让女人走，咱们找个地方？"

阿峰带我俩出了大门，叫过一辆"的士"，塞给司机一大把钱说："在市里多兜几个弯，然后把她们送到要去的地方。妮子，你到贝贝家住一宿，今晚不要回家。"

我和杨妮一人抱住他一只胳膊，死命不让他走。他一使劲把我俩甩开了，又笑着说："我给警队小安子打个电话，让他骑摩托来冲散就完了。我可没工夫跟他们扯。快走！"

我俩懵懵懂懂地在车里转了小半夜，回到家已经快 11 点了。

直到躺进被窝里闭了灯，我还余悸未消。沉默了好一会儿，我开口问她："他会挨打吗？"

"不会。他既然敢去，就有的是办法。你放心，他是见过这场面的，干这个比你家阿克强多了。唉！"

"你叹什么气？"我想起在舞厅里没说完的话茬。

"没什么。"她支起身子，扭亮了床头灯，在床头柜里翻出半盒烟，点着了一根说："你家阿克不是不抽烟么？别是哪个男人的吧？"

我伸出手去拧她的胳膊："鬼东西，开什么玩笑！你怎么抽起烟来了？

她不出声，靠着枕头默默地抽烟。我也不出声，默默地望着她。许久，她的一双大眼睛里竟湿湿的，溢满了泪花。我慌了，忙起身抱住她，把烟夺过来掐灭了。

"妮子，妮子！你有什么心事？"我隐约地感到妮子这样子是为了什么，可我不敢往那儿想。

"贝贝，我告诉你，你也别介意，因为咱俩好是不是？"她见我肯定地点了点头又说，"他，他不喜欢我。他压根儿就没喜欢过我！"

我虽然料到了但还是傻呆地望着她。她终于抑制不住失声痛哭起来。我看着她那伤心的样子，没法不信她的话。我不知怎么办才好，妮子是个好人，要真是那样，我就算把她毁了，因为这事跟我有直接的关系。

我抱着杨妮的头，被她哭得心酸，也止不住流出了眼泪。她见我也哭了，倒反过来劝我："唉！算了贝贝，这不怨你。不是你的错。当初你把我介绍给他的时候，我是真心爱他。后来我发现他……不说了！睡觉。"

杨妮啪地把灯关了，躺了下来。没过几分钟，她又把手伸进我的被窝说："我上你被窝去。"

我折腾了一晚上，有点困了，就说："别闹了，我不习惯。"

"跟你男人也不习惯？"她见我不出声，把被一掀钻了进来，搂着我说："贝贝，你要是个男的就好了。"

我使劲推了她一下："臭妮子！不知害臊！"

"真的贝贝。我知道你和你家阿克感情好，他即使常出门，回来也能跟你搞'突击'，还你的债。可我家阿峰，就是在家的时候,也很少要我。我知道他在外边睡别的女人，可那都是发泄。结婚这么长时间，他没让我痛快过一次。男人哪，唉！不瞒你说，有好几次他不在家的时候,我都想……想想还是算了。可是以后，我也保不准……你别说话，我知道你要说什么。大道理我都懂，可这种事，有时候是说不出理的。"

我得承认杨妮说得对。我这时候说什么都是苍白无力的。我有点后悔当初不该给他们当媒人。可阿峰怎么回事？莫非心里另有人？

"我知道你在想什么。傻贝贝，你真的没感觉？"

"什么？"我害怕地扳住她的头，她的那双大眼在黑暗中闪闪发亮。她闭上眼，把身子翻过去，光脊背冲着我。过了一会儿才瓮声瓮气地说："他早就爱上你了，从你跟阿克好那天。"

我急了，使劲扳她的身子，她不动。扳急了，她突然转过身喊了一声："你！就是你！"

杨妮喊完了，一头扎在枕头上又啜泣起来。哭够了，就回到她的被窝睡着了。我却几乎一夜没合眼。

我醒的时候，天大亮了。看看表，七点半，上班要迟到了。杨妮不知什么时候走了。她一定惦着阿峰，跑回家去看他了。我犹豫了好一会儿，觉得实在应该去看看，人家为了我，昨晚不知怎么样了呢。我知道妮子昨晚的话没骗我，但又觉得这没什么，都是朋友，以后也总还得见面。反正我心里有数，我知道我能把住自己。

往单位打了个电话，请了一会儿假，我就去了杨妮家。

妮子不在家，阿峰一个人在看报。他左胳膊上缠着绷带，右眼角上贴着块胶布。我惊叫了一声："他们打你了？"

他笑笑："这是男人的事。妮子上班去了。你坐会儿吧。你看请你出去玩，又受了一回惊，真是的。"

"没什么，你没事就好。"我们就默默坐着，好久谁也没说话。过了一会儿他见我把小兜挂在肩上有要走的意思，就说："你有话就说吧，我听着。"

我迎着他的目光，充满诚意地说："妮子她很爱你，她希望你对她好。你……"

我头一次劝一个男人这种话，一时竟不知怎么说才好。他冷冷地打断我："妮子都跟你说了？"

见我默认，他长舒了口气，走到我坐的沙发前，两手撑住扶手，俯下身子，垂下来的长发快要挨着我的额头。他定定地盯住我的眼睛说："贝贝，有的时候——比如现在——我真想要了你，然后从这窗口跳下去，这辈子够了。可是又不行，一是因为你是阿克的妻子，二是因为……我几乎鄙视所有我认识的女人，可我尊重你。阿克有福，娶了你。妮子没福，跟了我这个坏男人……"

"那你当初不是……"我还想极力说服他。这时候他已经离开我走到窗前，背对着我。听了我这话，他突然转过身来，暴躁地喊："那是因为是你给我介绍的！我为了你才答应的！你连这都不懂吗？你走吧，快走吧！别让我干出蠢事来！"

我知道现在说不通他，就站起身朝门边走。他又突然喊道："等等！"

他急步走过来，猛地抓起我一只手，钳子样地牢牢握住。我心里一惊，正色说："阿峰，你放手，你把我掐疼了！"

他喘着粗气，脸烧得红红的，眼里射出炽烈的光。我使劲挣了两下没有挣脱，就冷冷地说："阿峰，你要是不讲理，我没有反抗你的能力。可你了解阿克的脾气，他虽然是个书呆子，可这事不含糊。他要是回来了，先得杀了你，然后杀了我，最后再杀了自己。你就毁了三个人。还有妮子，四个，知道吗？"

他松了手，牙关紧紧地咬着。我看得出来，他控制自己到了痛苦的地步。一缕鲜血从眼角上贴着的胶布下面流出来，我掏出手绢给他擦了，转身出了门。

到了街上，我的眼泪才流出来，不知为什么而流。我几乎是小跑着到了邮局，要过一张电报纸，本来想写"我是你的"，又怕吓着了发电报的小姑娘，想了半天，写了两个字：永远。心里踏实了许多。

傍晚，楼下喊我接传呼电话。是妮子，告诉我阿峰走了，不知道去哪儿了；说他今天突然变得很暴躁，走之前不知在哪儿喝得烂醉如泥，回家来想"突击"她一下子，可是酒喝得太多，已经力不从心了，倒怨她不合作，第一次狠狠地打了她，就走了。

妮子哈哈笑着说："……这回我可要开戒了，我要狠狠报复他一下子！怎么样？'冷美人'，想不想找个男人玩玩？"

我顾不得许多，冲着话筒大喊："妮子，妮子！你也喝醉了！你给我听着，等着我，我马上就来，你不许胡闹！"

我跑到街上，发疯似的截住一辆"的士"坐上去，冲司机急急地说："师傅对不起，请快开到南湖新村116栋24号！"

司机好像被我吓坏了，开着车在宽宽的长街上飞跑。排列整齐的街灯冲我迎面而来又瞬间飞掠而过。这么美好的夜晚可我的心情一点也安静不下来。我想象着妮子这会儿在干什么，心里只想哭。

到了妮子家楼前，我要下车的时候才发现是穿着大睡袍跑出来的，身上分文没有，我傻眼了，可怜巴巴地看着那个年轻的司机："师傅，这……"

我知道我这时候必须露出最温柔的目光，做出最娇媚的神态。除了阿克，我还是第一次用自己的容貌取悦一个男人。

"你一上车我就知道你没带钱。算了，你真漂亮，拉一趟也值，快去办你的事吧。"

已经晚了。妮子给我开门的时候，满面潮红，披肩发揉得挺乱，大眼睛迷迷蒙蒙的，她冲我懒懒地一笑，又冲床上一努嘴。我望过去，床上死死地睡着个男人。

我倚住门框，慢慢滑倒在地板上……

第二天中午我把妮子约出来。她好像哭过，眼睛有点肿。

她不声不响地走到我旁边坐下，又一言不发地望着我。天很热，好像突然就到了夏天。我已经要好了两杯啤酒和几个小菜。我把酒杯往她面前推了推，她拿起来，一口气干了，对我照了照空杯子，笑了，笑得有点涩。

我问她："那男人是谁？"

"我情人。你别误会，我是说原来的。他一直没命地追我，到现在还给我写信，全被我烧了，没让阿峰知道。其实我完全可以让他知道，可是那没用。我就是让他知道有一百个男人追我可他该不喜欢我还是不喜欢我。我现在明白了，男人要是不喜欢一个女人，那是毫无办法的，就像我并不喜欢睡在我床上那个男人，一样的道理。"

"妮子，现在还来得及，要不，你就真的把自己毁了。"

"贝贝，我要是你，也会说这样的话。你家阿克现在还喜欢你，一旦有一天他有点什么事——这你保证不了，你怎么样？"

我打了个寒噤，惶惑地摇了摇头，这我的确没想过。但我仍然坚守着自己的堡垒，尽管我知道苍白无力但我还是含着泪告诉她一句从书上看来的话："妮子，玩弄生活的人终将被生活玩弄。"

妮子学着外国人的样子不屑地耸耸肩："贝贝，你照着书上的话活着，你有点可怜。当然我更可怜。可怜的总是女人。"

妮子变了，变得真快。我觉得我有责任。

我哭得比妮子还伤心，说不清眼泪为什么而流……

眼前又是一片红光，这血迹怎么擦不掉？阿峰在我对面坐着，手里端着一杯红酒说：“你老摆弄你那眼镜干吗？你想什么呢？”

“我？我不是杀你去了吗？”

“你喝糊涂了？我用不着你杀，活够了我自己会死，死还不容易？你听没听我讲啊？”

“听着哪。她说，我会杀了你。”

“是这么说的。还说那就毁了四个人。”

“那么，你跟贝贝，没事儿？”

“你指什么？她告诉我，肉体可以有止境，感情却是没有止境的。我还能怎么样？你小子也别装正人君子，你能保证你心里没事儿，你敢说你出门的时候不想有个艳遇什么的？有个漂亮姑娘跟你调情你不动心？你敢不敢干是又一回事，可你想过是不是？我说我跟贝贝有‘事儿’你就要杀这个杀那个的，可是谁又杀你呢？”

在这个世界上，能把朋友处到这个份上，也就够可以的了。我没话说，我说什么都是虚伪的。

我忽然觉得生活十分美好，我还不能学坏，得好好活着。

阿峰两手握着杯子，竟低头呃呃呃地哽咽起来。我知道他是为妮子，就沙哑着嗓子说了句：“你该原谅她。”

他使劲地点了点头……

伤

　　霍村极大，村后有小山，极少草木。山下有小河，但无鱼虾。北方冬季漫长，每逢初春时节，春阳暖化了白雪，小山露出原色，小河流水有声，倒也给霍村添了一些风光。

　　钟非当年下乡插队便在霍村。那时霍村还穷，人却好。村人们用国家拨的钱在小河拐弯处盖了三间极好的瓦屋，叫作"集体户"。"户"前不远处就是过河的小桥。几根圆木，横搭几根秫秸，再压几层黄土，这桥只载得起一辆马车。河的对面，也就是离桥不远处，有两间草房，极旧，左右无邻。房的主人早想把草房翻新，但有个瘫在炕上的老婆，只好一年年拖下来，和唯一的女儿拼命挣工分。女儿生得好看。圆脸，弯眉，细长的眼。黑黑的发梳成一根独辫。很小就随父亲下地做农活，竟没有被阳光晒黑了皮肤。父亲没有文化，给女儿起了个极普通的名字：霍小英。

　　钟非不愿意回家。

他有个很好的家。公寓、三楼、两间一套的单元。组合的家具，电视机和录音机都换成了高档的。只没有洗衣机。妻子极力反对买那东西，她愿意自己洗衣服。这个家过于舒适，她怕没有活干会待懒了。钟非虽然想不通，倒也随她去了。妻子从不觉着累，把家和丈夫都收拾得十分干净。

这样，钟非还是不愿意回家。他离开吵闹的门诊部，绕过无轨车站等车的一群人，独自走了。挂了一天听诊器，开了一天处方，走一走是极好的。

他衣兜里有两张舞会的门票，是于浩送给他的。于浩是歌舞团的大提琴手，和钟非是极好的朋友，每次舞会，总忘不了给钟非留票。可钟非没有一次到场，因为妻子不会跳舞，也无心去学。他不好意思带着她，把她扔在家里又有点可怜，只好不去。

书店还没关门。他走进去，先在医学类书架上买了本他要用的书，又来到文学类书架旁。随意浏览中，突然看到一本书的作者名字是童稚。他有些怀疑是不是他的好友童稚，忙把书拿下来，看准了题目《北国山水》，便认定了是童稚写的。他掏钱买下，一边往外走一边翻看。这是本中篇小说集，一位名作家在《序》中写：作者读书勤奋，功底扎实，且有六年的农村生活。四部中篇都是以农村生活为题材，深沉辽远的北方土地跃然纸上，粗犷憨直的北方农民呼之欲出……

钟非看了下目录，有一篇小说竟用了真的地名：《霍村的故事》。他的心猛地抖了一下：霍村！

C市是北方名城。日军占领时期曾把C市作为伪满洲国的首都。医科大学的教学楼就是日本人建的。大楼地处市区边缘，车马行人很少，环境很是幽静。院内有花坛、球场、喷水池，还有小片的松林。

隔一条小街，那边一座日式小楼是艺术学院。艺院的楼不大，只有一个很小的排练场，有时排一些大型节目，就要借医大的礼堂。两家学府近邻，和睦相处。据说医大的学生跳舞都是艺院的学生教的，钟非就是在舞场上认识的柳洁。

头两次舞会钟非只看没跳。第三次，刚刚开始的时候，医大的女团委书记领着一个女学生来找他。

"钟非，这是艺术学院的柳洁，你们跳吧。"

"我没跳过。"

"请人家来就是教咱们的，快点儿。柳洁，这是我们的高材生——钟非。你们跳，我走了。"

"你名字真有意思。我叫柳洁，学声乐的。来，知道几步吗？"

"知道，慢三。来吧。"

"呀，你会跳！你懂音乐？"

"喜欢。"

"怪不得！喜欢音乐的人才跳得好舞。你挺自信的。"

"怎么？"

"你刚才说没跳过，不说不会跳，可见心里有底。"

"嗯，我看过两次，觉得没什么难的。"

一直到终场，俩人没再说话。结束的时候，学生们一起涌出大楼。晚春天气，夜风仍有微凉，柳洁身上有汗，双手抱臂轻轻抖了一下。

钟非犹豫着，把手里的风衣递过去。

"不用，几步就跑到了。"

"拿着吧，别感冒。"

"谢谢你。明天早上我来还你。"

"也好，我每天早晨在小松林看书。"

霍村人都知道钟非懂一点药理，还会针灸。"集体户"用公用钱备了许多药，钟非就给人看病。霍村百来户人家，几乎都用过钟非的药。人们说钟非看病胜过大队的"赤脚医生"。

只有一件事钟非心里不得劲，那便是霍小英的母亲。

还是钟非刚赢得村人们信任的时候，他就想到了河对岸那个瘫痪的病人。但他知道自己能力有限，不敢造次。

冬天，活路单调。男人们都去抢大镐，把粪土一块块刨下来。队长照顾城里学生，派了轻活。钟非跟了一辆老牛车送粪，赶车的就是霍小英。牛车极慢，且不用吆喝。小英就和钟非闲聊。

"我妈的病，你能看吗？"

"我想过。但现在不行，我还得再看些书。"

"我知道这病难治，你好歹给她看看，她心里……也好受些。"

"行。我去。"

"就是……"

"嗯？什么？"

"我们家太穷。你去了要笑话。"

钟非看着小英，面带微笑。他想说一句"你真是个傻丫头"，可又把话咽了回去，因为他突然发现小英已经不是个小丫头了。她身材发育得很好，既健壮又匀称。容貌越发秀丽，又无城里姑娘那种娇态。那双眼睛尤其美，细长的，又亮。原来女人并不都是眼大才好看。

"你想到哪去了？"

钟非脱口说了一句。不知是对小英，还是对自己。

小英低下头，两个年轻人都看着遍地的白雪。冬日的阳光带着一丝暖意，照在他们身上。

钟非在业务上很钻研，工作得十分好。他一穿上白大褂就觉着舒心，甚至不愿意下班。家里闷，寂寞。他又是走回家的，到家时，天已黑了。

小女儿跟姥姥住，家里只有妻子。妻子一边洗衣服一边看电视。见他回来了很高兴，用围裙擦了手，接过他的皮包和风衣。

"饿了吧？你看！"

桌上的晚饭很丰富。青椒肉片，鸡蛋银耳，烧豆角，鱼汤。

"本来想弄四个菜的，可是西红柿没买到，排到我这里没有了。"

"以后别花时间排队买菜了，碰到什么吃什么，省下时间干别的。"

"那怎么行？副食越丰富越好。你当医生的不懂这个？我反正没事。"

"你今天不是……开什么会吗？"

"我请假了，没意思。"

"这不好，以后还是多参加活动。"

"那谁给你做晚饭呢？"

钟非一时语塞。他也不想再说什么，默默地吃饭。菜的味道很好。他知道妻子的兴致全在这上面。衣服要怎样洗，饭要怎样做，屋子要怎样打扫，她有一套理论。

吃过晚饭，像每天一样，他仍旧坐到写字台前。翻开一本书，想了想，又站起身，来到外屋。妻子在外屋洗衣服。钟非看了看，走过去，在她跟前蹲下。

"咱俩洗吧。"

"你怎么了？"

妻子歪头看着他，温柔地一笑。

"快去看书吧。"

他回到里屋看书。妻子带上门，把电视的音量调到极小。

衣服洗完了。电视播音员也和观众道了晚安。妻子铺好床，轻轻问了声：

"要看到……几点？"

"嗯？啊，不一定。"

妻子好一会儿没出声。钟非一回头，见她正愣愣地看着自己。

"你先睡吧。"

妻子垂下头，慢慢地脱衣服。大衣柜的镜子里，映出一个端庄秀丽的少妇的身影，目光带着一点忧伤。

柳洁还没有毕业就小有名气了，她唱歌实在好听。

北方的夏天虽然短，却十分热。柳洁睡午觉睡不着，躺在床上想心事。

窗户大开着。从窗口望出去，可以看到医大教学楼的那片小松林。松林生长极好，一片浓密松针翠绿无比，与旁边一坛红花、一池清水，相映成画，十分好看。

柳洁对小松林更有一层特殊的情意。那小松林培育了她的爱情，也培育了她无数美好如诗的向往。

她翻过身趴着，把枕头压在下巴底下，凝望着那块圣地。她的心里燃烧着爱火，如夏日阳光般热烈，想平静一些都不能。

她要毕业了。她不知道离开那片松林将怎样活下去。钟非很沉稳，不像有的男学生那样迫不及待。他从没表白过什么，可他喜欢她，愿意和她在一起，这她看出来了，毫无疑问。她要等着他，等着他像男子汉那样对她说：嫁给我！

他却始终没有说。那天她轻轻地勾住他的脖子，闭上了眼睛。他在她唇上轻轻吻了一下，她不放开他。他却犹豫了一下，把她推开了。

他有什么犹豫的呢？她不想再等了。

细月如钩，松林里极黑。

"钟非，你不要折磨我，你……"

"柳洁，你听我说，是我不好。我不该这样。我在上大学前就……订婚了。"

"她是谁？你……你爱她吗？"

"不知道。这是父母的意思。我们两家的父母极好。当时我刚从农村回来，干临时工，心灰意冷，对什么都无所谓。后来她极力劝我参加高考。我应该早对你说，可不知怎么就……就不愿意说。这是我的错……我……"

"不！你没有错。问题是你不爱她，对不对？我知道你喜欢我，我知道！你不觉得这很可悲吗？"

柳洁见钟非不作声，就使劲抓住钟非的两只胳膊摇晃着，哭出了声。

"钟非，父母的话都对吗？"

"柳洁，这……不可能了。"

柳洁突然安静了。她沉默了一会儿，慢慢仰起头。

"亲我一下……"

"柳洁，我曾经伤害过一个姑娘，现在，我不能再伤害另一个……"

柳洁往后退了两步，恨恨地——

"你已经伤害了！我等着你，我不结婚！真的！"

柳洁跑了，留下钟非一个人在漆黑如墨的松林里。

清明刚过，霍村人便如往年一样，在乌黑发亮的土地上躬下身去，辛勤耕作。日头未出，各家的屋顶就已飘起缕缕炊烟。

春天总有好事。先是有人传出消息，说霍母被知青小钟扎了几个月针灸，下得地了。又有人飞跑着说看见霍小英搀着母亲到院子里、小河边喂鸡鸭。于是霍村人争先恐后到霍家道喜，几乎踏坏了小桥。

小英家的青狗高大凶恶，全村人无一不怕。钟非见来的人多，便领了青狗到小山坡处玩，见小英在桥边招手，就小跑着下了小山。

"钟哥，我爸叫我到代销店打酒。妈好了，他高兴。"

钟非皱了下眉，摇了摇头。

"大婶算不得好，只不过强一点。"

"钟哥，你很累吧？东头霍四家杀猪，爸叫我割二斤肉，要请你。"

钟非笑了。

"喝什么酒啊，留着钱给大婶买药。"

"你不去，我爸准生气，真的。"

钟非见小英十分认真，就从衣袋里拿出 5 元钱。

"那好吧，你把这钱拿着，买瓶好酒，别告诉大叔。"

"钟哥，你为我家花钱太多了。"

"那不全是我的，我们户里谁都掏过。拿着吧！"

"你们都是好人。你更好。"

小英接了钱，跑过小桥，走了。她的辫子长了，原来搭在肩膀上，现在到了后背。

小桥真的坏了，中间塌了两个洞。童稚在河边挖土，钟非用土筐挑，霍大叔在桥上修。

"小钟啊，我怎么谢你呢？"

"大叔，怎么说这话？"

"唉！挺好的孩子，弄到这地方来。"

"大叔，我还真待舒服了。霍村的人好。"

"那不假，这块儿的人，你给他一把头发，他给你一颗脑袋。"

钟非心里发热。他看见童稚又往小本子上写什么。

钟非中午不回家，妻子总是装一饭盒可口的午饭给他带着。

刚打开饭盒要吃饭，有人喊他接电话。

"喂，钟非么？出来吃吧，老地方。"

不等回话，电话挂了。是于浩。歌舞团离医院不远，他们中午常在一起聊聊。

"男子汉餐厅。"于浩已经叫好了两份西餐，在等他了。

"我说，今晚的舞会，你就去玩玩吧。怎么样？"

"玩够了，没心思。"

"别这样。她就要去印度演出了，情绪不太好。你总得见见她。人家柳洁凭什么呀？你就不动心？你让她出国也好受一点，啊？"

"我让你好好劝劝她，你怎么……"

"她骂了我一顿，说她结婚不结婚跟谁都没关系。"

钟非轻叹了口气。

"老兄，你瘦了。过得不舒服？听我的，离了算了！何必受这个罪！"

"瞎说。我过得很舒服。"

钟非把酒杯往桌上一放，神情有些严肃地看着这个无话不说的好友。

于浩也猛地把酒杯顿了一下，有些激动起来。

"那你就跟人家好好地过日子！然后你自己去对柳洁说，说你很舒服，很幸福。只有你去劝，她才会听的！大家都不要折磨自己，何苦呢？"

钟非握住于浩的手，默默地点了点头。

"谢谢你，老朋友。"

下班后，钟非很早就回家了。妻子破例地没有忙家务，而是坐在写字台前看书。见钟非回来了，忙把书合上站起身，有点慌乱。她很少看书。

钟非看了看书皮：《北国山水》。

"看完了？"

"嗯。是和你一起下乡的那个童稚……"

"就是他。"

"写得真好，真有意思。"

"嗯，是不错。"

"你从来没给我讲过这些有趣的书。"

"人家是作家，能把没意思的事写得有意思。我哪行？吃饭吧！"

吃过饭，妻子没有看电视。她铺好床。

"我有点不舒服，先躺一会儿……"

"嗯？你怎么了？"

"没什么，头有点晕，累了。"

钟非摸了下妻子的额头，又抓起她的腕子摸了下脉，没什么问题。他仔细地看了看妻子的脸，有点苍白，有点消瘦，眼角有了些细纹。

"非，你瘦了。你有心事。"

"我？我有什么心事？"

妻子眼里突然涌满了泪水。

"我知道我不中你的意。可我……我怎么办呢？"

"别乱想了，咱们不是挺好的吗？"

年关将临，霍村热闹起来。

虽然穷，年总还是要过的。男人们捆猪缚鸡动刀子，女人们碾米磨面做年饭。

照惯例，集体户每年只留一个男生看房，轮到的人都不大情愿。钟非倒很乐意，他同霍村有了感情。

腊月二十六，人就走光了，钟非独守三间空屋。村里人们都知道小钟留下看房，掌灯时候，来请吃的人便不断。钟非执意不受，说要守夜读书。再说霍村那样多人家，这几天哪里吃得完？人们见他不肯，便开始送东西。钟非拦不住，十分过意不去。

暮色四合，孩子们在小桥边聚齐，发一声喊，跑上小山。爆竹声便炸响，惹得人们仰了笑脸看那点点火光。

许多年轻人来给钟非做伴。听着钟非的半导体，吃饺子、打扑克，后来就散了。

小英也来了。散的时候，钟非出去送人，扭头看了她一眼。

"你再待会儿，帮我看着屋。"

钟非回来的时候，小英正跟着半导体轻声哼着二人转，极有味儿。

"你原来嗓子这样好，大声唱给我听。"

小英脸羞得通红，再不张口。她从棉袄兜里掏出 10 个煮熟的鸡蛋，还微热，放到小桌上。

钟非笑了，他就爱吃这个。

"知道你就缺这个。你的东西我都有数。"

"小英，你真灵。你实在应该念书。"

小英目光黯然，望着钟非那些排在一起的书。

钟非给她讲书里的故事，小英就出神地听。他常给她讲，她爱听。

烛泪将干，烛火微微摇了几下，熄了。

"回家……"

"小英，先别走……"

钟非觉得血很热，在拼命烧烫着他的身体。头也有些晕，稀里糊涂不知自己在做什么。小英竟不反抗，只是身子有些轻轻地抖。

"钟哥，你要是愿意……"

青狗忠实地在门外卧着。对面是小山、小河、小桥。

钟非刚毕业就结婚了，父母都很高兴。老辈人都说，你瞧钟家的儿子，人家也念了大学，却没变心。

"他媳妇也算对得起他。"

柳洁已经成了名演员。每隔一个月，她总要到医科大学院内的小松林里去待一会儿。渐渐地，去得少了。后来，就不去了。

一个患者的病历上，姓名栏里写着"霍小英"。钟非吓了一跳，抬起头一看，是一个中年妇女。他松了一口气，重名。

钟非不知是感激童稚还是恨他，《北国山水》把他埋在心底的一点什么东西又搅了起来。他给霍村做过好事，也给霍村做过坏事。那个天真无邪、美丽多情的少女的影子时时跟着他。他没能给霍村留下一个完整的小英，也终于没能留下一个完整的钟非——这只有小英知道。

小英并没有怨他，他反倒更受不了。在这个世界上，小英要是再不责备他，便只有他自己了。他有点恨自己。

还有柳洁那破碎的爱。

还有妻子那难以融洽的情。

他忽然明白，女人实在要比男人伟大。

"童稚，就这些，讲完了。你看，我是个带伤的人。"

"是啊，人只要活着，都得带点伤。"

"你说，人身上有伤，怎么办呢？"

"你喝糊涂了？你是大夫，怎么来问我？"

"啊？啊，真的。谢谢你，老朋友。"

那条路很近，又很远

1

拐出这条小街就到了。路本来就不远，天天走，惯了，就觉着更近。萧野放慢了步子，好拖延一点时间。他今天没有骑车，来得早。

天气真好。融融的春光带着一点温热，照着这街、这树、这楼房，还有带着微笑匆匆行走的人们——北方的冬季实在是太漫长了，春天因此就很短、很珍贵。萧野抬起头望了望天，天是蓝的，有几朵薄云。他又低下头，铺着方砖的人行道还有些潮湿，早上下过一场小雨，没有风，没有尘土，周围的一切都很干净。萧野觉得心里很舒畅、很兴奋。也许因为天气好，也许因为别的什么事，他没有去想，反正就是觉得很高兴。

到了。绕过那个卫生箱走十步，就是他每天待的老地方。那里有一个绿色的路牌杆，还有一棵小树。他每天就靠在这里，抽烟，或者看书，等着他的小女儿从离这二十步远的学校大门里边跑出来。

萧野看了看表，离下课还有 12 分钟。居然还有两个比他来得更早的，正在那里闲谈。他微微笑了一下，掏出随身带的一本书，低下头读了起来。

可是心不静，读不下去。这种感觉不知从什么时候开始的，一站到这儿，心里就不对劲地跳。他也想不起是从什么时候开始，那个年轻的女老师总是领着他的小男男，送过来，在离他十步远的地方站住，冲男男挥挥手；又是从什么时候开始，他带着谢意地对她轻轻点头，他们互相微笑；又是从什么时候开始有了简单的对话，慢慢地，就熟了呢？

他想不起来。

可感觉是愈发地明显了，他不想再骗自己，他知道自己开始盼那个下课的铃了。往常可不是这样的。他是一家杂志社的编辑，编辑部就在小学校的附近，他有的是时间，可以靠在这里看书，一直看到小男男跑到他身边。现在不行了，他总是想快点看到男男，当然，还有男男身后那个……那个年轻的女老师。

她真美。

男人，和一个美丽的女人在一起的时候，心里总是很愉悦的。每当冒出这样的念头，他的脸总是烧得发热。他不知道自己有这样的想法是不是十分不好，尤其是他这样的一个男人。

他还能再爱吗？

天！想到了这个词儿。他狠狠地皱了下眉，还是抑制不住浮上嘴角的一丝微笑。这不可能，绝对是胡思乱想！他伸出手，使劲拍了下小树，又掏出烟抽了起来。铃响过了，已经有孩子往外跑了。没有男男，这是常有的事，"压堂"。

5分钟后，又有一小群孩子跑出来，都是男男那个班的。男男和她的老师最后出来，向萧野走过来。萧野心里又有点不对劲地跳。

"爸爸，我又得了小红花！"

"嗯，不许骄傲。"

"哦，萧老师，你等急了吧？"

"不急，我反正是看书。"

"爸爸是书呆子！

"嗯？谁说的？"萧野故意瞪起眼睛逗女儿。

"夏老师说的嘛！"

夏薇的脸一下烧得通红，可她并不慌乱，只是微微低下头，微笑着迎住萧野的目光，倒把萧野弄得不好意思了。他忙低下身子拉住男男的手说："男男，饿了吧？跟爸爸回家吃饭吧。"

"不，爸爸，我跟夏老师走。"

夏薇忙笑着把男男拉到自己腿边，冲萧野说："萧老师，下午都没课，我想带男男……去看场电影。男男说……"她停了一下，低下头摸着男男的小辫子，放低了声音说："说你很长时间没领她看电影了。"夏薇说完，小心地瞟了一下萧野，见萧野低了头不作声，就接着说："中午饭就在我那儿吃，我给她包饺子。她说……说你没时间包。下班以前，我把她送到你单位去。行吗？"

夏薇说完，抿住薄薄的嘴唇，一双眼睛盯住萧野，等着他的反应。

萧野脸红着，轻轻点了点头，眼睛瞅着自己的鞋尖。

小男男欢叫了一声："哈——爸爸同意啦！"随后就顺着人行道向前跑开了。夏薇忙转身跟着她走了两步，又站住，回过身看看萧野，有些羞怯地说："萧老师，要是……你有时间，我也想……请，请你去吃点饺子。"

"啊，夏老师，谢谢。我还……有事，再见。"萧野说着，冲夏薇点了下头，转身走了。这32岁的男子汉实在有些粗心，他没有注意到夏薇那有些期待的目光，也没有注意到她脸上那有些失望的神情，他更没有留心看一看夏薇今天与往常不太一样的打扮……

夏薇默默地转过身，向等在远处的小男男走过去。

萧野心里有些乱，他本来不想让男男跟夏薇走，可不知怎么就点了头。他没想到夏薇会这样做，他也很感激夏薇能给男男超出老师对学生以外的温暖。夏薇知道男男是个不幸的孩子。可是除了这个，好像还有点别的。萧野相信自己的感觉。但他不敢想得太深，因为他还不能算了解夏薇。虽然那清淡、文秀的容貌已经在他脑中有了位置，可那双眼睛对他来说仍然是个谜，像首诗一样的谜……

她是谁？

萧野脚下踉跄了一下，原来他忘了看路，踩空了人行道的路阶。该拐进小街啦。他笑着自己这像"意识流"一样地瞎想，准备好好走路。

可是他又站住了，因为他面前站着徐菁。

"萧野，那就是……男男的老师？"

"对。你怎么……在这儿？"

"叫夏薇？"

"对。你……"

"我来半天了。别人告诉我，我还不信，原来真是这样。"

"徐菁！虽然你已经无权过问，但我还是要告诉你，我是来接孩子的。"

"是啊，我无权过问啦。"徐菁甩了一下她那一头漂亮的长发，嘲讽地说："我只是想验证一下我的话：大学念完啦，当了编辑啦，有了那个啦，我这个当工人的，自然……再见！"

"站住！"萧野低声喝道，但他马上想到替自己辩白是没必要的，便又咬住了牙不作声。

"你凶什么？"徐菁又转回身来对着他，"告诉你，你们单位的人都在这么说你啦，我的正人君子。我只是奇怪，你既然是个男子汉，怎么离婚的时候我那么问你，你就是不敢承认呢？"

女人可真是有意思，你简直就不能跟她讲理。尤其是她。萧野望着眼前这个自己曾爱过又不爱了的、连孩子都不要的女人，无可奈何地转过头去，呼出一口长气，不再理她。

女人都这样么？

2

拐出这条小街就到了。路本来不远，可萧野倒走了很长时间。他有心事了，走得慢。

昨天徐菁的话，给了他一点小小的震动。他实在是个书呆子，竟不知道单位里已经有人在议论他了。原来对他和徐菁离婚的种种猜测，本来已经平息，现在又冒了出来。单位里竟有人知道了夏薇的名字！这真是奇冤大枉。不错，他有大学毕业的文凭，有编辑的职称，发表过评论作品的文章……可他实在是从来没有过分看重自己的这些"优势"啊。他十分愿意和一个当工人的妻子很好地生活下去，只是徐菁不肯合作罢了。这里面那复杂、微妙的原因，怎么能像一加一等于二或一减一等于零那样一下子说得明白呢？

当然，离婚是他提出来的。问起原因，也只说得出感情不和。吵是吵了好几年的，大家都知道。她又不提。他受不了，提了，就离了。他多次地反省了自己之后，相信自己已经不再爱她了。他相信她也不再爱他了，因为他觉得一个爱丈夫的女人是不应该那样的。他承认自己不会治家、不会挣钱，可她抱怨得太厉害了，到了严重刺伤他自尊的程度。她讨厌他那些书，看不起他的成就。她需要他陪着玩，陪着享受，可时间和钞票都是有限的。她就赌气，说他不会生活。他告诉她应该怎样理解这两个字，可她有自己的理论。她想整个儿地占有他，却把他失去了……

好像很简单，但又难以维持。徐菁认定他是看中了别的女人。她认为只有这个才能是萧野的理由。

那时小男男刚刚上学，而且到现在也才不过半年多。

萧野觉得有点累。他走到老地方，肩膀靠住那棵小树，望着学校的大门。他今天来得晚，已经有好多人在这里等他们的孩子啦。

他想让那个铃快点响，又想让它慢点响，他不敢看表。

铃终于响了，学校门口热闹起来。他一下就看见了男男和夏薇。男男扬着脸，和夏薇比比划划地说着什么，夏薇低着头听着、笑着。

走出来了，还有二十步。萧野站直了身子，从衣兜里掏出烟盒，摆弄了一下，又放了回去。

"爸爸！"

"男男。"萧野见夏薇也背着包，问道："啊，夏老师，你也下班了？"

"是啊，今天周六，没什么事，和学生们一起下班。"

"爸爸，你不是说今晚上要包饺子吗？我跟夏老师说了，请她也去吃。咦？夏老师，你还没答应呢，去吧，去吧，啊？"

萧野一愣，这太意外啦！可孩子已经说了，不容他多想，也不必多想——他心里是愿意的。

"哦？那当然好！要是……夏老师，你方便的话……"

夏薇笑了，稍稍犹豫了一下说："好吧，我反正，一个人。"

这个，萧野昨天已经从男男嘴里知道了。可他还是有点紧张，轻声说："走吧。"

无轨车很挤，萧野的家并不太远，三个人索性步行。男男一个人跑在前面，萧野和夏薇在后面慢慢跟着。他们走的全是近路，没有走大街，周围挺静。

春日的黄昏，有一点轻寒。被 17 层大厦挡住的那轮落日的日光已经不那么明亮，而是带了越来越浓重的颜色，涂抹着这座北方城市的周末。

真是个令人愉快的周末。萧野微微侧过头，看了一眼夏薇。她还很年轻，看上去不过二十七八岁。她不是那种标准的美人，可是极清秀。白，静，柔。那头乌发梳成一个不太长的独辫，斜弯在一边的耳后，又恰到好处地修饰了那样一些有点过分的特点。她笑起来更好看，坦诚的、自然的、轻轻的，迷人。

他觉着要对她说点什么，可又觉着这样默默地走着更好。他不知道她是谁，只知道她是男男的老师，为了孩子，来了。也许只有这一次。他要把这个周末留在心底，永远记住。

不管怎么样，他是爱上她啦！

他吓了一跳，脸红了，忙又侧头去看她。可巧夏薇也正侧过头来看他,两人的目光相碰了。这样的目光,可以省去许多话,距离却缩短了。夏薇大概因为激动，有些慌乱。她想找点话来掩饰一下，就低着头说："男男这孩子……真可爱……"

"嗯，这孩子天资不错，我就是怕把她宠坏了。"

"你一个人带着她……很辛苦吧？"

"还可以，惯了。她妈妈没走的时候，她也就是跟我亲。"

"她妈妈真的……不要她？"

萧野听出夏薇有些不相信，就肯定地说:"真的，真的不要。她说，既然孩子跟我亲，还是跟着我好。"

"啊——真是不可理解。怎么可以……"夏薇叹了口气说，"唉！有了孩子的家庭，还是不要离婚的好，对孩子的刺激太大了。"

"夏老师，你还没有这种体会。有些事，是很难说得清的……"

"萧老师，我也是……离过婚的人。"

3

拐出这条小街就到了。路本来就不远，萧野又骑得很快，到校门口下车的时候，头上出了一层细汗。

昨晚那个愉快的周末过去了，那么平静，那么美好。什么事也没有发生，只有包饺子、吃饺子，可仍然那么值得留恋。萧野甚至还没来得及想，这应该算作是开始还是结束？就过去了，过得真快。

萧野匆匆锁好自行车，刚要踏上那宽大的台阶，就看到十几个孩子随着夏薇走出来了。夏薇一眼就看见了萧野，她稍稍愣了一下，随即那双明亮的眼睛快乐地眨了一下，招呼了一声。

孩子们和老师道着再见，叽叽喳喳地跑散了。夏薇快步走下台阶，向萧野问道："萧老师，男男怎么没来？"

"我就是来告诉你的，男男病了。"

"病了？昨晚上……"

"是啊，昨晚上还没事，可能是出来送你的时候，身上有汗，凉着了。半夜就发起烧来，今早上还没退，刚才我抱她打了针……"

"哎呀，这怎么好？现在呢？"

"好一些了。她哭着闹着非要我来向你请个假，说是周日义务劳动不能来了，伤心得不得了。"

"真是的，小孩儿病了嘛，怎么劳动？那你……把她自己扔在家里？"

"没什么，惯了。"

夏薇有些嗔怪地叹了口气，不知是对萧野还是对男男。她低头犹豫了一下，又抬起头对呆愣着的萧野说："萧老师，我得去……看看她。"

"夏老师，你……"

"啊，我不放心……本来，想在明天指定她当班长呢……行吗？"

夏薇的话有点不着边际，不知是问男男当班长行不行呢，还是去看男男行不行。她那双不算大但很好看的眼睛又那样盯着萧野。

萧野给这目光瞅着，心里有点热。他不由自主地点了下头说："好吧，走。"

"正好，我今天也骑了车，借邻居的。"

在萧野家住的那幢古旧的小灰楼的楼门口，萧野和夏薇意外地遇见了徐菁。她刚锁好自行车回过身来，和刚下了自行车的萧野、夏薇打了个照面。

几秒钟的对视过去后，萧野首先开口："你怎么来了？"

"我来看看孩子。"徐菁很从容地回答他，眼睛却盯着夏薇。

毕竟是妈妈，没什么说的。萧野冷静地说："正好，男男病了，这是她的老师，也来看她。"

徐菁把目光从夏薇脸上收回来，又飞快地瞥了下萧野，不易察觉地点了下头，转身进了楼门。

萧野家住三楼，上楼的时候，萧野在中间，夏薇在最后，三个人都没有话。

到了。徐菁闪在一边，两手向下伸直，把那个很鼓的背篓靠在小腿上，抬起头望着墙，等着萧野开门。

萧野把门打开，徐菁也不谦让，先进去了。萧野对夏薇说了声："请进。"

夏薇小心地看了一眼萧野那表情严肃的脸，也进了屋。

男男睡着了，睡得很熟。三个人在床边站着，听了一会儿男男那不太均匀的呼吸声。萧野冲两个女人摆了摆手，三个人轻手轻脚地到了外屋，关紧了里屋的门。

沉默。闷。

"萧野，听说你很忙。"

"嗯。"

"让孩子跟我吧。"

"徐菁！"萧野愣了一下，"现在不是说这种事的时候。"

"我托了人，给她……转个学。"徐菁说出了一个学校的名字，那是全市最好的一所小学。"远一点，可你放心，我也会天天接她送她的。"

"徐菁！"

"轻点，别把孩子吵醒了。我是为你好，你们单位已经有人反映，说你天天在工作时间到学校门口……"徐菁好像不经意地瞥了一眼夏薇。

夏薇那好看的面孔有些苍白，她站起身，尽量平静地说："萧老师，我……我先走了。"

"夏老师，别走，我去叫醒男男。"

"别叫啦，我改天再来。告诉她别着急，等病好了再上学。"夏薇说着向门外走去。

"夏老师。"徐菁轻轻叫住她，很自然地说，"听说你对男男很关心，我真感谢你。"

夏薇缓缓转过身说："没什么，我是她的老师啊。"

两个女人的目光第一次相撞了。她们以女人的敏感，各自看懂了对方的目光……

4

拐出这条小街就到了。路本来不远，下雨天，不太好走。萧野一手打着黑尼龙布伞，一手抱着男男的小雨衣，噼噼啪啪地小跑着。

街口那棵大树下面，背对着他站着个女人。那肉色的水靴，米色的风衣，橘红色的小伞，他都太熟悉啦，是徐菁。

他想跑过去，但还是站住了。徐菁横穿过小街，站到他对面。她摘下风衣的帽子，掠了掠头发说："你爱她吗？"

萧野没有说话，眼睛望着不远处的学校大门。

"还有 6 分钟下课。萧野，你爱……"

"这不关你的事！"

"萧野！"

"听着，我们既然已经分手了，就都好好走自己的路吧！我只想告诉你一点，那就是……"萧野见徐菁的眼里突然有了泪水，就把话停住了。徐菁瘦了，眼睛更大了，漂亮的面孔有些痛苦地扭曲着。

"我知道……我知道你和她,是在和我分手后认识的,可是我受不了!"徐菁突然抑制不住地提高了声音,"我就是受不了,我嫉妒!嫉妒你们!"

萧野很了解徐菁,她虽然外表强硬,其实感情很脆弱。他长叹了口气,耐着性子说:"徐菁,我可以不和你说一句话就走。可我们毕竟做过几年夫妻,我劝你还是不要这样。再说一次,好好走自己的路吧。"

徐菁把头扭到一边去,沉默了一会儿,轻轻地,但很坚决地说:"萧野,求求你,把孩子给我。"

萧野眯起眼睛望着学校的方向,声音低沉地说:"我不知道你当时不要孩子是怎么想的,可我现在还是相信你,你毕竟是母亲。如果你真心要……就给你吧。"

徐菁猛地转回头,定定地瞅着萧野。她没想到他会答应。她当时不要孩子,确实有一半是出于赌气,可她毕竟是没要。按理说,她是应该好好走自己的路,去寻找另一种能够满足她的新的生活。可是自从她知道了夏薇的名字后,这种说不清是嫉妒还是什么的感觉总是缠绕着她。她现在要孩子,也不能说完全出于诚意,她还没有好好想过。她只知道,没有男男,萧野是不会幸福的,即使他再娶个满意的妻子。可萧野竟这样大度,他是以真诚来理解一个女人的!徐菁脸红了,她低下头,什么也没有说,转过身,小跑着走了。

萧野透过迷蒙的雨雾,望着跑远的徐菁,他轻舒了口气,又摇了下头,不知是有些怜悯,还是有些同情。或许,什么也不是……

5

拐出这条小街就到了。路其实很近，用不着着急，可萧野还是走得飞快。

昨天没有见到夏薇。他用雨衣裹住男男回家的时候，男男告诉他，夏老师是优秀教师，去市里参加表扬会了。

今天下课早，男男已经在等着他了。他走到男男身边问："男男，夏老师呢？"

"在那儿。"男男指着在台阶下跟几个孩子说话的夏薇喊："夏老师！"

夏薇抬起头，迟疑了一下，走过来微笑着说："萧老师来了。"

"夏老师，听说你当了优秀教师，祝贺你。"

夏薇低下眼睛，有些羞涩地说："谢谢。"

"哦，男男，去买三个冰棍，给你钱。慢点儿跑！"萧野把男男打发走，目光坦然地看着夏薇问道："夏薇，你怎么……"

夏薇知道他要问什么。她有点紧张，她想说：我走得太过了。可她不愿说，因为她的心里是愿意走的，愿意和面前这个男人走到一起。她抿着嘴唇，不作声。

沉默了一会儿，萧野突然平静地说："夏薇，我喜欢你。"

夏薇虽然不感到意外，但还是吓了一跳。她急急地说："萧野，萧老师，你别……你们，你和……男男的妈妈，你们本来可以很幸福，以后，以后也会的……只要你们，男男她，离不开爸爸，也离不开妈妈……我……”她很困难地说着，有点语无伦次。

萧野抬起一只手摆了一下，打断夏薇的话：“我是三十多岁的人了，我不会拿自己的感情开玩笑。我可以把女儿给她，可别的……什么也没有了。”

夏薇显然受了不小的震动。她小心地问道：“怎么，男男真的要……转学吗？”

“嗯，我答应徐菁了。”

夏薇极力控制着自己。她有些痛苦地皱着眉头，望着从远处跑回来的男男说：“我……真舍不得她。”

“夏薇，我们……啊，你以后，会有你自己的孩子的。”

夏薇背对着萧野说：“萧老师，你知道我……为什么离婚吗？”

“不，不知道。”

“我，不能生育。我原来的丈夫就……”夏薇没有说完，轻叹了口气，走了。

萧野说不出话。

6

拐出这条小街就到了。路其实不远，男男可以自己走了。不知到了新学校要走多远的路？萧野来到老地方，靠着，看书。又合上了，看不下去。

刚才编辑部的领导找他谈过话，问他，到底是什么时候认识夏薇的，离婚前？还是离婚后？

"主任，这很重要吗？"

"啊，你是个有才华、有能力的年轻人，要想到前途，要严格要求自己……"

天！

下课了。夏薇领着男男走过来，在离萧野十步远的地方犹豫着站住，男男自己跑到萧野的身边。夏薇微笑着，摆了摆手，不知是对萧野，还是对男男。

夏薇转身走了。素格的春装，背影极好看。

小街拐弯的地方，还有一个背影，萧野也很熟悉。她站着，望着她们的背影。春阳的柔光抚着她的脸，她瘦了些……

7

拐出这条小街就到了。路真近。

夏薇领着男男走过来啦，在离萧野十步以外的地方站住。

萧野微笑着，向她走过去。很从容，也很坚定。

"她没有我漂亮，但比我美。"站在小街口大树后面的徐菁这样想。

8

拐出这条小街就到了。这条又近又远的路啊……

买　粮

说一个关于"吃"的故事。

初到农村的时候，所谓的前途并不是一个重要的问题。因为经过了下乡前的一番折腾——从下定决心到选择地点到打点行装——不论是父母还是我们自己，都已经累得疲惫不堪。父母已经是饱经了变故，自然是心中有数；知道此一去将是孩子一生中的一个重要转折，只是吉凶未卜；尽力把能做的事做完之后，只剩下暗自流泪。而我们自己作为主角儿，在经过了最初的激动、兴奋，伴随着浪漫的想象之后，当一台大卡车载着我们离开了那时候并不像现在这样繁华但肯定比农村要好得多的城市的时候，当迷了路的司机在乡村尘土飞扬的小路上往来奔波于各个屯落之间的时候，当一个初秋的夜晚月亮刚刚爬上树梢，大卡车终于停在了我们该去的地方而引来两声狗叫的时候，我们已经没有了任何兴趣去看一看月光下的乡村。（那是我在那个夜晚第一次走进那个平常的村子的时候便应该静静地感受并深深地记忆着的，因为那第一个夜晚的感觉将无比珍贵，过了那个夜晚那种感觉将再难留住。可是我没有。我失去了这个机会。以至在我离开那儿的许多年后，记忆中的那个夜晚始终是朦朦胧胧的，闭上眼睛只能想起一切都是静的。月光不很清亮，有些灰白，勾出屋的轮廓、柴垛的轮廓、生产队破败的院墙的轮廓，马厩里偶尔传出一声马的响鼻倒使这夜晚更静。最深的一个印象就是我依稀记得井台边有一个打水的女孩儿，她身子瘦小，却梳着一根长长的大辫子。那装满了水的"柳灌斗"看上去几乎有她半个身子大，她却把那东西提了起来，又把水倒入自己的水桶中，从容不迫。我还记得她提着水桶摇摇晃晃消失在夜色中的身影。我是在下乡半个月后才能把装满水的"柳灌斗"从井里摇上来再倒进水桶中。）我们也来不及拍打去满头满脸的尘土，我们所有的欲望和想法都消失得无影无踪，心中所想的只有一件事，那就是——吃饭。

我们饿坏了。

没有电。油灯如豆。生产队的炕桌上摆着我们的晚饭：小米饭，炖豆角，豆角里居然还有几块肥肉。

虽然几乎所有的人都把小米呛进了鼻子里，但那顿饭还是吃得香极了。下乡之前就听说我们要来的这个生产队算是不错的，吃这顿晚饭的时候我就想所言果然不错。

到了第二天的早上，情况就有所不同了。我们插到一个老集体户，户里还有几个老知青，原指望有他们在能得些照顾，却不知他们有的回家，有的到别的户去玩，有的出了民工，户里只剩下两个人。一个是准备扎根农村，要嫁给队里的会计的，人已是往过去了；一个正在生病，蒙着头在炕上睡觉。我们的早饭便有了问题，没有人会焖高粱米饭，没有人会贴大饼子，更没有人会捞小米饭——那是个技术活儿。

其实没有小米，也没有高粱米，只有苞米面，更没有菜。集体户里没人种菜。

在那样的境况里，前途什么的当然不是重要的问题。农村的天地是如此之大，事业才刚刚开始，还来不及想今后的日子。心里优先考虑的只有那个最最实际的问题，那就是——吃饭。

一些日子以后，户长派我去公社买粮。

那时候有一个规定：新下乡的知青，因为还没有挣到工分，可以吃半年的供应粮。像在城里一样，每个户有一个粮本，每个户都很看重这个粮本，因为那上面有一点细粮，可以解解馋。老知青当然可以借光吃上两顿好饭。

这是个美差，因为老知青抽不出人手了才派上我。户长一再问我能不能摆弄得了那头牛，我怕失去这个机会，也一再保证：一头牛嘛，没什么了不起的。

去生产队大院里牵牛的时候，我看到牲口棚里什么也没有，就去问饲养员。饲养员用烟袋锅向院子一个角落指了指，我就看到了那头牛。是一头瘦得皮包骨的老牛。它趴在那里像是有一百年了，秋日的阳光暖暖地照下来，苍蝇和瞎蠓落满了它那粘着牛粪的身子，还有眼睛，它都懒得动一动。我当时的确想到我和它究竟谁更有力气？

生产队离公社有 18 里的路程。走 6.5 里的土路，再走 12 里的"国道"（公路），就是公社的所在。一路上老牛慢得让人不可思议，到了公社天已过午了。我很顺利地把粮买到了手，也不过是二十几斤白面，十几斤大米，一左一右搭在了牛背上。还有一个装了3斤半豆油的瓶子，我把瓶子挂在了牛脖子上，然后像个在行的农人那样抬头眯起眼睛看了看天——天是很晴朗的艳阳天，大概是午后一两点钟的光景。我按照出发前就在心里拟好的计划，牵着牛去供销社，我准备花3毛5分买上半斤点心——那时候一种叫"炉果"的东西，然后就可以上路了。

要不是碰上一个同学打乱了我所有的计划，我就可以在太阳落山前赶回集体户，我知道大家盼我早归的心情。

我这同学下乡的地方就在公社，他一定要拉着我去公社唯一的小饭店吃饭——我已经好些天没见油水了，当然难逃诱惑。同学要了一盘炒干豆腐、一盘熘肝尖，6两水饺，这用去了他3块9毛钱，也用去了我们两个小时的时间。我当时觉得我们实在是太奢侈了。

那场大雨来得实在是又快又残酷。和同学分手的时候，我们已经注意到了天边的一点乌云。同学担心地劝我干脆在公社住下算了，明天早上再从从容容地回去。可我断然谢绝了他的好意。我必须让这点粮食在今天晚饭的时候就摆到我们的小炕桌上。当时整个天还都是蓝的，绝不像有大雨的样子。我在片刻的犹豫之后，选择了那条能近6里路的小路。这个选择让我付出了巨大的代价。开始时那老牛拼命地跑，快得让人不可思议，我简直拉不住它。等到乌云压上来的时候，它却又不走了。我把嗓子喊哑了，又抽断了两根树枝，它仍是无动于衷。我这才明白老饲养员那有点幸灾乐祸的目光。我从小得到的关于牛的全部知识使我对牛印象极好，可这时候我才知道原来牛有时候也这样可恨。当第一滴雨点落下来的时候，我绝望地环顾四周，四周是平平展展的广阔天地，大部分庄稼已经割倒拉走了，仿佛天地间只剩下一个孤立无助的我。我后悔极了，如果走国道，路边会有一些道班的小房子，起码也有大树。可这儿什么也没有。我只来得及把粮食从牛背上拿下来，大雨便倾盆而下。我把粮食抱到就近的一条沟里，放到沟壁上一个凹进去些的地方，然后把身子趴上去，任大雨在身上浇着。当时我只能这样。挺壮烈的。

掌灯的时候，我回到了集体户。老牛早自己跑回来了。我背着粮食，摔了无数个跟头，人已经不像个人样了。

油瓶子被老牛打破了。大米用水洗过总算还能吃。白面是完了。一个老生差点用刀劈了我。他出了两个月的民工，现在病了，就想吃点面条。

那天晚上我们吃的是大米粥，贴大饼子。没有香喷喷的油饼和面条，那只能作为无比美好的期待在下个月再实现。我什么都没吃，我要惩罚自己。我要是不吃饭馆儿，就会有更多的人吃上一顿，不，是好几顿好饭。

晚饭后天却又晴了，满天星光闪烁，月光竟是好得不能再好。我独自立在院中，身披如水的月光，心中是无比沮丧。这是广阔天地给我上的第一课，我第一次明白了"吃"的意义。

许多年后的今天，我已经吃过了上千元的宴席，而且有许多的时间来考虑"吃"以外的事情。我不知生活在我曾经待过的那个地方的人们，他们是不是也有点时间来想别的事情了？那月光下的夜晚还是那样宁静么？

　　听说大饼子比馒头卖得贵了，当然是掺了白面的。有一天我在饭店里吃到了用油炸的大饼子，卖到 8 元钱一盘，其实并不好吃。

我不是故意的

我从被窝里爬起来，裹着一条毯子倚在窗子旁边。

春天的早晨真好。长街已被清洁工打扫得干干净净，人们在温软的晨风里忙着各自的事情，脸上都挂着微笑。我心情不好，没有微笑。

他在厨房里忙着做早饭，鸡蛋在油锅里吱吱啦啦地响。他敲了敲锅沿，没听到我的反应，就走到门边来问我："怎么还不换衣服？要迟到了。"

我转过脸望着他，可怜巴巴地说："唉！我不知道穿什么衣服上班啊。"

他走过来，哄小孩似的拍拍我的脸蛋，宽厚地笑笑，又回厨房去了。

只有他知道我。这足够了，我该感到幸福。可他不能整天守着我啊，我得上班，得回答那些阴阳怪气的问话，得忍受那些令人害怕的目光。那个整天看着我发型的冯雅珍，那个整天瞟着我上衣的宋丽云，那个整天注意我裤子的张凤芹，那个整天留心我鞋子的赵玉琳，还有，那个总是暗中盯着我化没化妆的李素欣……我调到这个机关才一年，刚好春夏秋冬四季，就已经成了这帮同性同胞的众矢之的。我真不知这该怎么解释。要是可以，我真想叫她们姑奶奶，只求她们饶了我，别总盯着我。我真愿意我是全机关女人中最不起眼、最不惹人注意的，我实在不是故意跟她们作对。我愿意她们都比我美，我愿意男人们的目光全盯着她们而不是我。我从来不着意修饰自己，真的，真的。在机关里我从来不敢大声说话，不敢开玩笑，不敢和男人们接触，总想法往她们一堆凑，跟她们赔笑脸。到现在我连件新衣服都不敢穿，活得好累。

这也不行，就像我欠她们钱似的。可我长得好看，是"衣服架子"，这不能怪我啊。我总不能不梳头不洗脸光着身子去上班啊。

我盯着镜子里的我，心里直怨妈妈。她也真会生我，你说不出哪儿好看，可也挑不出一点毛病来。眼睛挺大挺长的，眉挺弯的，鼻子挺直的，嘴唇挺薄的，脸儿不长不圆。29岁的人了，还生过一个孩子，眼角愣是找不出一条细纹。对天发誓，我从没用过"奥琪""爱芳"什么的，可是脸总那么白。自从兴抹口红那时起我只用过一支，还是他给我买的。那天李素欣一口咬定我抹了眼影和睫毛油，我说没有，她急得什么似的，我有什么办法？

他把早饭端进来了。我没心吃，唠唠叨叨地跟他说。他一边很快地吃，一边不住地点头。完了，他依旧是轻轻地拍拍我的脸蛋，然后伸出指头点着我的鼻尖说："第一，好好工作。第二，好好打扮。活着不为美为什么？为丑么？那些姑奶奶想美的劲儿哪个也不比你差，不信你问问。"

他就走了。这大坏蛋！把我一个人扔在屋里，你倒给我出个主意啊。我委屈得直想掉泪。

七点半，可真该走了。今天是"三八"节，机关里有联欢活动，招待电影，听说还有舞会。昨天下班前我就看见她们聚在一起，不知嘀咕什么，眼睛还瞟着我。走出大楼的时候，有两位还故意问我明天穿什么衣服。

穿什么衣服？我哪儿敢穿什么衣服啊！让我无忧无虑地过一天节就谢谢你们啦！我真想跟他们像亲姐妹一样地相处。我真想告诉冯雅珍她的脸略宽，不宜烫那个什么"荷叶头"。我真想告诉宋丽云她的脖子略短，不宜穿高领衫。我真想告诉张凤芹她的两条长腿穿"小喇叭"牛仔最好，可她总穿"骑士"牛仔。我真想告诉赵玉琳穿高跟鞋走路时一定要挺胸提腰向上使劲，而不是全堆下来膝盖打弯。我也真想告诉李素欣她嘴唇灰白有点贫血，可以稍稍用一点口红，怎么就不敢抹呢？

我敢说么？我不敢。

我开始翻箱倒柜地找衣服。穿什么呢？我的衣服并不多，也都不太值钱，可哪件她们都撇过嘴斜过白眼，我怎么才能让她们满意呢？我着急地在屋里转悠着，抬头看见衣架上挂着的他的那件夹克衫，是我给他买的，极普通的样式：立领、插兜，已经有点洗旧了，介于蛋清和嫩绿之间的那种颜色，拉链也坏了，合不上。我随手穿上，显然有点大，没关系，就是它吧。再找裤子，太新的不行，"牛仔"也不行，"健美"更不行。最后翻出一条八成新的深蓝色毛料裤子，原来也是他的，穿着小，我自己改了，最普通的直筒式，但极合身。白衬衣也是旧的，随便扎在裤子里。我又从床底下找出那双早已过时的黑色大绒面布鞋，带襻的，半跟。还是我怀孕时穿的呢，行，齐啦。头还没梳，用手拢着，随便挽上去，得找个发卡。红的扎眼，白的太俏，黑的吧，看不出来。用湿毛巾擦把脸，抹一点他的男用面霜，没味。抓起口红轻轻涂了两下，手有点抖。还该戴条纱巾，找出一条最过时最旧的，蓝底，小白花。背包呢？干脆，仿羊皮小包也不用了，背这个旧亚麻布的，暗红色，素。

就这么出门啦。都没敢照照镜子，我心里好难受。走在街上，还是有人瞅我。有男的，也有女的。那骑车的小伙子还回头飞来一个吻。我想大概他们是在笑话我的装束吧？我眼里差点就涌上了泪水。看吧，这下满意了吧？

进了机关大楼，走近会议室的时候，刚才的那点心气儿全没了。我小心翼翼地进了屋，我的天！

她们显然早来了，十几个人嘻嘻哈哈地笑着，互相品评着各自的衣着。真是赤橙黄绿青蓝紫，全啦。整个的小型时装表演。看那些脸，几乎用遍了百货大楼所有化妆品。几个男性的年轻人正在摆放桌椅和茶具，嘴里故意发着牢骚。见我进来，她们和他们全停住了，全愣住了，屋里真静。

在一瞬间我的脸上露出了由衷的、真诚的微笑。我相信我的目光这时也是最亲切的。因为我没有了负担，她们可以满意了！

可是怎么回事？她们的目光怎么都这样？我好害怕。冯雅珍几乎是愤怒地扑到我面前，晃动着她那足有三百个卷的"爆炸头"，恶狠狠地问我："你、你、你没穿衣服？"

天哪！我下意识地低头看自己。这时男人堆里有人说话了，是机要员小孙："嘿！瞧见没有？全傻眼！"

小孙走到我面前，轻轻拉开冯雅珍，上下打量了我几眼："得，大姐，今儿这舞会皇后又是非你莫属啦！"

苍天在上，我可不是"安娜·卡列尼娜"，我绝没有那个意思！

我往后可怎么办呢？

大 寒

　　当柯奇突然注意到外间屋打字机的声音已经停止了的时候，他就长长地叹了口气。他知道他为处长代写的这份报告是不会有一个出色的结尾了。

　　柯奇现在是坐在处长所用的宽大的写字桌前，点着处长桌上才有的台灯在写字。他努力回忆着刚才的思路，想继续把剩下的一点事情做完。这时候他就听见了外间屋的小沈轻轻地收拾打字机的声音，接着就是她轻轻地来回走动。高跟鞋敲着地面发出好听的嗒嗒声。他就把头向门那边转过去。

　　门是虚掩着的。外间屋日光灯的光亮从很大的门缝间泻进来，与橘黄色的台灯光交融起来。于是处长办公室里就有了一种神秘柔和令人感动的光晕。柯奇刚刚有了这种感觉并且想再深入地感受一下的时候，小沈就开门问道："柯老师，不走吗？"

　　柯奇被吓了一跳。在最初的几秒钟里他甚至定定地望住小沈那带着甜甜笑容的脸，继而就感到了自己的失态,点着头说道："好，走吧。"

小沈在柯奇收拾东西的时候一边走进来一边问道："写完了吗？"

"嗯，基本完了，差个结尾。"

小沈这时候就走近了柯奇的身旁，站得离他很近地说："哟，写这么多！柯老师，你真是个快手，怪不得处长每次写报告都离不了你。"

柯奇说了句客气话，心里却涌起一阵快意。他很长时间没有听到过对自己的夸奖了，听别人夸奖自己毕竟是件愉快的事，何况是一位年轻漂亮的姑娘。他这样想着，就把头转过去看小沈，正巧迎住了小沈也在看他的目光，他自己就觉着有些脸红。小沈仍然带着甜甜的笑容说："我打字影响你了吧？"

柯奇连忙摇着头说："没有没有，我……"

他是准备着说出"我愿意听你打字的声音，有这声音伴着我才写得快"，可他到底停住了没有说出来，也就使得有着神秘柔和光晕的办公室里的对话没有发生根本的变化。他松了口气，对自己的矜持感到满意。刚刚过去的短暂的愉悦，已经超出了他以往在这方面所有的享受，这就足够了。然而，他又觉得这种享受大概也就是一种堕落。他哪里还有勇气再去发展呢？

看看表，是将近晚7点的时间，屋里早来了暖气。身旁的小沈在认真地看他写的报告的前两页。小沈穿了件全黑的毛衣，毛茸茸的。柯奇知道这叫"马海毛"，是妻子梅子告诉他的。梅子想买这种毛衣有很长时间了，只是还没有下定最后的决心。

柯奇不由自主地抬起手，想去摸摸在怀兜里的今天所发的工资。到了手指触到衣纽的时候，他蓦地意识到两个人这样的姿势待在一起的时间太长了。小沈年轻健康的身体里隐隐散发出的青春活力,几乎笼罩住缩在软椅里的柯奇的全身。他忽然觉得一阵燥热,于是就起身站了起来。

当柯奇站起来的时候,他没有想到会碰着站得很近的小沈的身体,所以当他的肩膀极轻微地擦到了小沈耸起的乳峰时,他几乎失去了所有的反应的能力,窘迫地站在那里。小沈却只是飞快地瞥了他一眼,仍然带着笑说:"走吧,柯老师。"

在外间屋的衣帽架上,两个人取了各自的外衣。小沈的是一件乳白色的滑雪衫,柯奇的则是一件很旧的军棉大衣。这样的对比就又使柯奇抬起手按了按鼓起的怀兜,把心中酝酿了很久的那个计划又向着决定的方向推进了一步。

小雪还继续不停地下。小沈的小红帽在一片雪色中跳跃着远去了。柯奇的目光向着那窈窕的身影追逐了许久,一时竟忘却了许多烦恼。他已经习惯了在这烦恼中努力地奔忙,把属于他的日子一天天打发掉。所以,当他在这美好如诗的雪夜里享受了一点充满神秘柔和色彩的时光之后,他的心受到了极大的感动。直到渐渐大起来的雪花三三两两地蒙住了他的眼镜片,他才骑上他的破旧的单车向家里驶去。

梅子在下午就接了柯奇的电话,知道他是因为给领导写报告而要回来得晚些。梅子听着柯奇那有些沙哑的嗓音,在对领导生出痛恨的同时,也生出一些对丈夫的怜爱。她昨天晚上与柯奇吵了架。柯奇为了赌气就没吃早饭,而且连午饭的饭盒也没有带。虽然饭盒里是极节俭的内容:半盒米饭和几勺素炒土豆丝，但，总可以吃饱。梅子知道柯奇的脾气，如果带不上午饭，他最大的奢侈就是买一个廉价的面包和两小串五香干豆腐，然后厚着脸面到处长的茶几上掐一撮茶叶泡上；或许买一袋榨菜，还要剩下一大半拿回家。

梅子毕竟是女人，在她独自坐在寂静无声的资料室里生出这一点感慨的时候，两眼就觉着有些发湿。但这也不过是极短暂的一瞬。她马上就想到今晚该由她去幼儿园接6岁的儿子。她的单位离柯奇的单位很远，幼儿园在两个单位的中间，家又与幼儿园成一横线，四个点组成了一个极大的等腰三角形。经常是由柯奇用单车把儿子带回来，而梅子则预备晚上的饭菜。梅子知道今晚的任务全部落到了她的身上，心里就生出一些恐惧。而且她没有忘记今天是他父亲的生日，刚才与柯奇通电话的时候，她用了极大的努力才忍住了没有提醒他。她知道柯奇在单位的处境，这个整天忙忙碌碌的小干事的唯一特长便是能略带文采地写出领导们需要的官样文章，这也是他唯一能得到领导好感的机会。梅子知道柯奇的单位正在评职称，此时更不应该破坏丈夫的情绪。柯奇的父母是极严厉的老人，时刻不忘对柯奇的家教，他们以儿女能否准确牢固地记住他们的生日作为对儿女的考验。因为吵架的原因，梅子早上没有来得及提醒柯奇，而下午通电话的时候，梅子又作出了那个艰难的选择，没有与柯奇对晚上的安排做出具体的商量。到了现在她踏着厚雪急匆匆地赶往幼儿园的时候，她知道她是彻底地失去了最后提醒柯奇的机会，而她的痛经，在今年冬天越发地重起来，小腹下一阵阵地难受，这点力量仅够维持走到家。幼儿园的启事板上，在拖欠托儿费的一栏里，又填着她儿子的名字，后面的数额是 168 元 7 角 4 分。她的心情在这飘着雪花的傍晚就愈发地坏了起来。

　　由于两次争抢着换车，她拉着儿子匆匆走进离家不远的副食商店时，已经疲惫不堪。商店已经到了快要关门的时候，售货员们已在整理钱袋。梅子先来到卖生日蛋糕的地方。蛋糕有大小两种。梅子知道大蛋糕的价钱要超出 20 元，但她必须买大的，这没有别的选择。本来她还想割一点肉，买一点青菜，使今晚的饭桌上在惯常的土豆白菜之外略微增加些新的内容。但梅子知道她的这个美好的计划在今晚难以实现。柯奇是今天发工资，而她还要等四天以后。这几天是每个月最为窘涩的日子，也是梅子最犯愁的时候。她要维持着每个月的工资到月底都能有个平衡的结果，而不去动用存折上那辛苦攒下的一点钱。而且娟儿的滑雪衫下个月是无论如何也要买的了。她要乳白色的那种，就给她买乳白色的那种。二十出头的姑娘，正是穿衣服的时候。而柯奇对此早就表示了同意的态度。对娟儿的事，梅子对柯奇是十分感激的。梅子知道，柯奇虽然被低微的地位和繁杂的工作弄得有些窝囊，但他还是保持着一点豁达与宽容的天性，这只有梅子知道。

　　蛋糕是一定要买的。今天既已来不及，那么明天早上必须赶快送过去。还不知柯奇要受到老人什么样的训斥。

　　梅子这样胡乱想着，一时竟忘了自己来干什么。柜台对面的大镜子里，清楚地映出梅子的身影，梅子不觉呆呆地看了一眼。梅子从不怀疑自己的美丽，即使是现在，那衬在洗旧了的红围巾中略带憔悴的面容，被汗水粘在颊上的两缕黑发，那双细长黑亮动人心魄的眼睛，都显出梅子的美丽有着独自的特点。这是柯奇对梅子的容貌所作的总结。

售货员不耐烦地催着梅子，目光中分明带了一点嫉妒。梅子突然地苦笑了一下，感到很没意思。

儿子很懂事，只要了三毛五一袋的烤鱼片。梅子给他买了两袋，又买了半斤油豆腐干，这东西炒菜可以当肉吃。

雪到底还是不知不觉地停止了，天气却是明显地冷起来。梅子感到刚才被汗水弄湿的衬衣现在凉凉地贴在身上，很不舒服。她想用一只手把围巾弄严一些，儿子看到她困难的样子，便接过了她另一只手里的大蛋糕盒，又逞强地要替她抱着。还没走出多远，梅子就知道她犯了个无可挽回的错误。儿子突然在雪地里滑了一跤，蛋糕虽然没有太大的损坏，那一个红红的"寿"字却支离开来，让人无从辨认。梅子单腿跪下，愤怒地把儿子拉起来，却又突然地没了打他的力气。看着瘪了一半的蛋糕盒在白雪中静静地卧着，她很想坐在雪地里和儿子一起大哭一场。

等到梅子拉着儿子登上五楼，推开家门，狼狈地站在屋里的时候，她觉着自己已经耗尽了全身的力气，很想瘫软在床上好好地休息一会儿了。

可是梅子马上就注意到了屋里的情景，还有娟儿那神情和红肿的眼睛。她全身的神经就又紧张起来，身上也有了力气。她连衣服也来不及脱就拉住娟儿的胳膊问："娟儿，你哭了么？怎么了？"

　　娟儿在梅子进来时斜倚在那只很陈旧的沙发里呆呆地出神，脚下撒满了她平时画的素描速写练习。梅子进来后她懒懒地站起来，收拾着地上的画，等到梅子拉住她问话的时候，她就望住了梅子不作声。梅子着急地摇着娟儿催她快说，声音已经带了一点哭腔。

　　娟儿低下头，平静地说："姐，我今年，不想考了。"

　　梅子瞪大了眼睛呆望着娟儿。

　　"真的，姐。高老师说，我根本不是这块料，再考也是不行。"

　　梅子觉着两腿有些发软，她慢慢地退到了床边坐下，有点失神地问娟儿："他，他就这样跟你说吗？"

　　"不是，他跟他爱人在厨房里小声说，我听见了。还说冲我姐夫的面子，不好意思明告诉我。"

　　梅子疲惫地闭上了眼睛，忍住了眼中的泪水没有流出来。

　　娟儿垂着两手，无声地站着，她知道她做出这样的决定是有些伤了姐姐的心。但也只能这样，反正是迟早的事情。她才二十出头，她还有太多的机会。经过了今天这个不大不小的变故，娟儿倒像是成熟了一些。

　　娟儿静静地等着梅子的回答。

　　梅子把这些烦恼转移给柯奇的时候，娟儿已经领着小外甥在她的小屋里睡下了。娟儿的小屋是用了两层纤维板间隔而成的，所以当柯奇和梅子讨论需要背着娟儿的事情时，即使是在娟儿睡熟了以后也要压低声音。

　　柯奇这时候已经吃了留给他的简单的饭菜，一边漫不经心地写着给处长的报告的结尾，一边听着梅子絮絮叨叨地诉说，甚至在梅子吞吞吐吐地提醒他今天是老头子生日时，也只是略迟疑了一下，然后无可奈何地摇了摇头，听到娟儿的事，才抬起头，吃惊地望着梅子。看到梅子肯定的目光，他就轻轻地叹了口气。梅子可怜巴巴地说："娟儿说，要出去做事，挣钱给家里，她昨天已经去了劳务市场……"

梅子是个要强的人，只有在柯奇面前才会有这种可怜巴巴的神情。柯奇拉过梅子的一只手，放在自己的手里握着。两人默默地对坐，柯奇就慢慢地抚摸到梅子的臂膀，梅子也就把身子向他斜斜地靠过来。

娟儿的屋里有了一点轻微的响动，梅子直起身，看了丈夫一眼，目光中是一副无可奈何的样子。由于娟儿的原因，柯奇和梅子把吵架和亲热都限到了最少的程度。近一二年的时间，梅子不知因为什么变故脾气显得烦躁起来，有时候当着娟儿的面也吵。而柯奇有时候稍微固执和过分的亲热也险些被娟儿撞见。对于这种惯常的日子，两个人是早已都持了一种认可的态度，也觉不出有什么不好，唯一有点问题的就是夫妻同房时的不便。

柯奇放开了梅子的手，用了很低的声音说："睡吧，明天还得上班，都不是一两天的事，明天再说吧。"

梅子也长叹了口气，双手举起向后拢了拢散乱的头发，然后又把右手摊开，伸到柯奇的面前。柯奇先愣了一下，随即笑着点了点头，从怀兜里掏出工资袋递给梅子，说道："我本来计划……"

梅子把钱袋一把拿过去说道："你别计划了，我知道你计划什么。这你别管了，都由我来安排吧。"

柯奇想想也是，这些事是本该由女人来管的，一共才那么几个钱，能弄出什么名堂？这样想着就觉着很有些可笑，他也就轻轻地笑了一下，那笑里面颇带了一些苦涩的味道。然后他就想到总该说些什么好一点的事情来平衡一下这沉闷压抑的夜晚，就脱口说道："单位的小沈刚才告诉我，这次评职称如果没什么意外，我是很有希望的。她的消息挺灵通，我想这事就差不多。起码评到个副主任科员，工资可以长上一级。"

看到梅子的神色，柯奇才意识到这话有些欠考虑，弄巧成拙了。一是他本就不该提到小沈。自从梅子知道他的单位新近调来一个年轻漂亮的打字员以后，梅子就莫名其妙地和他吵了几次，连娟儿也笑话她，说她有点神经质。再有就是不该说"刚才告诉我"。那么他下班以后赶写材料的事儿就可以想象出更丰富的内容了。他看着梅子突然就没了话，扭身走到床前去脱衣服，心里就懊悔自己纯粹是无事生非。继而又想到女人也真是有意思，心里装着那么多的烦恼和不快，明天的日子还不知怎么打发，倒忘不了拿出一份精力来生这份闲气，到底是女人。

柯奇盯着梅子的背影。梅子也是将近三十的女人了，身上的线条却依旧那么好看。他不知怎么回事突然地就把小沈想起来且和梅子做了一个比较。小沈虽然是朝气蓬勃，但的确不如梅子丰满和成熟。这个念头刚刚闪过，柯奇突然地就截断了向着更深层次的联想。他觉得自己不仅是有些荒唐，而且简直是有些卑鄙和堕落。梅子是个好女人，他为这样一个女人做丈夫，为这样一个虽然清贫却充满温馨、充满活力的家做户主，他实在是应该努力的。他带着歉疚的心情走近梅子身后，试探地抚摸着她。梅子并没有挡开他的手，他便突然地从背后伸过手去，有力地握住了梅子的两个乳房。这少有的大胆的举动使梅子大吃一惊，因为他们床前的布帘还没有拉上，娟儿随时都可能出来上厕所。梅子急忙拿开柯奇的手，示意他上床。

到了俩人用极轻的动作将要开始他们那被限制着的享乐时，娟儿的小屋里突然传出说话声，接着灯也亮了。小儿子起来尿了一泡长尿。然后是娟儿给他盖被，问他冷不冷，闭灯，一切又复归沉寂。

柯奇和梅子是一直保持着刚才所停止的姿势。儿子和娟儿还在翻身，在他们睡熟以前，柯奇和梅子就只有呆呆地静卧。柯奇望着窗外清冷的夜空和半圆的月亮，思绪像无头苍蝇一样乱撞了一阵，最后留下的是两个清晰无比的尖锐的刺激。一个是明天一上班就要交卷儿的报告那未完成的结尾；一个是明天对父母的认错。两种截然不同的措辞互相缠绕着不肯离去，耳鸣也就开始了。柯奇瞪大着双眼，明显地感觉到刚才膨胀起来的热情无可挽回地消失而去，而梅子又悄悄地把滚热的身子偎了过来。柯奇无比沮丧地望着那半圆的月亮。月亮冷冷地挂在空中，透过结着霜花的窗子，注视着属于这一对夫妻的夜晚。

柯奇听到了梅子的一声轻叹。

职称评定委员会一共 11 个人，有局里的领导，也有各处的中层干部，还有老资格的"群众"。谈话已经进行了不短的时间，柯奇好像都听懂了，又好像什么也没懂，只记住了一个结论：就是他对于这次的机会是彻底地无望了。

委员们不断地互相插话，他们都急于把一句安慰的话告诉给柯奇，那就是还有下一次。柯奇像受审似的坐着，神情由惊讶到愤怒又复归平静。他不愿意看与他对面而坐的人事处长那张脸，就把眼镜摘下来用手绢很仔细地擦。

柯奇是最后一个被叫来谈话的，类似这样的事据说越早叫的越倒霉，越晚叫的越走运。柯奇却是被晚叫而不走运的。他不知怎么突然地就想到了一种解释，那就是他柯奇在委员们那里实在是不足挂齿，没有必要被当作难题来先谈。他连倒霉的份儿都没有了。一阵巨大的悲哀在全身掠过。他深深地吸了一口气准备吐出去的时候，就听到委员们在催促他有没有什么要说的。人事处长热情地鼓励他：“小柯，有什么想法说说啊？说说吧！”

柯奇是想好了一句话的。他几乎是差丁丁点就要开口用极平静、极认真的口吻说出那句十分恶毒的话，就是：“我、操、你、们、妈！”

他甚至在幻觉中看到了那些被恼怒弄得歪曲和丑陋的脸。他禁不住笑了一声。于是这笑便被委员们解释为对组织上的理解。谈话结束了。

天仍然不肯晴，外面又是很好的大雪。柯奇利用午休的时间去同学高明家，他要和高明认真地谈谈关于娟儿的事。如果娟儿确实是很难造就成一个哪怕是三流的画家，那么也就得早想办法，别误了娟儿的前程。

在离单位不远的书店门口，柯奇遇见了小沈。他离很远就看到了小沈那漂亮的小红帽。打了招呼以后，小沈很有礼貌地站住，扑闪着大眼睛说："你的事我知道了。"

小沈的语气分明是带了许多的同情。柯奇没有作声。小沈又说："柯老师，我说话你别生气。大家都说你太、太死板了点儿。你得学活点儿。"

柯奇看着小沈那冻得红红的脸蛋，笑了一下。他很想告诉她，正因为这样，他才是柯奇，这世界上只有一个叫柯奇的人。但这道理小沈自然也懂。她对他的劝说还有着另外的一层意思，他不能拂了人家的好意，就点了点头。

小沈依然甜甜地笑着，从怀里抱着的几本书中抽出一本递给柯奇说道："送给你一本。我男朋友的小说集。"

柯奇一时有些发呆，木然地说了声谢谢。直到走出一段路，还觉着一阵莫名其妙的怅然。他使劲地摇了下头，自嘲地笑了一下，觉得自己是有些不可救药了。

没想到小沈又喊了他一声走了回来。他站住，努力地使自己对着小沈的目光不含有任何的内容。小沈说："柯老师，好几天就想和你说这事儿。我男朋友他们出版社总有些写信封的活儿，外人写每个 5 分钱，内部人写每个 8 分钱。你，你要是想写，我可以给你介绍一份，还能按、按内部价。"

小沈说得很困难，倒像是她求柯奇办什么事儿。柯奇几乎是没有经过什么考虑，紧接着小沈的话音说："我不写。"

然后他就觉着这个回答有些生硬，就又加了一句说道："谢谢你，我不想写。"

小沈尴尬地笑了笑，说道："那就算了。"

柯奇望着她的背影，觉得很有些对不起这个热情助人的姑娘。他到底是拂了人家的好意。

两声突然的脆响在离他很近的地方发出，他被吓了一跳。他才发觉自己是站在一个很大的鞭炮摊子前面。孩子们在准备烟花鞭炮了。他知道年关是一天天地迫近了，也总该给儿子预备一点才是。他摸摸衣兜，空的，钱夹在提包里，放在办公桌上。

他突然转过身，踏着厚厚的新雪向单位走回去。他并不是急着去取钱夹，他是想起了那份没有结尾的处长的报告。处长又宽限了一个上午的时间，说好下午一上班就交的。这自然是比去高明家和给儿子买鞭炮还有给父亲送蛋糕都要急迫得多。

柯奇回到单位，处里的同事们竟围着他嚷着请客，就连处长副处长也从套间里出来凑热闹。原来中午公布的去年的先进工作者的名单上有柯奇的名字。这倒又是个他想不到的结果。着意的总难得到，不经意的却悄然而来。这总算是得到了一点平衡，也有了少许的安慰。可是按照正常的推理，可以做先进工作者的人在评定职称的时候怎么就比不过同等条件的人呢？

柯奇随即就想到了小沈刚才说他的话，也就觉得自己的确是有些过于认真了。小沈站到人们中间，冲同事们甜甜地笑着，提高了声音说道："处里除了病休的一共有9个人，柯老师才30元的奖金，哪里够吃啊？我看就算了。"

小沈说完，见同事们都望住她笑起来，连忙说："真的，你们笑什么？"

副处长笑着伸出一只胖手在小沈肩上拍了两下道："小沈啊，你也太认真了，大家不过说说罢了，哪里就真的要吃？喏，柯奇，这是30元奖金，拿去。"

柯奇倒是被弄得十分不好意思，很窘促地接过那个信封，又装作很随便地扔在了自己的办公桌上。

于是各自回到自己的座位，准备上班。柯奇用了最快的速度结束了处长的报告，在下午的上班铃打过5分钟后起身走进套间，恭恭敬敬地双手递给了处长。

快下班的时候，梅子来电话找柯奇。柯奇拿过话筒问道："什么事？"

梅子说："今晚不用我接孩子了。娟儿去接，然后她要带孩子去看五点半的电影。"

柯奇说："好，知道了。"

他等着梅子的下文，梅子却没了声音。他就问："还有什么事儿吗？"

梅子声音低了一些道："你、你早点回来呗。"

柯奇立刻就明白了梅子的暗示，心里突地一颤，也放低了声音说："好，等着。"

副处长已经走了，套间里只有处长一人点着台灯专心地看柯奇为他写的那份报告。柯奇犹豫了一下，还是走近了小声说："处长，我，我早走一会儿。"

处长说："嗯，可以。哎，小柯，我跟你说句话。职称的事儿，要正确对待，嗯？你一向表现不错，不要松劲，嗯？我给你透个信息，过一阵子也许有补的名额，嗯？什么事都不是一成不变的，嗯？"

柯奇只有不住点头的份，心里涌过一阵阵的感激。直到骑着车驶上了雪道，才记起上午在会议室谈话的情景。他庆幸自己没有把那句恶毒的咒骂说出来。

远远近近传来几下零星的爆竹声，偶尔有一两支烟花飞入寒空。柯奇听着车轮沙沙地碾着被压实了的新雪，脚下就用了些力。梅子怕是在家等得着急了。

柯奇这样的一个人，是本该有着许多的烦恼。但他觉得日子到底是很充实、很有希望的，他应该努力。

霜　降

丰知道现在是个机会。

他没想别的，除了喝口凉茶，平静了一下突如其来的紧张和激动外，他什么都没想。甚至当他穿过长长的走廊，轻手轻脚地走近局长办公室那半开着的门前时，心里竟有几分轻松和高兴。因为他清楚地听见了局长在哼着京剧——"诸葛亮在敌楼把驾等，等候你到此谈谈心。"

丰不禁哑然失笑。

谁都知道局长哼京剧的时候就是心情最好的时候。丰庆幸自己的机会选得对。他只有这个念头，别的什么都没想。所以当他举手敲门的同时身体也突然地出现在半开着的门口时，他无论如何也反应不过来他所看到的情景。他被这情景吓呆了，他只感觉嘴唇下意识地动了几下，好像想说声对不起。他不知道自己说没说出来，或许声音太小局长没听见？他返身逃离门口时觉得双腿软得几乎要跪在地上，有一种在街上看到流氓斗殴时的恐惧和兴奋感。

回到自己的办公室，他关紧了房门，抓起茶杯，把凉茶带着叶子一口气喝了下去。苦涩的茶叶使他嗓子更加发干。他长长舒了口气，像个困兽一样在屋里走来走去。他恨不得打自己一个耳光。他痛恨自己的自作聪明，痛恨自己脚上那双丑陋的、廉价的软底儿凉鞋，痛恨自己畏畏缩缩、像个贼一样地轻手轻脚却又故作潇洒地直闯局长的房门。他从来就怕见领导，也怕跟领导说话。为了这次机会他准备了好几天的勇气，装着4个小瓶茅台的精美纸盒快被他揉烂了。可是好不容易下的一次决心就这么给搅了。他好悔。

全机关的人都在一楼的会议室里练习大合唱，生硬可笑的歌声被一阵阵秋风带着从窗口飘进来。也带给丰一阵阵秋凉，他这才觉着刚才急出的一头细汗已经干了。他慢慢地平静下来，思索着自己目前的处境。他实在没料到，刚才还隐隐听到打字室里"四通"机在吱吱地响，怎么这么快小唐就跑到局长室去了？他也实在想不通局长在那种时候居然还能怡然自得地哼着京剧。

又一阵风吹过，房门轻响了一下。他忽地站起，头皮唰地麻了一下，以为是局长来找他。向门边走了两步才知道是风吹动的。他复又坐下，伸出脚看了看那双过时的凉鞋。已经是晚秋的季节了，男人们早都穿起了各式的皮鞋，他却没有。他的那双旧皮鞋实在太寒碜，已经不好意思再穿出来；想买双新的，终是下不了决心，或者总排不上号。用钱的地方多着呢！要不是这该死的软底儿鞋，哪怕在走廊里稍微地弄出一点动静，也不至于这样了。

　　处长交代整理的材料还摊在桌上，他一个字也看不进去，头累得直发胀。他到处长的桌上拿过一支烟点上。他不会抽烟，只是一口一口地吐着浓浓的烟雾，望着装茅台酒的盒子发呆。

　　直到同事们唱完了歌都回来，丰也没敢再出办公室一步。下班铃一响，他就拎着包逃似的冲向电梯。出了大楼，看到停车场上没有局长的白色奥迪，才松了口气，从车棚里推出他的破单车，骑上回家。

　　到底是北方的秋天，耐不住秋寒的树叶飘飘洒洒铺了一路。丰的心情也如这秋色一样沉实，只是没了一点希望。很茫然。

　　顺其自然吧。他想。

　　人还是没有选择的好。他又想。有选择就容易出事。

　　当丰很感慨地把这话说给芸听的时候，芸正在往饭桌上摆着简单的晚饭——炒土豆丝，干豆腐白菜片，酱拌茄子。虽然极是素淡，但由于弄得好，那香气还是很勾人的食欲。丰拿起筷子夹了一口菜，咂了咂嘴说："可惜呀，没酒。"

　　芸就叹了口气说："要不你就别戒酒了，弄得像真事似的，还挺坚决。一辈子就好点儿这个，你又不多喝，哪里省不出几个酒钱？"

　　丰挥了挥手示意芸不要再说。他知道芸是心疼他。可他心里有数，酒是个额外的东西，可有可无，不像穿衣吃饭，日子里缺不了。再说像他这种人物，没有人送他酒喝，要喝只有自己花钱，实在也是一笔开销。

　　这道理芸自然也懂。他们都知道日子怎么过。两人相视无语，默默吃饭。

秋日的傍晚因为这种和谐与默契显得更加安详和宁静。这是他们很珍贵的财富。

芸向儿子的小斗室喊了声："半间儿，出来吃饭了。"然后从她的提兜里拿出一截香肠，是价钱最便宜的那种，叫作桂花肠。她把香肠掰了一下，把大的一截放到儿子的碗里，把小的一截放到丰的碗里。

"你刚才说什么？"芸问，"什么选择不选择的？还是你那件事吗？"

丰苦笑着点点头："人还是顺其自然的好。今天我瞅了个机会去找局长，想跟他提提我的事儿，看看两个哪个能有点可能，起码给他留个印象，研究的时候没准儿有点用。我们处长和我暗示过，说关键是局长的一句话。我当然也知道要局长一句话，就是不敢找他。今天可好，去了，正好看见……"

"看见什么？"芸有点漫不经心。

丰见儿子伸着懒腰从小屋里出来，就转了话题说："半间儿，去给爸洗几棵葱来，我要蘸酱吃。"

儿子答应了一声，然后很认真地站在两个大人中间问："爸、妈，我们老师又让我改名了，说到了中学就不好改了，还说你们真有意思，怎么给我起这么个名？"

芸看着丰笑了笑，对儿子说："这名字是不太好，你爸随便起的，赶明儿就改了吧。"

"哎，用不着瞒他。"丰冲芸挥了下手，很严肃地对儿子说："来，爸爸告诉你。你还在你妈肚子里的时候，正赶上爸爸单位分房子，按规定呢，孩子生出来有了独生子女证，咱们家才可以分到两间房。可当时你还没生呢，领导照顾，就给你加了半间，咱们家现在就是一间半。爸就给你起了这个名。你现在五年级了，是个大小伙子了，告诉你这个是让你好好学习，将来……"

"行了行了，去给你爸洗葱去吧。"芸把儿子推走，望着丰说："你今天怎么了，好好的发什么感慨？"

丰又苦笑着摇了摇头。

芸就觉出丰有点不对，就问他："你刚才说看见什么了？"

丰就压低着声音，很详细地把下午的事说了，说完他就望着芸，看芸的反应。这时候半间儿已经拿了洗净的葱进屋，芸没有机会再说话，只是瞪大了那双美丽的眼睛望着丰，长期贫血的脸上先是有一点红晕，后来就渐渐消失，更显得苍白无血色。

丰看到芸这样，有些担心起来，就说："也没什么了不起，快吃饭吧。"又说，"我都想过了，这事也得顺其自然。既然看见了，害怕也没有用，我又不是故意的。"

芸就叹了一声说："哎呀。这事儿……"

当着孩子的面自然不好再说。饭吃到一半的时候，芸突然又问："哎，那酒？"

丰指了指放在墙角的他那个破旧的提包。芸走过去把两个盒子拿出来放到饭桌上端详了一下说："这下好，干脆，你自己喝了吧。"

丰愣了一下，随即摇头说："这不行。今天没送出去，往后没准儿还有用呢。"

芸叹着气说："你怎么这样傻呀！你还说你想过了，我看你还是没想透。你找局长是为了办私事，没看见他那样怎么找都行，顶多是打官腔不给办。可你既然已经看见了，你就不能再去找他，那不成了要挟他吗？那话还怎么出口？你想想是不是这么回事？"

丰想想也是，就点点头。芸拿过盒子，大拇指一用力，盒面上的透明塑料膜就破了一个洞。丰说了声"先别开"，可是已经晚了。

"怎么了？"

"唉！这么好的酒我喝……"

芸三两下就把纸盒扯开了，说："好酒才要自己喝。来吧，喝！"

三两装的小瓷瓶造型优美，玲珑剔透，摆在桌上实在好看。芸打开瓶口时，一股浓郁的香气就弥散了全屋。

"这么多年头一次啊……"丰搓着手，伸头闻着酒香。

芸无话，默默地给丰倒酒。看到丰很虔诚地端起杯子喝了第一口，芸的眼睛就有些发湿。她忙把头转向一边，目光望住了窗外飘摇的树叶。

又凉了，日子真快，她想。没觉怎么样，就奔四十了。丰却已经是四十多岁的男人了，还有十几年的日子，难怪他着急。可是笨人又总是碰上倒霉事。芸知道丰表面的轻松是装出来的，他心里一定很别扭，也许很害怕。芸也突然明白了丰刚才其实是憋了一肚子的话，实在是想借着教育儿子的机会很好地发泄一下。在单位他没这个机会。

"要说这种事现在也算不了什么。"芸突然就把心里想的话脱口说了出来。

丰愣了一下说："那倒也是，不过毕竟还是不看见的好。"

半间儿觉出今晚两个大人有点不对劲，就默默地吃完饭回到他的小屋去做功课。

芸看到儿子关上门，就伸手抚着丰的肩膀说："别想了，多喝几口早点睡。像咱们这样的,闹心事够多了,何苦再自寻烦恼?我看只要你不声张，局长也不能把你怎么样。没准儿还感激你，暗中关照关照你呢。"

丰想，要那样我就成什么角色了？可他没有说出口，因为芸说的是实话。芸说这话时柔声细语，充满温情。丰知道这世上只有芸一个人真心对他好。

我就一辈子不碰别的女人。丰突然冒出这样的念头。

芸自己心里也有事。

当她在暮色中踏着枯黄的秋叶走向她要去"家教"的那幢淡粉色小楼时，心情并不比这晚秋的沉暮轻快多少。

她不知道自己在校外教课的事是怎么传到校长那里的，校长已经暗示过她两次，她拿不定主意该怎么办。她想不通这样于师生都有利又不妨碍别人的事为什么会被禁止。这份额外的差事干了半年，活不算累，不过是给一个初一的孩子补习外语，收入却很可观。第一次进那粉色小楼，她并不知道主人是那个女人，她只打听了孩子的名字和学习情况。可当她迈进那装修讲究的小客厅时，她一下子窘住了。她没想到站在里面迎接她的竟是丰旧日的恋人虹。她想抽身退出，不知怎么双脚却没动。

"哎哟，真的是你。你别生气啊。"虹说，"我也是昨天才知道你的名。当时犹豫了一会儿，想到可能是你，又不敢多问。人家说这种事得保密，说你们学校不让教师出来教课。你别介意。你要是不想……不想……我再另外请人吧。"

芸很快就平静下来，坐在沙发上，接过了虹递给她的饮料，淡淡一笑说："你怎么知道我不想？"

虹愣了愣说："我没别的意思，我是说这好像不太好。"

芸又淡淡一笑说："你想多了，我劳动，你付钱，这没什么。"

虹沉默了一会儿，点头说："这样……这样也好，我可以……"

芸静静地等着她下面的话。芸知道自己将根据这句话决定去留。她听很多人讲过，说人一有钱就会变，不论谁。

她还算聪明，芸想。她到底没有说出"我可以多付你钱"。要是那样，芸可能转身就走掉了。芸虽然为了钱当"家教"，可是她要按劳取酬，不论两人什么关系。芸是重点高中一流的英语教师，教英语全市闻名。既然放下了这份架子，下决心当"家教"，就不愁找不到主顾。求她的人多着呢，她选择了这一份，因为虹给的酬金最高。每周三个晚上，月薪120元；考试超过90分另加酬谢。

丰曾经和芸开玩笑说："你比我有用多了。"可是丰不知道芸那天从那粉色小楼出来后流了几滴泪。芸倒不是觉得委屈。干活挣钱，很正常的事。她只是觉得自己没出息。虹和丰是相处过两年多的恋人，芸虽然是挺豁达的女人，但也毕竟是女人。她强忍着没有从虹的家里转身走掉，实在是因为挡不住那120元的诱惑。这笔收入太重要了。

没别的原因，所以她流泪。

丰还不知道芸教的就是虹的孩子。芸犹豫了几天没告诉他，时间越长反倒越不好开口，后来就索性不说。

一站地多一点的路，芸已经走得很熟了。她进了粉色小楼的楼门，长长叹了口气。这日子啊，可真有意思，芸想。绕来绕去，总是过的这么几个人，就不能有点新鲜的变化？

芸又想，这事还要瞒着丰多久呢？她想不出一旦丰知道了这件事会有什么样的反应，不过大概不会发火，丰是个从不发火的男人。当时虹的父母坚决不同意他们的婚事，除了嫌丰太穷，再有就是因为他太迂腐老实。

这年头这样的人怎么吃得开啊？虹的父母就是咬住了这一点。

这些事丰很少提起，有些话倒是虹后来告诉芸的。虹说："我是没这个命了，丰是个很好的男人，你好好待他吧。"芸记得当时自己也就那么淡淡地一笑，显得挺潇洒也挺大度。芸说："你还是爱他爱得不彻底。"虹当时睁大了眼睛，满脸惊奇地说："芸，你不是个一般的女人。"

烂熟于心的旧事争着抢着从记忆深处涌出来，弄得心里乱糟糟的。芸担心今晚的课是很难讲好了。她一向对学生负责任。

可是，芸又固执地往深处想。虽然日子每天都绕着那么几个人重复着单调陈旧的圈子，又为什么谁都难以知道明天会发生什么事呢？就像当年虹说芸是个不一般的女人。可芸没什么特殊，除了长得漂亮没什么特殊，而且生孩子难产，长期贫血，评了两次优秀教师，买菜和人打过几次架，是个很普通的女人。

她和丰的日子也没有像他们自己预想的轨迹那样行走。现在回头看看也觉得可笑。

顺其自然吧，芸突然想起丰说的话。没准他说得真有道理，这笨人。

孩子在看电视。芸觉得有点奇怪。虹一向对孩子管得很严，不到周六是不让看的。虹说："课等会儿再上吧，我和你说点事。"

"什么事？"芸问，"上完课再说不行吗？"

"用不了多长时间。"虹今晚显得格外热情，也很兴奋。从冰箱里往外拿了许多东西，忙乎了一阵后坐到芸的身边说："芸啊，我有个想法早就想跟你说了，不知你感不感兴趣？"

芸说："什么想法？跟我有关？"

"就是和你有关啊。不过……我就直说吧。"

芸看到虹这个样子，就淡淡一笑说："咱们两个以前什么话都说了，还有比那个难出口的吗？"

虹也笑笑说："那倒不是。我这也是为你好。我看你一天挺不容易的。"

虹停了停，看芸没有接话，就突然问："你一个月挣多少钱？"

"一百三十多。怎么了？"

虹沉吟着点点头说："芸啊，我想请你做我女儿正式的家庭教师。我每年付你 5000 元，一直到她大学毕业。我给你算了一下，在学校这至少要 10 年的时间，或者多一些。那时候你也快退休了，这不是比你辛辛苦苦跑学校好多了吗？咱俩一举两得，我解决了孩子的事；你呢，可以增加一大笔收入，家里也可以过得好一些。我昨天往深圳打了长途电话，孩子他爸同意我的想法，还说每年5000少了点，可以给到6000。我和你说实话，我们就是铁了心要让孩子出国，不能把孩子也耽误了，只要你教得好，钱不成问题。当然啦，这事得你自己拿主意。"

是用不了多少时间，该结束了，芸想。这没什么好说的。芸在沙发上坐直了身子，伸了下酸痛的腰，又淡淡地一笑说："我本来想上完了这一课和你说的。今天是最后一次。上午校长找我谈话了，学校不让出来教课。真对不起，没事先通知你早做准备另外请人。不过我可以给孩子留些作业，喏，在这儿。"

"这不是更好吗？干脆，辞职不干了！"

芸笑着摇摇头，站起身子说："好了，不打扰了。"

"哎！"虹急了，"你、你再好好想想。回去跟……跟你爱人商量一下。"

芸这时候已经笑不出来。她默默地走到门边去换鞋。虹跟在她身后说："芸，你是不是觉得有点别不过劲儿？可你自己说过靠本事挣钱……"

芸转过身，很严肃地说："你女儿天资不错，我很愿意教这样的学生，她以后有什么难题随时可以找我。我不收费。"

芸出门时很清楚地看到虹的女儿站在屋里目送她，眼里闪着泪花。

当芸渐渐远离了那幢粉红色的小楼时，她就想，我以后要是有钱了我就不变，我就不这样。月色清白，秋风直凉到人的心里。

有霜。天气预报说。

芸裹紧了她身上那件很旧了的毛衣外套，急急地向家里走。又要冻了，她想。冻了化，化了冻，人就老了。

明天该给丰买双皮鞋，她想。中档的，还是低档的呢？中档的吧，四十多岁的人了。半间儿的衣服可以省一省。

明天还会有什么事儿？

一切都很正常。

丰一上午都在努力地工作，没人注意他。局长到他们处来过一次，和处长说了几句话就走了，看都没看他一眼。处长在站起身送局长时却很注意地看了他一眼。丰紧张极了，后背出了冷汗。过了一会儿处长走过来，把一份材料扔到他桌上说："陈丰你辛苦点儿，这个局里等着要。"

丰松了口气，赶紧站起来点着头说："好的处长，我抓紧弄。"

处长不走，站在他对面慢慢地点烟。丰就说："处长你还、还有事吗？"

"陈丰啊，昨儿那份材料，局长说结尾有点不大行……"

"是吗？"丰心里又一惊，"那我再改改。"

处长挥了挥手说："不用了，局长说他自己弄了，你抓紧搞这个吧。"

午休的时候，小唐仍然很活跃地打乒乓球，满走廊都能听见她咯咯咯的笑声。丰取饭盒的时候本想低着头快步从球台边过去，可小唐喊了声："老陈老陈，来查一盘吧。"

丰愣住了，忙停了步子抬头看小唐。小唐却根本没顾到他，她全副精力都在那只球上，双颊因为发热显得很红润。已经是这个季节了，她却还穿着厚呢子裙，脚上穿一双棕红色的羊皮靴。黑色的羊毛衫脱下挂在球网的一侧，身上只有一件领口很低的碎花衬衣。长裙把她的腰身束得很紧，胸前就有了十分优美的曲线。丰因为有了昨天的事，所以今天再看到小唐就感觉与往日不大一样，记忆中有了新的内容。他忽然觉得自己的双颊也发热发红，觉得这样盯住小唐实在不好意思，忙把目光移开，像做错了什么事。

小唐捡球的时候又注意到丰，她冲丰甜甜地一笑，说："老陈，一会儿咱俩打一盘。"

"啊不。"丰像被咬了一口，笨拙地举了举手中的饭盒："我吃饭。"

小唐却又根本没理他，早转身跑到球台前去发球。丰木然地笑笑，捧着饭盒回办公室。转身的时候他扫了一眼围在球台边观战的几个人。

没人注意他，都在给小唐加油。

真是邪了门了，丰想。她竟不怕我，还能那么坦然！丰呆呆地坐在办公室的沙发上想了一会儿。昨天的事还历历在目，不是梦，也不是幻觉。这就让人想不通啊。换了我，没准该跳楼了吧？直到他的手不由自主地打开饭盒盖，干豆腐白菜片的香味很亲近地飘进鼻子时，他才突然感到肚子饿了，很认真地吃起饭来。

下午仍然是全机关练习大合唱，丰又被处长留下赶材料。当长长的走廊里又剩下他一个人的时候，他心里突然地又感觉到了一阵莫名的紧张和激动。因为他想去厕所时看到局长也刚好从厕所出来，他忙退回办公室，听到局长的脚步声消失了才向厕所走去。他努力想让自己走得从容一些、大方一些，可最终还是轻手轻脚进了厕所，仍然像个贼一样。他觉得自己有些不可救药了。

经过了昨天晚上和芸的讨论，他本不想再找局长了，可他知道今天仍然是个机会，而且是唯一的机会了。同事们都议论说有些事这一两天就要定下来了，因为局长马上要出国考察。他有点后悔没有把茅台酒再拿来，更有点后悔自己喝掉了一小瓶。出了厕所以后他犹豫了一下，最后终于没有勇气去找局长，还是轻手轻脚地回了办公室，坐在椅子上的时候才慢慢压下了刚才那种紧张和激动。算了，他想。日子怎么着都是过，他想，到哪儿不一样？

他知道这想法其实没道理，有点自我安慰的意思。可是芸说得对，他又想，我不能要挟局长，那不光彩。

下班的时候，丰和处长因为讨论下午赶写的材料，走得晚了点。丰忍不住，到底把心里的事儿又跟处长提了一遍。

处长感到很意外，盯住丰说："呀，原来你也想着这两样啊。怎么不早说？这事已经定了呀，上午局领导开会研究的。市里借那个搞材料的，让咱们处小田去了。他年轻，文字又不错。市里要是看中他，留下了不是更好？也算咱们给市里输送个人才。劳动服务公司缺那个人让办公室老宋去了，虽然人有毛病，但那家伙搞经济有两下子。很复杂啊，权衡来权衡去才定下来……"

丰知道这时候他脸上失望的神情会相当明显。他不想掩饰。

他觉得一个月来他为自己苦心设计的两种有着新鲜变化的日子正在渐渐地离他远去，他认为的那两种变化所能带来的一点希望之光也在渐渐地消失。经过了这一天多的变故，他甚至已经拿定了主意争取到局里办的服务公司去任职。因为他知道以他的为人和品性难得人的赏识，即使借调到市里也不会有什么作为，不如干几年"公司"，得到些实际的好处，起码可以使三口之家的日子有所改善。

都没有了，这么简单。丰想想觉着可笑，却又不太甘心。他沙哑着嗓子问："处长，我记得我和你提过一次。"

处长很认真地说："是吗？啊呀，我忘记了，我以为你说着玩的。你看看这事，你没跟局长说吧？看那样根本没有考虑你嘛！"

处长很响亮地笑了几声突然又说："怎么陈丰，你要走吗？不想在处里干了？对我有意见？"

"哪里呀处长！"丰脱口叫了一声。他突然觉得心里发虚，不知怎么解释才好。一阵巨大的悲哀和沮丧强烈地在心头掠过。他感到喉咙发哽。

欲哭无泪。

夜深人静的时候，芸把滚热的身子贴过去说："丰啊，我告诉你件事你可别生气。"

丰在枕上摇了摇头说："你别说了，我都知道了。这有什么生气的，教谁还不是一样？你在外边辛苦挣钱，我生什么气？"

芸抬起上身把脸凑得离丰很近，盯住他，大眼睛在夜色中扑闪着，显得又黑又亮。

"我回来的时候碰见她了，她在咱家楼下转悠不敢上来。前前后后她都和我讲了。我看你这样对，铁饭碗还是不能丢。"

芸不作声。

丰说："得了，别这样。我也根本不想瞒你。"丰随即就抱紧了芸。芸突然也紧紧地抱住丰说："丰啊，我给你买来皮鞋了，还打了掌。"丰没说话，只是双臂用了点力。芸轻轻叫了一声。

半间儿在小屋里咳嗽了一下。两人都停住了手，听了一会儿没动静了，丰就说："我这辈子没出息，指望儿子了……"

芸也轻声说："又发什么感慨。来吧……"

秋风萧瑟。在窗外。

空　山

　　"怎么样啊这酒？挺冲？哈哈，冲就对了。来来，你喝你的，我喝我的，你别跟我比。我们沟里人，你喝不过。对，你们叫山里，我们叫沟里，都一样。远看是山，近看就是沟。喝！这一宿，咱俩就靠这一壶了，干坐着没意思。其实，你多余跟我来受这个罪。我倒是愿意有个伴，我是怕你受不了，死冷寒天的……"

　　"唉！从哪说起呢？"

　　一米来长的大木头块儿在地炉里噼噼啪啪地烧着。山风把塑料布围成的机房弄得呼嗒呼嗒地响，怪瘆人的。炉火的红光一闪一闪地映着他棱角分明的方脸，看上去有点狰狞可怕。

　　"你不用害怕，山牲口不往这地方来。冷了吧？别靠炉子太近，往后挪挪。那句话怎么说来着？胸前什么火暖……对对，火烤胸前暖，风吹背后寒。就是这个劲儿。把那块狍皮垫屁股底下，这地下潮。对，这就好了。什么？你也是北方人？哈哈，对对，北方人。咱俩一个在北方城里，一个在北方山里。你这人挺实在，没架子。你是个戴眼镜的，我是个老粗，你诚心上来陪我一宿，冲这我就服你。其实呢，论岁数，咱就是哥们儿，能唠到一块儿。你不是问我为什么不愿意下去吗？"

"跟你说，我是烦我们场长那个样儿。我不愿意见他。再有，自打德林死了，我这心里就发空，越人多越不得劲儿。对，就是他，你别急，我这就给你讲。他一死，我更没意思了，好像我也死了一半，就愿意一个人待着。照书上的话讲，就是愿意孤独，愿意寂寞。我就跟场长说，把守夜看机房的活儿包给我吧，省得老为了轮班打架。"

"真的，把炉子烧红了，烫上一大缸子酒，烤上一块狍子肉，老老实实坐着，对着一盏风灯，听着山风在林子里头响，有时候下起大雪来，我还跑出去，在插裆深的雪里走一阵。我觉得这活儿也挺神仙的。嗯？不怕，怕啥？不信，我现在领你出去走一圈。哈哈，脸都白了，开玩笑的。其实，我也就是绕作业场边走走，真要扎到林子里头，就是不迷路，没等走回来也冻死了。不过我倒从来不寻思这个。这沟里有个魂儿，沟里人生死都操在手里，谁要死的时候自己都知道，怕不怕都没用。我总想找这个玩意儿，找不着。没准儿我再这么下去就快成山魂了。你看我这样像不像？"

"说起来，人要是把生死都看透了，活着就是又一个劲儿。我是死过几次的人了，有什么怕的？那年我和德林一块儿上山撵狍子，小孩贪多啊，整着 6 只还不拉倒，等想起来回家的时候，天都擦黑了。拖不动，又舍不得扔，干粮没了，还不敢大声招呼喊叫，怕招来大山牲口。天一黑，就迷了路。我们把狍子埋在大雪坑里，做上记号，还想着明天来找哪，这都要死到临头了！

转悠了一阵儿，这才知道不妙。实在走不动了，就背靠背坐下，瞪眼看着黑乎乎的林子。我就说：'哎，咱俩得死了吧？'他过了好一会儿才说：'那玩意儿咋没来找咱呢？'他说的是山魂。我吓得牙都打战了，还强打精神说：'哎，你死了后悔什么事？'他不说，倒问我。我说：'我还没娶媳妇呢！'你猜他说什么？他叹了口气说：'唉！媳妇算什么？我老想见见老辈子人说的那玩意儿，看看它什么样。'我头皮直炸，舌头都不好使了，说：'你、你、你还真信？'他冷冷地说：'我看你才真信呢！咱俩今晚是死路一条，咱事先知道吗？知道就不来了！自个的路全是自个走的。'这么多年了，我才算有点明白他这个话。"

"后来？后来就没啥意思了。我放赖不动弹，他往远处走了一会儿又跑回来使劲踢我一脚，把我整起来。原来已经离屯子不远了，前面就是小河。对了，就是通小发电站那河，你看见了吧？其实这种事也常有。我要说的不是这个，你再往下听——哎，能听下去么？那好。什么时候你觉得没意思了，你就说不听了，咱就换过来，你讲。你是读书人，故事多。怎么样？要是困了你就睡觉，我这铺的、盖的全是皮的，管保不冷。来，接着喝！把狍子肉夹馒头里。你要是活过了这一宿，才可以叫北方人呢！"

他眼睛不大却很亮，喝了那么多酒竟不红，还用那么亲切的目光看人，让人直要感动。

"我俩是好朋友，从小光屁股长大的。差不多大的一群孩子，我俩是头子。摔跤打架，下河洗澡，上山撵狍子，全是领头。老辈子人都说，这两小子长大了准有出息。慢慢地就长大了，哪有什么出息！德林比我多念了几年书，在镇上住了两年学校，还不是回来了？照样钻林子抱油锯，喝长白山的水。我们哥俩好得像一个人似的，在年轻人堆里说一不二。"

"你知道这句话吧：一山难容二虎。沟里的人老想把这话用到我俩身上。其实我俩有啥？又不是土匪占山为王，什么容不容的。有人想看我俩的笑话，那是嫉妒。因为什么？还不是为了文颖。嗯，就是她。怎么说？你看到她就知道了，不过你们城里人有你们的标准。反正这沟里没结婚的年轻人，凡是认识她的，全说她好。她对我俩都不错。那时候还小啊，那话怎么说？对，两小无猜。再后来，这也就说到现在了，我俩都成了条汉子，有人就说：'看着吧，这俩小子有好戏，还不知人家文颖看上哪个呢？'"

他突然停住了，两眼死死盯住炉子里的大红炭，粗壮的脖子上那条细长的刀疤慢慢红起来。他摸了一下就站起身，从吊在半空中的睡铺上抓起个长毛狗皮帽子扣在头上，一只手端起盛酒的大缸子就出去了，高大的身子一晃一晃的。很快他又回来坐下了，手里的缸子是空的。

"外面真黑。你猜对了，我给他送点酒，他比我能喝。从我俩一块儿学喝酒那阵就比我能喝。我总不服，可没一次能喝过他……"

突然静极了，好像这大山里只有我们两个活物。我默默地喝酒等着他开口。

"说实在的，像我和德林这样的，算什么？多的是。这沟里，你随便拽过一个来，那还不都是同一个熊样！外面看上去，活蹦乱跳的年轻人；其实呢，就是个干活机器，这点出息全在抽烟喝酒打扑克上了。就这么着，有的老木把子还看不惯，动不动就吹一通当年肩膀头子扛圆木什么的。就好像我们用拖拉机拽木头对不起老祖宗。你看，扯远了。闲下来，年轻人聚在一块儿，最多的话题是什么，你说？女人。真的，你别笑。二十好几三十来岁的汉子不谈女人还能谈些什么！你也许听说了。我和德林就是因为女人，还有人说我们是三角恋爱啥的。那么说真是糟践我们。说我还不冤枉，我承认。可德林不一样，他除了女人以外还有正事啊。他比我有出息。有人以为他下山出走是跟我赌气，其实这里面的真正原因很少有人知道，我也不愿和人说。他是和场长闹翻了，得罪了场长。当然跟文颖也有关系。我知道你对这感兴趣，别着急，我慢慢给你讲。"

"这话说起来就长了。你在省城里长大，没来过这里。咱都是年轻人，可跟你们比起来，我们就像山里的动物，只不过会干活就是了。你别笑，是真话。睁眼是林子，闭眼也是林子。离我们最近的县城也有 40 里，你来的时候大概也尝过滋味了，容易吗？整天跟大圆木打交道，长了一身好力气。可是除了力气还有什么？没了，真没了。我看有的电视剧里那年轻人，张口闭口生活怎么怎么的，好啦坏啦的。啥叫生活？你叫他到我们这待上几个月，再放出去，他就知道怎么活着了。晚上回到屯子里，除了喝酒就是睡觉。发电站不到 7 点不推闸，40 瓦的灯泡不如两根蜡亮。有几台破电视也是三天好两天坏的，不如不看。有老婆的，早早就钻被窝干好事去了。没老婆的，就干啥的都有了，说不得。年轻人有时候就发几句牢骚：'这真是没意思。'老辈人就说：'什么叫有意思？多少辈子都这么过来了。把你们闲得！还不知足。我们那时候……' "

"德林呢，多念了几天书。要我说，还真不如就像我这样，粗就粗到底，咱不觉得亏，认了。怕就怕一瓶不满半瓶子晃，老出点子，老给场长提意见。场长就看不上他。后来到底闹翻了，就在去年春天。那时候干活最难受，晚上冻，白天化，上山都穿大胶靴。场里规定早上六点半上作业场。黑咕隆咚爬起来，大卡车送上去，天黑了再拉回来，两头不见日头。其实呢，山上也没那么多活，白遭罪。德林就跟场长提了两条：一是改变作息时间；二是改变作业方法，不混着干，搞作业组定额承包。场长是什么？土皇帝。规定好了的事儿说变就变，闹着玩的？这是一层。还有一层，就因为文颖。场长的儿子是场里的司机，也是小皇帝。他早就要跟文颖好，文颖不干，可他总不死心。有一次他拉我们下山，文颖因为头疼，和另一个姑娘坐在驾驶楼子里。开到半道上，车左右晃了好几下，扎到路边的沟里停住了。那时候天已经黑了，我们在车上吓坏了。后来才知道这小子摸文颖大腿，差点送了一车人的命。他知道文颖的心思以后，就看不上我和德林。这场长当然也知道。"

"德林在全场大会上当着大伙儿的面给场长提意见，扫了场长的威风，场长能好受吗？俩人就吵起来了。我们这帮年轻人跟着德林闹，场长就说：'谁不按点上山，谁不按场里的规定干活就扣谁的工资。'他有权啊，闹了半天还不得听他的？那时候文颖对我俩都好，可是我们三个谁也没挑明了说这事，也都避免说起来。德林我俩在一起的时候，有说有笑，什么话都有。可不知怎么的，一到我们三个在一起，我也没话，他也没话，手脚都没地方搁。文颖就瞅瞅他，又瞅瞅我，笑着说：'你们俩怎么啦？不愿意跟我说话呀？我走啦。'她是逗我们，她也愿意跟我俩在一块儿，看我俩干活，帮我俩热午饭，给我俩烫酒。那时候她是记料员，拿个小本子，有的是时间。她很会疼人，很……唉，我不会形容，反正，她拿眼睛一瞅我，我就受不了，你别笑话我。她胆儿小，特别的……善良。她知道我和德林是铁哥们儿，就常对我说：'你劝劝德林啊，别老喝闷酒，跟场长那样的人不值得怄气，何苦呢？'我就跟德林说了。他说：'你们都糊涂，我犯不着和他怄气。我只是寻思，咱们多少得变变活法，这么混几年可就老了，这有什么劲儿呢？'"

"我可没他想得那么远。我越来越惦着我们三个这事儿。有一天我实在忍不住，就和他说了。那时候我俩刚锯倒一棵圆木，坐在树桩上喘气，远远地看着作业场空地上文颖指挥着缆车堆圆木。我说：'德林，我实在受不了啦，你说吧。想不想要她？你要有心，我绝不和你争。'他愣了，看了我半天才说：'你怎么了？和我做买卖呀？这不是争不争的事儿，你要喜欢她，就和她说，别等着了。'我说：'那你呢？'他叹了口气说：'我，我想走。老和场长别别扭扭的，难受。'我寻思了一会儿，一下蹦起来，盯住他说：'不对！你愿意要她，你怕伤了我，对不对？咱哥俩儿你用不着来这个！'他推开我，很认真地说：'你急什么？我真的是想走。我受不了这样的生活，这大山压得我太沉重了。再说，我这人太不安分，她跟我得不着好，真的。'他虽然比我多念了几年书，可从来不跟我摆架子。这是头一次跟我说什么生活啦沉重啦的，他就是这么说的。我也觉着挺严重的，也叹了口气说：'唉！我知道你早晚得走，你是有文化的人，待在沟里干什么？'他急了，说：'你也用不着讽刺我，我有我的想法！'"

"其实我那天提起这事，是有意把纸捅破了，让德林快点和文颖好。我不是傻子，我看出来文颖的心思了，我也知道德林比我强。他俩好，我真心高兴。不想倒引出德林这个话来。我真急了，扑到他跟前，抓住他两个肩膀摇晃着说：'德林，你不能走，难道你没看出来文颖她喜欢你？你走了，她怎么办？啊？你是不是有点冷了？来，咱俩起来活动活动，到外边跑一圈就好了。走，回来再唠。'"

地炉里的火小了，他拿了几块木头扔进去，又烫了一缸子酒，酒滴洒在炉板上，发出哧啦哧啦的响声。

"怎么样？好多了吧？这工夫是最难熬的。我讲得挺干巴是不是？其实我是不会讲，没词儿。来，再喝点。我俩正在这儿争呢，文颖打那边跑过来了，到跟前站住，看着我俩说：'你俩干吗呢？打架啦？'我和德林互相瞅瞅，又瞅瞅她，都没话。她扑哧一声笑了说；'哎哟，我以为你们打架，跑来拉架的。走吧走吧，休息啦！'她敞着棉袄，脸红红的，让我俩瞅得不好意思，扭身跑了，一边跑一边笑。我俩默默地在后面跟着，哪儿笑得出来？"

"那天中午就出事了。也是我长这么大头一件窝囊事。吃过午饭，场长儿子开着车上来了，是给县城的什么关系户拉杂木。其实是他们家亲戚。这事常有，大伙儿睁一只眼闭一只眼，当没看见。我们正在午休，男的一帮在圆木堆上横躺竖卧，一边晒太阳一边唠嗑。几个女的在杂木堆那边，叽叽喳喳地闹。德林捅捅我，让我跟他到机房去抽他带来的好烟。对，就是这个机房。我俩走到这门口，就听到有人说话，是文颖的声。她带着哭声说：'你放开我！'后来就好像嘴被什么堵上了，说不出来。事后才知道，文颖的棉鞋湿了，到机房里烤鞋，那小子就钻进去了。我俩正赶上他把文颖抱住，文颖死命往外挣。喏，就在那个墙角。德林一脚把门踢开，那小子一愣，放开文颖，随后满不在乎地看着我俩。德林脸气得煞白，对我说：'你把门关好。'我走过去把门关上，站在门边。德林就站在地炉这儿，文颖背对着我们抹泪，四个人全不出声，就这么站着。"

"那小子捡起掉在地上的大衣，披在身上就想走。德林盯着地炉的火，也不看他就冷冷地说：'慢走。你这算干什么？'那小子也冷笑着说：'你管得着吗？她是你老婆？'德林说：'可也不是你老婆。'他一边说一边慢慢地脱下棉袄，摘了帽子，做出要打架的样子。那小子撇撇嘴，哼了一声，绕过地炉就往外走。就在你坐的那块儿跟德林擦肩而过，德林也没拦他，还是冷冷地说：'不把话说明白，你别想走出这屋。'我知道他这话是说给我听的。这时候那小子已经走到我身边了，我拳头攥得咔吧直响。不瞒你说，德林我不知道，就说我自个儿，像文颖那么好的姑娘，谁不想啊？可我连手指头都没敢碰过她。这小子这么大工夫，搂也搂了，亲也亲了，就差没那个了！我当时是什么心情？不对，你才想象不到呢！我这人熊也就真是熊在这儿。因为这里面还有一层：这小子的大爷，就是场长的哥哥，救过我爸的命。那时候他们都年轻，一根圆木放下来，眼瞅着要把我爸砸底下，他大爷一步跨过去，把我爸推出好远，自个儿一条腿受了伤，现在还瘸呢。我爸这么多年对场长那是百依百顺，我又是孝子，我哪敢跟他儿子打架呀？这小子好像知道我心思似的，拍了我肩膀一下说：'哥们，对不起了。'就那么开了门大摇大摆走了。我这拳头愣没举起来！德林猛地转过身来，呼地扑到我面前，伸手抓住我衣领子说：'你、你……'他气得说不出话，举起了一只拳头。我没躲，我想让他痛快地打我一顿。我这熊样哪也不像条汉子！这时候文颖尖叫一声跑过来把我俩拽开了。她头发乱了，一双大眼睛哭得通红，看着我俩，想要说什么话又没说，一跺脚跑了。现在我仔细想起来，倒是我和德林把她耽误了。嗯？对，你分析对。我俩各有长处，她很矛盾，不知道和谁好，跟了这个又怕伤了另一个。她太善良了。"

"没过几天，德林真要走了。他舅舅是县城一个什么俱乐部的主任，想把他安排在那儿，先学放电影，然后再搞点写写画画什么的。那天他来找我告别，我妈给我俩炒菜烫酒。那以前我不知劝过他多少次，这回见他主意定了，还不死心，又劝他。他不说话，就是喝酒。最后我问他：'你真舍得文颖？'你猜他说什么？我怎么也没想到他说出这话。'文颖是好姑娘，我也喜欢她。可我不能为一个女人，耽误自个儿前途。'我愣了半天说不出话，后来小心地问他：'你是……真心话？'他挺严肃地说：'咱哥俩儿，我跟你哪有假话？'我当时酒喝得不少了，借着酒劲儿把酒瓶子举起来，啪地摔到地上，把他从炕上扯下来喊：'行啊，你有出息！你走吧，走远远的，升官发财去吧！沟里落后，沟里没有生活，沟里的姑娘配不上你，沟里搁不下你了！你奔前程去吧！可别忘了你是一直喝沟里水长大的……'我记不得都说了什么话，大概是这个意思吧。还着实打了他几拳，鼻子都打出血了。他没有躲，让我打。我爸和我妈，还有文颖都跑进来拉我。原来文颖早来了，在外屋听了半天了。德林还挺清醒，对我们说：'你俩要好好的，办喜事告诉我一声。'我这个气呀，一边跟我爸撕巴着一边喊：'别拉我！我揍死他！文颖，你怎么不说话？你说你不让他走。你说呀！'文颖能说什么？就是哭。"

"咱俩是不是也该歇会了？我看你有点乏了，躺一会儿吧，给你皮大衣。嗯，走了。谁能拦住他？"

皮大衣和他人一样，是地道的汉子味道。机油味、汗味、酒味、旱烟叶子味、狍子肉味、松树油子味……全有。

"他一走，我干什么都没意思。喝酒干活全没劲。我这样的，除了好这两样还有什么呢？文颖也瘦多了，我尽量躲着她，不和她说话。书上的话就叫控制感情吧？我老寻思着有一天德林在外边有了出息，把文颖也接出去，见见世面。这么好的姑娘别窝在山沟里头。可是，唉！"

"去年夏天，场里办了广播室，让文颖当广播员。那天晚上她到我家找我，说她不愿干，其实就是让我拿主意。我说：'这是好事啊，不是比上山强多了？'她说：'还是山上好。'我说：'山上有什么好的？'她说：'山上有你啊。'她坐得离我很近，眼睛盯住我。我不敢再往下说了，就陪着她闲聊。那两天正赶上我爸妈到另一个林场去看我姐，家里只有我和老奶奶。文颖那天晚上好像特别高兴，新洗的头，新换的衣服，比平时又漂亮不少。

我真怕我控制不住干蠢事，就站起来说：'太晚了，我送你回家吧。'她瞪我一眼说：'我还没说走呢，你就撵我？'我就全明白了，那天晚上我想干什么她都能依我。可我不是那号人。我要是想娶她，就更不能那么干。我就说：'不行，我明天还得起早呢，走吧。'她噘着嘴说：'不要你送！'就跑了。"

"后来？后来我就不愿讲了。非要听？那天晚上，我爸让我把几斤好烟叶子送到场长家。场长的哥哥是个老单身汉，就住在场长家。我爸这人特别重义气，有点什么好东西总想着那老头儿。这也是巧，我从场长家出来的时候，看见场长儿子远远地在我前面走。到了广播室门口，这小子左右瞅瞅，推门就进去了。广播室灯亮着，我知道文颖每天晚上在那儿看书。我的头皮立时炸了，紧跑了几步又停住了。我闯进去，人家要是没干什么事，我不就把人得罪了？你看我这人，就是这熊德性。就在我犹豫这会儿，广播室灯一下灭了。我浑身血直往上涌，慌得手直发抖，不知怎么办好。不进去吧，那小子什么事都能干；进去吧，场长啦，我爸啊，还有救过我爸命那老头儿……乱七八糟什么都想，脑子都木了。也不知过了几分钟还是十几分钟，灯又亮了。那小子开门出来，匆匆走了，我脚有点不听使唤，使劲往那儿跑，进了屋一看，傻眼了。"

他一定十分痛苦。头深深垂下去，一只手揪扯着长长的头发，长满胡茬的脸有点扭歪。

外面传来两声不知什么野兽的长嚎。

"她的样儿我就不跟你细说了。她两眼发直地盯着我，也不避我，憋了半天，才哇的一声哭出来，哭得那个惨啊，你绝对想象不到，我从来没听谁那么哭过。她恨恨地对我说：'你、你、你怎么不早点来啊——'我真是恨自己。我没敢和她说我就在外面站着，我没这勇气。我开始还想告诉她，想让她原谅我，后来一想这哪是原谅的事啊！"

"几天后，德林跑回来了。他也够窝火的。放映员的缺儿让县里一个大官的孩子给顶了。他呢，看了几个月大门。五大三粗的小伙子，立在那儿收电影票，扫瓜子皮，看人家白眼，还找什么前途呢！他哪受得了？跑回来了。我全跟他说了，一字不落。比跟你说的这细多了。好，这回是他打我，我不动。他也是憋了不少的气，想往外撒，撒不出去啊。他揪住我的头发，一拳接一拳地打，其实那时候我俩全醉了。我就掏出一把刀来说：'德林，你等着，我去把那小子干了，再干自个儿。我对不起你！'他说：'对不起谁呀？咱们全都对不起自个儿！山魂还没来找你呢，你就想死？你对得起这山沟、这林子吗？好好活着吧！'他说着就上来抢我的刀，我不给，比比划划就把这儿来了一下，就这儿，血淌了半大碗。"

"往下的事啊，你还是想不到。德林消停了好几天，后来有一天，他也没和我商量，突然就到文颖家提亲，要和她结婚。你猜文颖怎么样？死活不干了。你是读书人，灵，我就不多说了。"

"离我们这 20 里，有个自然保护站，往里就是原始林子，禁猎区。秋天，保护区跟我们林场借人，到林子里设地窨子，抓偷猎的。那活没人愿干。德林去了，我也要去，场长不让，场里干活缺不了我。德林干什么都认真，抓到两次偷猎的，让人恨上了。后来让人摸了窨子，给绑了。他的狗拖着被打伤的腿跑回保护站就断气了。保护站赶紧派了两个人去，一看，树上只剩了绳子。原来他自己磨开了绳子，背着枪去追那两个偷猎人去了。德林这人性子太倔啊。他真不该去。"

"后来？没有后来了，完了。是啊，没回来，让山魂领去了。我总琢磨，我俩比亲哥们儿都好，山魂既然领了他去，也就落不下我。我就来守着这大山。原先是想罚我自个儿，我对不起德林，对不起文颖，对不起这大山、这林子。可慢慢日子长了，就觉着这儿也挺好，有时候半夜里，德林就像在眼前，这大山空空的，就我们俩。我就跟他唠，说：'沟里还是落后，还是没有生活。可多少呢，还是有了点变化。听说外面的生活，不一样了，城里城外的，都变了，变得直翻个。场长说是把这片山林都包了，上边又有政策，不让随便砍树了，反过来让种树，以前砍的地方，都得给补种上。种树还给钱。场长也和气多了，也不凶神恶煞的了，奖金也发得到位，年轻人都挺来劲儿，这就行，慢慢就好了。'"

"你看，天都快亮了，净听我说了。不管有没有意思，反正这都是真事儿，给你解闷儿吧。睡一会儿吧，酒也喝干了。什么？文颖啊，她挺好的，和那小子结婚了，都有孩子了。你看你，听傻眼了吧？这儿的姑娘不像你们城里，身子让人占了，好歹就得和人过……"

"我呀？我这辈子不想找女人了，守着山。山最好……啥？你说我是为了文颖啊？这咋说呢，当然是忘不了的啦，我是又爱她又对不起她，反正现在还没有哪个姑娘，能入我心呢。哈，你佩服我啊？佩服我啥呀？你夸奖我了。你说让我出去走走？开点眼界？嗯，那是，好姑娘多的是，再说吧，再说吧……"

流　产

　　当凯把手里的茶杯重重地躄在茶几上的时候，他是没有想到这个动作会带来什么样的后果的。他被自己弄出的声响吓了一跳。茶杯是厚瓷的，没有破，但杯子的厚底恰好是落在茶几的一个角上，于是那块钢化玻璃突然地就炸裂成一张美丽的图案。莹先是惊讶又略带欣赏地看了那图案一眼，同时张开她那漂亮小巧的嘴，但是没有叫出声来。随即又把那双细长秀气的眼睛瞪着，向凯转过头去。凯抬起头迎住莹的愤怒的目光时，他知道这个动作是有些过分了。他避开莹的目光，有点不知所措地望着那图案，又伸出两个指头抚摸了一下，同时想着下一句话他该说什么。

　　莹倒是先开口了。她这时眼里已有了泪水，但她强忍着不让它们流下来，说话的声音也有些发颤："好，好啊。你到底学坏了，也学起那些在家里不讲理的男人了是不是？我不过把这件事告诉你，并没有说明我的意思，你，你就这样！"

　　莹说完，扭身进了里屋，扑在床上十分委屈地抽泣起来。

凯愣了一愣，他觉得莹的话有些不讲道理。她分明是带了自己的意思，在告诉他这件事的同时也在劝说他希望他能同意。这不是很明显的吗？他想就这样反问一句，想想还是算了。这样问下去没有什么意思，现在重要的是要考虑这件事应该怎么办。

可是莹在抽泣中又突然冒出一句："我、我说别的了么？我不是在同你商量么？你，你就这样！"

凯终于也有些愤怒起来。他后悔刚才那句有力的反问没有说出来。况且他并不是一定要反对她有自己的意思，他只是觉得对这件事感到气愤，就来了那么一下，失手打破了玻璃。他不是有意的，这个家本来就已经清贫到这个样子，他哪里会有意地去打破一块价钱很贵的钢化玻璃呢？他又想就这样反问一句，想想还是算了，刚才那句已经没有问出来，再问这句也没有意思。同时他也突然记起这块玻璃的来历，知道莹发火还有着另外的一层意思，这也就更不便再吵下去了。不过想到这点他心里就又添了一种烦恼。他今天本来就心情不好。上午在机关工作的时候，由于他的一点小小的失误，给处长造成了一点小小的麻烦，他清楚地看到处长脸上掠过一丝愠怒。他懊丧极了，这将给他对于副科长位置的争取造成一点损失。他实在是太大意了，这是不应该原谅的。

凯就是带着这样的心情十分疲惫地回到家里的。可是莹又来要，而且他又恰好打破了这块玻璃。由玻璃的破裂而引出的另一种烦恼还要分去他的一点心思。他觉得在这本来已经十分艰难的一天里无力再承受这些，这很没有意思。于是他吁出一口长气，想找点什么事做来排遣一下烦闷。电视是不能开的，莹还在屋里哭泣，而且12英寸的黑白电视本来也没有什么看头；饭也是不能吃的，从来都是两个人一起吃。他呆呆地坐了一会儿，就站起身进到里屋，轻轻地站在床前。

莹已经不再抽泣，柔软的枕头埋住她的脸，刚洗过的一头秀发呈扇形很均匀地散开在枕上。虽然赌气，却没忘了在躺下去的同时脱掉她那件唯一值钱的藕荷色连衣裙，免得压出褶皱。这时候凯就看见他所熟悉的两条丰满修长的腿美丽地重叠在床上。由于莹现在取了一个侧身的姿势，所以腰部的地方又有着一个动人心魄的曲线。外面是黄昏时候，天色已不知不觉地朦胧起来。屋里没有开灯，半裸着的莹周身罩着一层神秘的柔和的光晕。凯突然觉得他最近有些冷淡了莹，他甚至记起有一个星期没有和莹亲热，在他们这个年龄，这自然是不正常的。

凯伸出手想抚摸一下莹，在指尖将要碰到莹的肉体的时候又停住了。他知道莹的脾气，而且他也在这同时记起了莹刚才提出的问题。他忽然地就没了兴致，渐渐膨胀起来的热情无可挽留地又消失下去。那件等着他做出答复的事以及莹的充满期待的目光尖锐地刺激着他，使他的刚刚有些平静的心复归烦躁。他是个有知识的人，他知道人都是要在两种生活的挣扎中受着折磨，但是他还感叹类如刚才所体验到的那种美好如诗的境地为什么就不能持续得稍微长久一些，使他的疲惫身心得到短暂的休息？

凯随即就暗笑自己这瞬间的天真幼稚。户口簿上在户主的一栏里写着他的名字，他有太多的事要做，他哪里有时间让自已悠闲地休息一下呢?

莹似乎感觉到他的贴近,睡熟了一样地不动。凯也就在朦胧暮色中如雕塑般静静站立,任凭一天中最美好的时光悄然流去。

摆在小桌上的晚饭是极节俭的内容:一碗素烧豆角,一碟没有肉末的酱,两个用清水煮熟了的茄子。米饭当然是足的。

暮色是愈发地浓重起来。

阿华的肉案在市场的最深处。他在星期天这个好日子里却无心卖肉,把刀交给小徒弟,摇摇晃晃穿过整条市场街,才在市场入口处找到阿阔。阿华大步走到阿阔身边,用他那全市场闻名的沙哑嗓子喊了一声:"阿阔!我让人耍了!"

阿阔不动声色,仍然取了个永久的姿势稳稳地站在台阶上,两臂在胸前环抱着,右手的两个手指夹住一支香烟。阿华就走近一步,用略小的声音又喊:"阿阔!我让人……"

"闭嘴!"阿阔并没有把头转过来,只是这样低喝了一声。阿华顺着阿阔的目光望过去,就看见了街对面的凯,于是会意地点了点头,平静下来和阿阔一起望凯。这是个丁字形的路口,街对面的国营副食店正对着自由市场的入口。凯这时候正提了一个买菜的编织筐进了副食店。阿阔把身体松懈下来,从衣袋里掏出支香烟向阿华递过去。阿华看清了那是支"健",忙把两手在油污的牛仔短裤上抹了抹,把烟接了过来。

阿阔一边带着阿华向市场里边走一边问道:"又惹下什么事了?"

星期天的上午，市场里的人流渐渐粗大起来，叫卖声和讨价还价声也就愈发高涨。阿华左右躲闪着人群，努力地跟上阿阔的步子，又得和阿阔保持一点距离，免得油污的身体挨着了阿阔的高级 T 恤。等到稍微超过了阿阔的身体，他就略转了头，用了高于周围人的沙哑嗓音喊道："我没有惹事啊！是五妞她，她跟别人了！"

阿阔突然站住，愣了一下问道："谁？"

"是个大学生，我也没见过。这事你管不管？你要是不管，我就先废了那小子。"

阿阔将手指点到阿华的胸口上说道："你'笆篱子'还没蹲够么？还要胡说八道！"

阿阔喝出这一句，先消了阿华的念头，然后他低下头想了一会儿，低声咒骂了一句："晦气！这事一会儿再说。阿华，你听着：凯一定要来买菜，你和肉案上的哥们儿说说，不论买谁的，要给他割精肉，给他低价，亏的部分由我来补。"

阿华做出很理解的样子认真地点了点头。阿阔满意地拍了一下阿华的肩膀，又匆匆地向鸡蛋摊床走去。阿华知道他和鸡蛋的卖主们也要做一样的嘱咐。整个市场里唯有这两样东西价钱最贵。当然还有鱼。但阿华也知道凯的家不吃鱼。

阿华认识凯，他也知道阿阔和凯之间因为莹的原因而有的一点微妙关系，他还知道阿阔喜欢帮助莹，喜欢帮助莹也就喜欢帮助凯，莹和凯把日子过得好起来就是阿阔的希望。这就是阿华佩服阿阔的所在。阿华虽然文化不高，但也能从这极重要的一点看出阿阔为人的高尚。阿华知道阿阔最近有一个很翔实的计划要极大地帮助凯和莹一下，不过这计划需要凯和莹的参与合作方能完成。阿华，是阿阔的哥们儿，很铁的哥们儿，所以他也愿意帮助莹和凯。在他的眼里，莹就是美丽无比的女人，用阿阔的话讲最重要的是气质。阿华对气质讲不太清，只知道她长得实在好看。他见过莹几次。莹温和有礼，开朗大方，说话带着甜甜的微笑，再普通的衣服穿在她身上也好看。这样的女人即便是陌生的他也愿意帮助。阿华时常感叹凯真是个有福气的男人。他这样走着想着，就路过了市场中心那个叫"迷你"的酒店。他努力地不让自己转过头去，可头还是转了过去。大落地窗前已经没有了五妞那窈窕的身影，音箱里也没有了五妞那鼻音很重的歌声。五妞的漂亮其实不在莹之下，只是输在气质上。这是阿阔的总结。阿华虽然总结不清，但明白其中的意思。像他这样的人，对莹那样的女人自然不敢有非分之想，能够有五妞也就不错了。不过现在连五妞也没了，他腰中所缠的"万贯"终于没能拴住她，她到底跟着一个肚子里装满四年学问却连二斤肉都买不起的大学生走了。阿华这样想着，心里就生出一些悲哀和愤怒。这时候他已经走到自己的肉案跟前，带着心中的怨气，随手抄起一把剔骨的尖刀，把案上那一堆鲜肉认作是那个夺走了他的五妞的大学生，抬起臂膀，手腕一抖，"嚓"地刺了进去。肉案前有一对中年夫妻正在跟小徒弟交涉肉价，见了他那凶狠模样，连忙带了一脸的恐惧跌跌撞撞地走了。

　　莹用了整整一个上午的时间洗完了一个星期积下来的衣服。她只有一个单桶的洗衣机，只好用两只手把那些被套、床单、外衣、内衣一遍遍地拧干。到了中午的时候，她的两只手已经软得没有多少力气了，但她还是坚持着把两间小屋打扫得十分干净，她已经习惯了星期天的劳累。全部工作完成的时候，她又站到了茶几前，垂着手定定地望着那块破裂了的钢化玻璃，同时也就想起凯是早该回来的了。他向来不会买菜，不会和人讲价，哪里用得着这样长的时间呢？

她还没有想好该怎样处理这些碎片，她有点怕割破了自己的手。凯专用的茶杯还放在昨晚的位置。莹把杯子轻轻地拿起来放到茶几的底层。她知道昨晚自己闹得有些无理，那茶杯确实是碰在了角上。凯是不会有意地摔东西的，可是他也实在用不着使那样大的力气。她知道这完全是由于她说了几句对他有着刺激作用的话。结婚几年来她还从未见到凯那样不冷静。她确实是把他惹恼了。莹不是个不讲道理的人，她清楚地知道人与人是有着巨大差别的，她不能对凯有过分的要求。

她一边这样责备着自己，一边取了张报纸铺在地上，用两个手指小心翼翼地把玻璃碎片一块块地掐起来放到报纸上。在她做着自我谴责的同时，另一种念头却也在坚持地不肯示弱。那就是阿阔提出的那个计划实在是太诱人了。昨天阿阔来的时候，坐在这张失去了弹性的简易沙发上，用眼睛把屋子四周扫了扫，想说什么又摇了摇头。莹清楚地知道他要说的话，那意思分明是慨叹这三口之家的清贫和寒酸。当然，莹和凯都是有文化的人，他们都懂得物质的丰富远不如精神的充实来得牢固和久远，不过那是结婚初始的两年两个人共同讨论的结论。莹在最近的时间里却发觉自己对这种理论的信仰正在发生一点微小的变化。她不知道凯是怎样的态度，她有几次试着和他讨论，他却避而不谈。莹知道凯的脾气，也就作罢。阿阔见莹愣愣地出神，就看了下表说："凯每天都很忙吗？"

莹赶紧回过神来笑了笑说："他一个机关的小干事，说忙就忙，说不忙也不忙。不过现在已过了下班时间，该回来了。"

阿阔哦了一声，两人就沉默无语。莹突然想起给阿阔拿香烟。烟是用来预备待客的，牌子叫作"佳美"，是很好听的名字。可是莹知道这烟的本身是上不了台面的，一张美丽的脸蛋就浮上两片红晕，不好意思地说："抽点这个吧。"

阿阔见莹取烟的时候，已经把自己的手习惯地抬到上衣口袋的位置了，但他迅速地改变了主意，而把手伸出去接过了莹的烟。莹是何等聪明的人？况且阿阔着了件半透明的丝质衬衫，小口袋里的香烟盒一眼便可以看出是一种古怪名字的美国烟。莹却无困无窘，不卑不亢，又从容微笑着给他倒了杯凉白开水，这也正是阿阔钦佩莹的所在。于是阿阔便将那个计划缓缓说出，讲解中分明带着鼓动的力量。莹本来是静静地听，渐渐地就被阿阔的计划弄得兴奋起来，甚至当时就把实施的情景做了一番真切的想象。阿阔本来是要等着凯回来，三个人一起好好地商量一下这计划的，不想窗外有人大叫着"经理"，说是生意上有了重要的事情需要阿阔去决策，阿阔只好匆匆告辞了。

莹有些激动地做了简单的饭菜，终于等到凯拎着那只很旧的公文包疲惫地进到屋里。她用了很大的热情复述着阿阔的计划，高兴中忘了注意到凯的脸色而说出几句略带怨气的话刺激到凯的薄如白纸的自尊，于是就发生了一点悲剧。

也许，昨天阿阔应该等到凯回来再走，莹到了今天才想到这一层。她这时已把玻璃的碎片捡了三分之一，想到这一层的时候，就停止了动作，继续地深入想下去。一个男人在凯不在家的时候来了，不等到凯回家又走了，虽然是朋友，虽然凯在这样的事上一向豁达和宽容，但这终究有着不大好的感觉。凯会不会是因为这一层意思而引出的不快呢？想到这儿，莹的心就突然地烦躁起来，同时她也看到右手的中指上不知什么时候冒出圆圆如豆的一滴血，她的心揪了一下，方觉到了痛。

钢化玻璃是阿阔送的，莹今天看它的破裂时，只是一片混乱的渣子，而不再是一幅美丽的图案。

凯的确是很早就买好了菜。他们准备下午把小女儿从姥姥家接回来好好过个星期天。准备走出市场的时候，凯意外地遇见了他在大学时的同学瑶。瑶是个娇小玲珑的女人，在班里的时候就对凯很有些意思，所以现在凯见到她还不免有些脸红。瑶见面便急切地问起他的境况，接着便热烈地与他聊了起来。两个人自然说起与买菜有关的许多事并发了一点感叹。瑶还是原来的风格，谈话时亲切地盯住你不怕你窘，一双大眼仍然是含了很丰富的内容令人十分心动。瑶突然皱起眉头说了句："你比原来瘦多了。"

凯故作调侃地说："成家立业了，工作又忙，哪里胖得起来？"

瑶撇了撇嘴，低下头想了一会儿，又叹了口气说："行了，这样的话只好说给自己听。这样，我给你找点事做做，当然是业余的时间做。"

瑶在一家很畅销的杂志社做编辑。杂志社办了个函授班，意在架设一条通往作家的桥梁。做文学梦的青年人有增无减，于是就把几十元的学费纷纷寄到杂志社。杂志社也就需要聘请许多能够辅导写作的教师作为桥梁。瑶为凯推荐的就是这样一个机会，每年负责 200 个学员的学习。以凯的中文系高材生水平是应该能够胜任的。瑶把最为重要的一点放到了最后说，就是每月可以有 50 元的辅导费。

凯有略微地犹豫。瑶急了："呀！别人谋都谋不到呢！还犹豫！一年是 600 元呢，算算！"

对凯来说，这实在是个比较惊人的数字。这样的进项几乎赶上了他的工资，是个很好的机会。他便不再犹豫，点头应允下来。瑶很高兴，用了很妩媚的样子说："那好，周一等我电话！"

瑶摆了摆小手转身要走的时候突然又停住，仍然用了很妩媚的样子笑眯眯地对凯说："问候你夫人好，哪天我去看她。"

瑶这次真的走了。虽娇小但匀称的身材牵扯着凯的目光许久，而且还留下一股芳香在凯的鼻前缭绕。

过了好一会儿凯才意识到周围嘈杂的人声。看看表，是将近中午的时间了，忙提了一篮菜往家里走，到了市场出口的地方，便遇见了迎面站着的阿阔。

星期天的傍晚，凯的家因为小女儿的欢闹过得十分愉快。晚饭还算丰富，也不过是一盘肉片烧茄子、一碟肉炒瓜片、一盘鸡蛋西红柿和一大碗肉炖粉条。三个人一共喝了一瓶啤酒和两瓶汽水。对凯的家来说，这虽不算奢侈却也是不常有的吃法，喝酒的时候凯把 50 元钱的事告诉了莹，莹也显得很高兴。她的第一个反应就是这 50 元可以填补小女儿托儿费这个漏洞，这是她最头痛的一笔开销。可是她随即又担心到凯的身体是不是能吃得消，200 个学员的作业不是闹着玩的。凯却潇洒地挥挥手说："这没问题，完全吃得消。"

到了小女儿躺在床上睡熟了的时候，凯就坐在沙发上帮着莹缠毛线。电视放了很低的音量，正在上演一部莫名其妙的电视剧。凯咳了几次嗓子终于开口说道："我，在市场见到阿阔了。"

莹并没有显出惊讶，只是嗯了一声。

凯斟酌着词句继续说下去："那事儿，他又说了一遍。我说，再想想。他也说，就再想想。"

这时莹是带了注意的目光望住凯，手里的动作也停了下来。凯也停住手，迎住莹的目光说："我想过了，这事儿不是不可以办，我也不必打肿脸充胖子。我们这种人，没有机会发大财，小财再不去奔，就未免太跟自己过不去，是不是？"

莹知道凯这是多喝了一点酒说出的心里话。虽然俗些，不似他一向的风格，倒是十分实在。她突然想到平时何不劝凯多喝几杯，倒一倒心里的真话，让他也痛快些？这样想着，她蓦地觉得鼻子有些发酸，心里连说这是怎么了？就低了头眨了眨眼睛。凯继续说他的话："帮他跑一趟广州，办的又不是很难接洽的事，反正他们公司有既定的原则。2000 元的包干费用，我不乘飞机，再抓紧回来，省几天宿费，几乎就可以余下 1000 元，你算算！"

莹仍然是不作声。凯以为她是在想她要做的那一部分，就把话说到那上面去："莹，你愿做的事，我从来不反对你，这你知道。阿阔要聘你做公司的高级公关小姐，无非是看中你的气质和才智，他的那些所谓小姐都不如你的条件，所以他不满意，这我知道，我都知道。再有，就无非是想让我们增加一点收入，阿阔是好心。你，就自己拿主意。以你的水平，做个文书管一点档案，也实在有些埋没……"

莹并不对凯的这些话做出反应，只是呆呆地望住凯。凯接着说下去："可是莹你想过吗，这样的计划都需要我们拿出一定的时间，我们的时间在哪里呢？"

莹伸出一只手，抚摸到凯的脸说："你喝多了，我们睡吧。"

凯握住了莹的那只手，向胸前一拉，莹就软在了他的怀里。

窗外落起了立秋的第一场细雨，晚风带了些微微的凉意，缓缓地飘进窗来。

阿阔在"迷你"酒店里已经消磨掉了一个晚上的时间，啤酒已经喝光了三瓶，仍然不见五妞回来。二十几岁的女老板是个招人喜爱的"胖妞"。"胖妞"与阿阔很熟，知道阿阔因为五妞的事不太愉快，也就不去扰他，只是偶尔端过一两样他爱吃的菜。阿阔慢斟慢饮，一双眼睛盯住电视里惊险非常的功夫片，脸上却不见有一点表情。他的思绪其实早已按了自己的路线深入到另一些令他费神的复杂事情中去。阿阔有着这样的习惯：他需要静心冥想的时候，是偏偏要到人多喧闹的去处独处。况且他要在这里等五妞，于是就耐心地喝下去。

　　五妞的事虽然令他生气，但还有一件令他略为高兴的事，就是中午遇见了凯。说是遇见，不如说是等到。他与凯做了一次认真的谈话，他分明觉出凯几乎被他说服了，虽然凯最后只答应再想想，可他知道凯是极大地动心了。这就是个良好的开端。阿阔知道人各有志，难以强求，以凯的性格、为人和从事的职业，当然不能将他拉同为自己一伍。但阿阔可以时常利用类似这样的机会使凯的情况有一个比较根本的转变，这又不必牺牲凯个人的志向。这是阿阔酝酿了很久的计划，现在准备把它实施出来。当然，阿阔对任何人也不能承认这完全是为了莹。阿阔与莹是一对旧日的恋人，去农村插队时曾有过一段十分美好的情意，他们几乎就是靠了这美好的情意支持着度过了几年艰难困苦的日子。虽然凯也是个好人，阿阔愿意帮助所有好人。但像凯这样的好人实在太多。只是因为他和莹在法律上的结合而具有了特殊的含义，阿阔不愿意深入细致地想到这一点，可又无法否认，就对自己采取了一种宽容的态度，觉得这也没什么不该，他不过也是想做个好人而已。他能够用来帮助莹和凯的，也只有这一项。其他的，莹和凯自然都比他富有，这也许可以算是对生活中一点不公做出的一种平衡。

　　想到了这一层，他就对五妞的反叛做出一种新的解释。五妞虽然靠了他的力量进了"迷你"，用她甜腻的歌声为"胖妹"招揽顾客，但五妞终究是个高中学生，她读过的那几本书使她终究不能全身心地投入到这个市场的怀抱。也许她还年轻，到了莹那样的年龄才可以悟到今天莹所悟到的问题。五妞对于阿华的反叛也是一种平衡，这便是阿华的悲剧。阿华只能给予她天平一侧的砝码，五妞自然得不到她全部的满足，于是走掉了。阿华苦心经营的爱情事业是得到了彻底的失败。这似乎也是顺理成章的事。

阿阔对五妞的气也就消了大半，心里也想好了劝说阿华的词句。他是觉着有些对不住阿华的，这除了他到底没有帮成阿华这个事之外，还有着更为隐秘的一层意思，那就是他在把五妞介绍给阿华之前，就已经侵占了五妞的身体。当然他并不是强迫了五妞。那时候五妞因为没有考上大学而遭到父母白眼，刚混迹于市场，他的事业也只是一个小百货摊床。他经过了一番艰苦的奋战把五妞从几个流氓手里救了下来，身体受了严重的创伤。五妞每天到他的小屋里为他换药烧饭，渐渐地，就成了很亲近的人。阿阔伤好后，迅速发展了自己的事业，成了实力雄厚的老板。就在他介绍五妞去"迷你"做事的那天晚上，"胖妹"给他喝了过多的酒，最后由五妞送他回到小屋，于是他们结合了。在以后的日子里，五妞对这事采取了闭口的态度，不作任何的解释，对阿阔仍然是如兄长般对待。

阿阔就在今天晚上自我反省的同时，做出了一个重大的决定。他几次想把这事告诉给阿华，但终究是因为缺乏足够的勇气而作罢。现在他十分冷静地下定了这个决心，他要立刻找到阿华，让阿华知道这件事的全部。至于阿华采取怎样的态度对待自己，那便是阿华的事。阿阔一旦下了决心，是毫无反悔的。阿华或打、或骂、或与他绝交，都是他应该得到的惩罚，这样他的心里会好受得多。他就是这样坚决地站了起来，推开了"胖妹"要来拉他进里屋"休息"一会儿的手，走出了酒店。

他不但有钱，他还要做个好人。

渐渐落急了的初秋的雨淋浇着这个半醉的人。他很高兴地在雨中走着。

星期一的早晨，当凯在早饭的桌上兴奋地告诉莹可以利用15天的休假时，莹笑得差点喷了饭，因为她也刚刚想到这个办法，两人是不谋而合。

当早晨的阳光带了柔软的暖意透过窗子照射到饭桌上时，凯和莹带了孩子怀着各自的希望，心情愉快地出了门上班去了。他们是有点被浪漫的星期天的狂热烧昏了头脑，没有想到紧张严肃的星期一会有些什么样的变故在等着他们。但他们毕章是保持了往日生活的巨大惯性，不大容易将轨道轻易地挪动位置的。所以凯在经过了一天的校正之后，在晚上下了班回到家里的时候，脑中已是异常冷静。他反复地想着应该怎样向莹解释他对阿阔的计划的新的认识。说来很简单：今天早晨得到的消息：副科长突然被确诊为一种癌症，工作将马上由别人顶替上去。连凯在内，有可能谋到这个职位的有三个人，而科长和处长在下班前都对凯有过比较明确的暗示：只要他最近一段时间的工作认真勤恳，不出漏洞，协调好各方面的关系，是会坐到那把椅子上的。这使凯在激动之余不能不对发财的计划做重新的考虑。莹把晚饭端上来的时候，似有很重的心事要说又不好启齿。凯就帮她点破："莹，你有话吗？"

莹却说："我看你也像是有话，你先说。"

"不，还是你先说。"

于是莹就先说。早晨一上班，办公室的老主任就通知莹，局里要协助中央在本市开一个极大的会议，莹是筹备组的成员，需要准备大量的资料、报表之类，还要协助秘书组起草文件。连头带尾大概要忙上一个多月的时间。老主任还关切地告诉莹，关于局长办公室秘书的空缺，领导们已经考虑到莹的人选。

凯听莹说完，不禁响亮地笑了一下。他仰天长叹："又是个不约而同。"

在晚饭以后的一段最美好的时光里，凯和莹热烈地讨论着这两三天来的故事。他们共同采取了一种坚定的态度对各自的光辉前途做了一番动人的描绘，然后便信心百倍地上床了。

几天以后阿阔知道了事情的全部。他略为惊讶地半张了嘴，许久说不出话，最后长叹一声，又进了"迷你"酒店。一个酝酿着的美好计划便无声地破灭了。

还有瑶。杂志社的主编不同意她对凯的推荐，原因是凯虽是中文系毕业，但现在并不从事文学工作。瑶只好瞒着主编把自己的一份让给凯，维持着她的计划得以一半的成功。

原谅我爱你

早知道伤心总是难免的

你又何苦一往情深

————代题记

1

男人谷从北京回来的第二天就去上班。天空飘着雪花。

像往常一样，只要天下雪，男人谷就不骑车。一层新雪落在冻得结结实实的旧雪上面，看上去虽然好看，却铺下了遍地的杀机。已经不那么年轻了，摔一下不是玩的，只好走。在北方的城市，这是没有办法的事。

男人谷在路上看到了许多骑车的人摔跟头，有些人索性不骑，就推着自行车走，反倒跌跌撞撞，十分不便。男人谷就在心里好笑，奇怪他们为什么不走路。同时他也想起了渔瑶对他说的那句话。她说骑自行车使人衰老，走路使人年轻。渔瑶说这话的时候是在去年的秋天。是深秋，树上叶子已经落尽了，很冷。那时候下班的时间过了很久，天黑透了。渔瑶刚刚在一楼的水房里洗过了头，黑黑的长发挂着水珠披在肩上。她端着脸盆走进二楼的院长室，见男人谷正和书记吴谈工作，就退了出去。男人谷在大门外把书记吴送上院里那辆破旧的面包车，又匆匆往自己的自行车上挂公文包的时候，就听到了身后传来渔瑶的声音。渔瑶说："喂。"男人谷转过身来，看着渔瑶走近他。男人谷说："渔瑶，你有事？"渔瑶站得离他很近，一对眸子在夜色中晶亮无比。渔瑶说："得了，老吴头早走了，这儿又没人，你就不能对我好点儿？"男人谷苦笑了一下说："你怎么还这样，难道我的话都白说了吗？"渔瑶叹了口气说："算了，我是想告诉你，天气预报说明天有雪，你就别骑车了，这个冬天都别骑了。"男人谷愣了愣说："不骑车？那我上下班怎么办？"渔瑶说："我知道你想保持廉洁形象，不坐院里车。那就走路呗。我告诉你，骑自行车使人衰老，走路使人年轻。真的，不信你试试。"男人谷知道渔瑶这是关心他。他心里有些感动，却又不敢表示什么，只是随口说："行了，谢谢你，快进去吧。头发湿着呢，别冻着。"渔瑶笑了。她笑着点了点头说："原来你会温柔。"渔瑶说过后就一转身上了大门的台阶。两滴水珠随着长发的甩动落在男人谷的脸上，一滴在眼角，一滴在唇边。

秋风萧瑟，凉意逼人，男人谷却感到了常说的那种心里热的感觉，又有点兴奋，很年轻的那种。男人谷知道这个晚上不太寻常。

男人谷在这个不太寻常的晚上没有骑车。他推着自行车，一路踏着枯黄的落叶向家里走。这使得他有更多的时间去细细地回味那种很年轻的感觉，非常愉悦，非常舒展，充满温情。虽然没有什么故事，虽然他是出于纯粹的关心对渔瑶说了那句话，但渔瑶对他这句话的机敏的注解和她那深情凝视的目光使这个秋天的夜晚一下子变得不太寻常起来，既微妙，又明了。男人谷在推车回家的路上，在回味那种很年轻的感觉的同时就已经意识到，由渔瑶所制造的这个美好、撩人的夜晚已经成功地为今后的某些故事开了头。这个头开得很平静却不容忽视。男人谷知道现在由他来扼杀这个故事还来得及，否则，或者是美好的残酷，或者是残酷的美好，他都将无法逃脱。

男人谷面临选择。

一个冬天过去了，男人谷已经知道了走路的许多好处。但是男人谷仍然面临选择，他仍然不知道应该怎样面对渔瑶。

热恋着男人谷的渔瑶对男人谷的进攻很明确，也很简单。渔瑶说："谷，我特喜欢你，从咱们俩第一次相遇那天起。你不信？真的。你不用思前想后的，像你这样的男人被一个或更多的女人爱上那是正常的。"

男人谷初听渔瑶的这些话时被她的幼稚逗得发笑。他说："渔瑶啊，你简直还是个大孩子，怎么就成了女人？好好排你的戏吧。别忘了我是你的院长，戏排不好当心我说你。"

渔瑶听了男人谷这样的话没有作声。她紧抿着好看的红唇，盯住男人谷的眼睛，点了几下头。

可是那以后没过多久，渔瑶的又一番话却使男人谷笑不出来。他知道 25 岁的渔瑶已经不是幼稚的女孩，他必须严肃起来，必须认真地对待一个为了他而放弃了那样多选择的姑娘的真诚情爱。

渔瑶的话这次是写在纸条上的，开朗任性的渔瑶到底是有些羞于出口。她把纸条夹在男人谷的两封来信中间，在一个早晨上班的时候，站在收发室的门口把信递给男人谷说："院长，你的信。"男人谷很忙，没有来得及看信。那两封信就在办公桌上扔着直到吃午饭的时候。纸条在两封信中间露出一个角。男人谷先拆了第一封信，看到了纸条后就扔下第一封信去看纸条。看过几句话便大惊失色，幸好书记吴已经不在屋里。他起身关紧了房门，飞快地看完了纸条，心中仍然惊悸无比。他一面怨着渔瑶竟是如此大胆，一面又竭力回忆着整个上午有没有人到过他的桌前，动过这张纸条。可是他想不起来，他脑子全乱了。40 岁的男人谷，已经当了 4 年地方戏曲剧院副院长的男人谷，在看过了纸条的那一刻，到底是有些稳不住阵脚了！

渔瑶说我爱你。渔瑶说我不是幼稚的冲动，我在艺术学院有过 3 个男朋友，我已经知道了应该爱什么样的男人。渔瑶说我现在的确还不是女人，可我想和你一起让我成为女人，我们得共同完成这个仪式。就这样，你做好准备吧。渔瑶说今后我也许会喜欢别的男人，可我不能保证再遇到比你更好的男人，所以我选择这样。我不想错过你。渔瑶说当然这有个前提，就是你也得喜欢我。我会努力做个好女人，各方面。如果你真不喜欢我，也求你告诉我，我会离开你身边。

渔瑶说你放心，我不做爱情的"季军"。"第三者"的理论根本不通，相爱的人每个人都是第一者。结婚是又一回事，那是社会的规范，就像交通规则一样。渔瑶最后说我爱你，这是我的权力，你副院长也管不着。

把纸条看了三遍的男人谷用了极大的力量使自己的心绪平静下来。他知道这种纸条对任何一个男人来说都充满刺激和诱惑。地方戏曲剧院是省里的重点保护对象，尖子演员集中，美女如云，给这个剧院当院长不是个轻松的差事。男人谷一向自信定力十足，可这次他是真的被击中了。尽管他不愿承认，但内心的感觉很实在地告诉他，他是被击中了。

看纸条的那个中午是去年的夏天刚刚过去的时候，那时候天气刚凉下来，离渔瑶说不让男人谷骑车那句话还有半个秋天。

男人谷从此困惑，从此不安。

那以后渔瑶从容不迫地实施着自己的计划，男人谷则于躲闪中坚守着自己最后的防线，来来往往中便到了深秋，到了渔瑶说"骑车使人衰老，走路使人年轻"的那个不太寻常的夜晚。男人谷清楚地知道那个平淡无奇的夜晚之所以不太寻常，是因为他清楚地感觉到了内心的异样——全新的、从未体验过的，看到"我爱你"那张纸条也未有过的感觉。这感觉悄然逼近又倏忽而至，无比强烈得令人心颤不已。男人谷在多半个冬天走路上下班的日子里经常回味这种感觉。在那个深秋的夜晚，渔瑶去尽了一切的脂粉和修饰，素淡无华，可那一对在凝视中晶亮无比的眸子胜过了所有的粉饰和话语，就那么鲜明、实在地刻在男人谷的心底，唤起了他的那种不太寻常的感受。由渔瑶头发上甩出的两滴水珠好像至今仍存留在他的眼角和唇边，在那以前的日子里，渔瑶从没有这样逼近地站在男人谷的面前。被那件旧毛衣裹住的一对乳峰几乎就要顶到男人谷的臂膀。渔瑶不知道由她身上散发出的青春朝气已经强烈地感染到男人谷。而在男人谷这方面，他也是从来没被渔瑶这样近地凝视过。他只是把她当作一个出校门不久的、尚未成熟的、对自己盲目崇拜的女孩子。可是自那个夜晚起，他知道了自己的失误。他从渔瑶的眼中读出了丰富的内容。男人谷在后来的一个踏雪回家的日子里突然地悟到：那样的一个夜晚是终究要来到的，不是昨天，就是今天，或是明天，他只不过是挣扎着使自己勉强留在面临选择的边缘。

一个秋天又一个冬天的挣扎使男人谷内心的感受变得深刻复杂，也异常丰富起来。有了这种经历的男人谷方才知道这样的挣扎并不令人疲惫和焦躁，反倒令人充实和愉悦，那种很年轻的感觉总是很友好地萦绕心头。

当然，仍然需要抉择。

走路走了20分钟的男人谷匆匆拐上剧院面临的那条大街时，头上已经冒出了一层细汗。时间是早上8点钟，雪已经停了。各单位扫雪的人员正在长街上排开蜿蜒的队形。冬日的阳光柔和美好。当男人谷抑制着越来越快的心跳，在众多的人影中一眼便捉住了渔瑶那顶小红帽的时候，他也突然地意识到自己所有的挣扎原来是如此虚伪无力。有些故事开了头就是难以扼杀的，至少现在已经迟了。

2

地方戏曲剧院一直受到省里的重点保护。机构庞大，人员众多。京剧团、歌舞团、话剧院等早经不住经费的一再削减而纷纷搞起了改革。尽管困难重重，结果也难以预料，但总归是有了新鲜的希望在前边。"地戏"的经费还没有动。男人谷知道上边虽然没有催他，但这一步是势在必行。他的剧院近300人，尖子很多，闲人也不少，改起来是个更大的包袱，所以他必须争取主动。半个月前他向省里打了个招呼，说了自己的初步想法，然后便匆匆出去转了一圈，跑了几个外省搞改革的剧团，请教了一些经验。一路上他思虑着剧院的前途，又担心着走前未落实的许多事，不知不觉间人已是瘦了一圈。

风尘仆仆的男人谷一旦投入了工作便扫尽了脸上的倦意。他就是这样的一个男人，越是紧张忙乱的工作就越是显得精力十足，果决机智。整整一个上午他不停地处理事情，解决问题。积压了半个多月的杂务几乎全是令人恼火的事情，足以使一个缺少承受力的人焦头烂额，男人谷却忙而不乱，干净利落地把事情理出了大致的头绪。好在还有一件让他高兴的事，他出差前派出去联系演出的演员郭已经回来了。演员郭的家乡榆林县是地方戏曲的发源地，这几年榆林县搞了大规模的农工商联营，赚了大钱，请几台戏不成问题。演员郭联系好了三场演出，每场由当地交剧院3000元，另外补助演职人员每人50元，食宿费全由当地解决。合同已经写好了，只等男人谷拿主意。男人谷略有犹豫，因为这里边有个收入分配的问题。但他也只是片刻地犹豫便拍板盖上了公章。改革就是要闯点红灯的，都是绿灯还改什么？这样想着的时候，他就长舒了一口气。打发走了演员郭，他就又伸手去摸烟，却摸到了空烟盒。早上从家里带来的一包"红塔山"已经抽完了。他苦笑一下，埋怨自己怎么在一个上午竟把一天的烟抽完了。烟是抽得太重了。他把那个空烟盒捏成卷，扔在了纸篓里。有了演出，心情毕竟好了起来。日子已经是二月的末尾，可是二月的工资还没有拨下来，有了这 9000 块钱，全院 300 来号人总算还能挺过几天。男人谷真是不敢想象将来不论是承包还是裁员，这老老少少 300 人将会是一种什么样的状况。

吃过了食堂给他端上来的午饭，他照例要小睡一会儿。全院人都知道他有这个习惯，所以这个时间谁也不来扰他。

剧院大楼里这个时候也显得挺安静，大概演员们也都在养精神，准备着下午的那台大戏连排吧。走廊的深处，单身宿舍的那边还隐隐传出几个小青年喝酒聊天的声音。大排练场里，在天幕边的一个角落里传出一阵轻柔的琵琶声，那是乐队的文在练琴。文刚从艺术学院毕业分来不久，是个很勤奋的姑娘。三楼的某个地方时断时续地传来一个人练唱的声音，反反复复总是那么一句"包爷我放粮归来——"，那是演员何，省里特批从京剧团挖来的"花脸"。从京剧改地方戏，谈何容易？一楼的天井那边隐隐传来伙房里菜刀剁菜的声音。男人谷刚才吩咐过，在下午的连排以后，给全院弄一顿像样的饭菜。

男人谷在朦胧的假寐中听着、感觉着这些声音。往日的午睡，这些再熟悉不过的声音是他的催眠曲，可今天他觉得有些心神不宁，难以睡去。他知道他是在等待捕捉一个他更为熟悉的声音。想到这个，他就更加没了睡意。想抽烟却又没有"红塔山"，他只好把身子仰卧着，闭目养神。

就在这个时候，男人谷听到了办公室的门被轻轻推开又轻轻关上的声音，接着是有东西轻轻放在办公桌上的声音。男人谷的办公室被一架道具用的旧屏风分为两半。办公室靠近门边，单人床靠近窗边，中间是屏风。屏风是早几年演戏用过的，很旧了，上边的纱绸已经有了裂口。男人谷身子没动，半睁着眼问了声："谁呀？"等了会儿没有听到回声，他刚想起身，一只手便被握住了。

男人谷的头是冲着屏风这边的，他躺着的时候习惯把一只手搭在额头上。现在他被握住的这只手就是放在额头上的右手。握住他的那只手是从屏风纱绸的裂口处伸过来的，这只手细长温软，留着不长不短的指甲，还有着淡淡的一股香味。男人谷心跳突然快起来，内心的感觉在瞬间便告诉他，他已经猜着这是谁的手。这简直有些不可思议。

屏风的这一边站着渔瑶。

渔瑶的手挺有力地握住男人谷的手说："是我。你别动，真的别动，要不我就走啦。我没化妆，披头散发得不好看。我给你送来点东西，你好好睡一会儿吧，下午还得陪领导看连排。"渔瑶说过了这几句话略停了一会儿，然后声音很轻地说："想你了。"

男人谷不知道如何回答这个热恋着自己的姑娘，情急中他问了声："怎么没穿高跟鞋？"

　　渔瑶轻轻笑了一声，她把男人谷的手拉起来摇了两下然后放开，又把自己的手抽回去说：“那么多女的穿高跟鞋，我就是穿了你能听出来吗？”

　　男从谷也无声地笑了，面对渔瑶的机智他显得无可奈何。渔瑶这样的反问显然是在告诉男人谷，她已经从他的问话猜到了他能从众多的高跟鞋敲地的声音中听出她的声音。两个人的脸在屏风的两边同时感到有些发热。渔瑶是觉得幸福，为自己猜中了男人谷的秘密；男人谷则是有点发窘，为自己那太笨的问话。

　　门又轻轻地响了一下，渔瑶走了。男人谷想她一定是穿着软底儿的练功鞋，走路没有一点声响，真是个细心的姑娘。男人谷心里很兴奋，睡意全无。他翻身从床上坐起来又走到门边，拉开门探出头去，走廊里却已没了渔瑶的身影。

　　桌上放着渔瑶拿来的两样东西：一条“红塔山”和一个很大的保温杯。男人谷拧开杯盖，一股香甜的气味儿冒了出来。杯子里面是滚热的咖啡奶。男人谷未喝先醉。他显然努力地控制着自己的情绪，使心情平静下来，但心中的感觉无比美好。他知道自己越来越难以左右这故事的发展，他已经是变得十分危险了。

　　有什么不对么？或者是没有什么不对？

　　出差在外半个多月，忙碌中他几乎是没有想到过渔瑶。可是回来才只半天，怎么就到了如此的境地？是与非的界限究竟在哪里呢？男人谷这样反省着的时候，手里已经打开了一包“红塔山”。下午看连排，烟是不能缺的。

1点整，下午上班的铃声响了。上边来审查节目的人1点30分便要到场，剧院大楼里忙乱起来，演员开始试服装，乐队开始调琴。男人谷活动一下身子，把保温杯里的咖啡奶一口气喝去大半，然后便精力十足地走出了院长办公室。

三个小时的连排还算成功。上边来的人挺满意，当即便表示同意了去榆林县的演出。全院的人也都很兴奋，会餐的时候都喝了许多酒，大家脸上都红红的，不知谁提了个小录音机放在了窗台上，里边放着软绵绵的流行歌。食堂大厅里一时间春意融融。

送走了上边来的人，已经是掌灯时候，剧院斜对面的川味酒店灯火辉煌，门前的停车场又停满了各式高级轿车。男人谷回头望望自己的剧院，剧院的大门和临街的面墙因为年久失修已是无比陈旧，好在有省里的保护，不然大楼的一半早已被一个大公司买去翻盖。男人谷仰头望月，无言地长叹一声，便背了手，踏着人行道上的一层新雪，慢悠悠地向家里走去。

剧院与艺术学院紧邻，两个单位中间隔着一条小街，男人谷每天下班都是沿着小街一直向北。可今天他看到小街的雪已被扫去大半，露出了黑黑的路面，便拐入艺术学院后身的那条小巷。小巷里的雪没人扫，他今天想踏雪，不急着回家。

小巷里只亮着一盏路灯，灯光很暗，男人谷沿着小巷的北侧走。这一侧有楼房的灯光。小巷的另一侧，是艺术学院那两米多高的围墙，围墙下边的暗影里也有一个人在慢慢地走。男人谷起初并没有在意，等到走近了的时候，那人便下了人行道的台阶，站到了小巷的中间，男人谷愣了愣，随即便认出了站在面前的人原来是渔瑶。他松了口气说："嗨！是你呀，倒吓我一跳。"

渔瑶憋不住咯咯地笑起来，说："想什么哪，这么认真？人家一直在你前边走都看不出来？"男人谷说："没想什么，累了，想散散步。你一个人去哪儿？不害怕？"渔瑶走近了他，说："怎么不怕？黑乎乎的。可我知道你在后边。我一直在小巷子口望着你，看你把那帮人打发走了，又往这边来，就拐进来等你。"渔瑶说着拉住男人谷的一只胳膊，把他拉到围墙的那一侧说："来，你过来。"

男人谷被渔瑶拉着，站在了围墙下边的人行道上。渔瑶点着头说："是这棵树吧？不对，是那棵，是不是？"渔瑶问过了之后便仰起脸望着男人谷。她的脸蛋儿不知是在会餐时喝多了酒还是在雪地冻的，红红的，非常好看。大眼睛里的一对眸子在夜色中仍然是晶亮无比，男人谷这时候记起了秋天的那个不寻常的夜晚，那个夜晚在男人谷心中埋下的种子已经悄无声息地孕育着、生长着了。

男人谷摇了摇头。他是真的记不得哪棵树了。只是渔瑶的如此痴情倒令他既感动又惶惑。中午曾经有过一次的那种无比美好的感觉很自然地再次袭入心头，无论如何挣扎都令人难以抗拒。渔瑶半启着红唇，口中的热气已经呼到了男人谷的脸上。男人谷还来不及调动自己的理智来做盾牌，便被渔瑶的红唇吻住了自己的嘴，他的脑中突然一片空白，颤抖的双臂不由自主地就拥住了渔瑶的身躯。

美丽痴情的渔瑶在心里说：我终于完成了我的一个心愿。

在那个炎热的夏天的日子里，我就有了亲吻这个男人的冲动和愿望，天知道为了什么，难道这就是缘分么？

相识的过程很偶然也很简单。是在前年的夏天，一个很热的日子。那天上午男人谷在家里看剧本，吃过午饭后去上班，车子忽然被晒爆胎了，只好扔在车铺修。坐了两站12路无轨却又突然停了电。男人谷不耐烦等着来电，便下车步行。大路上酷热难当，柏油路面被骄阳晒得柔软烫脚。他记得小巷两边有两排老树没有像大路边的树一样被伐掉换上小树，宽大的树荫可以遮凉。他便拐入了艺术学院后身的小巷。这一连串的选择后来都被渔瑶看作是一种必然，是上帝的安排。她认定这就是缘分，不然如何解释这种巧合？男人谷拐进小巷时远远地便看到艺术学院的围墙上骑着一个姑娘，正在试探着往下跳。男人谷那时还不知道这个姑娘叫作渔瑶，但他知道她肯定是艺术学院的学生。因为这是学院的学生尤其是女学生常干的把戏。她们要到离小巷出口不远的那个商场去买零食，却又不愿从大门出来多绕10分钟的路。有些胆大又性急的女孩子便经常跳墙。男人谷走在小巷北侧的树荫里，目睹着渔瑶从高高的围墙上飘然落下。渔瑶落地时似乎有片刻的停顿，然后扶着围墙外的一棵树站了起来，还瞥了男人谷一眼，男人谷忙把目光移开。当他再次注意到渔瑶时，却见渔瑶蹲在了地上，好像在整理鞋带。男人谷又把目光移开，这时候他已经走过了渔瑶。男人谷走出许多步以后，终于又忍不住回头望了一眼。艺术学院的女孩子个个好看，可这一个很有特点，这是男人谷在她近旁走过时瞬间的感觉，一向自信定力十足的男人谷终于还是忍不住又回头望了一眼。也许不望这一眼，他便永远不会结识渔瑶，也不会有后来的许多故事。可他到底是望了。他望渔瑶的时候正好与渔瑶的目光相遇。这时候的渔瑶已经是歪坐在地上，左手支地，右手握住右脚的脚踝，一双美丽的大眼睛露出惊慌、无助的目光。

男人谷在转过身来的时候有片刻的犹豫，但他还是一步步向渔瑶走去。走到渔瑶身边时他站住了，略弯下身子问道："你怎么了？是扭了脚吗？"

此刻的渔瑶由于天热和疼痛已经满头是汗，但她还是有些不好意思，红着脸，苦笑了一下，点了点头。男人谷用手指了一下剧院的方向说："我是'地戏'的，咱们邻居。我来帮你吧。"

渔瑶向男人谷伸出一只手说："老师，我认识你，你姓谷。你给我们讲过课。谢谢你啊，哎哟，疼死我了。"

渔瑶的脚显然伤得不轻。男人谷握住她的手想把她拉起来，可是没有成功。男人谷不敢再用力，只好弯下腰把双手伸进渔瑶的腋下帮她站了起来。渔瑶蹙着眉头，额前的头发被汗水粘在脸蛋上。她让伤脚悬着，身子便靠在了男人谷的肩上。

此时夏日的阳光无比炎热，男人谷和渔瑶都已经是汗流浃背。两个人都嗅到了对方身上的气息。男人谷这是继女人卓和他的妻子之后如此贴近地接触第三个女人的身体。渔瑶那天穿一条牛仔短裤，裸露着修长丰腴的双腿，上身穿了一件类似男人穿的圆领白汗衫，胸前印着奇形怪状的图案；一头乌黑油亮的长发没有经过一点卷烫，梳成一条独辫搭在肩上；圆润的脖颈上布满了细密的汗珠。渔瑶用两只手紧紧抓住男人谷的一只胳膊，仰着脸说："真不好意思啊老师，麻烦你了。可是我现在动不了，怎么办呢？"

男人谷在扶住渔瑶的瞬间便记起了与女人卓曾有过的亲近。很遥远的事情一下子便觉得即如眼前，似曾相识，又分明有了区别，感觉是很新鲜的那种。薄薄的衣衫使他很真切实在地感受到了这个独特的姑娘的肉体所传递给他的热量。只是在这样的情境之下不容他多想。瞬间的心旌摇动之后，男人谷便恢复了平静。他朝巷子口望了望说："要是能有个你的同学就好了。"

渔瑶也四处张望着说："这么热的天，都躲在屋里呢，我打赌打输了，她们非得逼我出来买西瓜。真是倒霉啊，以前跳这墙挺容易的，今天不知怎么了。"渔瑶望着已经肿起来的脚，也许是疼得厉害，也许是有点委屈，眼里竟涌上了一点泪花。

男人谷望着孩子气十足的渔瑶感到有点好笑。他扶着她坐在路旁的台阶上，伸出两个手指按了一下她肿起的伤处，渔瑶皱着眉头尖叫了一声。在剧院生活了几年的男人谷对这样的伤自然见了许多，他知道渔瑶伤得不轻，可还是安慰她说："没事没事，你这是寸劲儿扭的，不要紧的。不过得去医院看看骨科，必要的话还得拍个片子。这样，你坐这儿等我不要动，我这就回来。"

渔瑶急了说："老师，你去哪儿？别把我扔这儿。"

男人谷挥了挥手，然后跑到巷子口截了一辆"的士"回来。他把渔瑶扶上后座，又扔给司机20元钱，然后把头趴在车门窗上说："我下午有事，不能陪你去医院，你让车开到你们校大门，喊一个你的同学吧，记着往后别跳墙了。"男人谷直起身子示意司机开车，在车刚开动的时候又喊了一声："对了，有空打个电话，把你看伤的结果告诉我。"

渔瑶从看到出租车停在眼前就再没有说话，只是顺从地被男人谷扶进车里，又默默地望着男人谷的一串动作。男人谷告诉她的话她也只是用力地点点头。直到车开远了，她还扭着头从车后窗望着男人谷。

十几天后，当渔瑶拄着拐杖敲响院长办公室的门时，男人谷几乎有些认不出她了。渔瑶那天没有梳辫子，一头披肩发裹住了她那张俏丽的脸蛋。可能是脚伤的缘故，她的脸色略显苍白，嘴上点着淡淡的唇红。

男人谷没有想到这个自己曾经帮助过的姑娘会来登门找他。他忙把渔瑶让进屋里坐下，见她脚上用纱布缠着夹板，便关切地说："哎哟，伤得这么重么？拍没拍片子？是不是住院了？医生说会怎么样？"

渔瑶望着男人谷粲然一笑，然后伸出一只手说："问题太多了，先给口水喝吧。"

男人谷端起自己的杯子说："这是我晾的凉茶，很凉快的，我给你倒一杯。"

渔瑶说："不用，就用你的吧。"男人谷略一犹豫，把杯子递给了她。这时候便有人进来找男人谷，紧接着又有电话，以后的10分钟里男人谷一直都在忙着处理事情。直到屋子里再一次静下来，渔瑶才有机会说话。她把杯子递给男人谷说："谷老师，你好忙啊。"

男人谷说："最近是忙点儿，也就是一阵儿。"男人谷说话的时候伸出手去接杯子，但渔瑶是双手捧住了杯子伸出来。他看到渔瑶的手把杯子握得太满，没有给他的手留出空隙，他很难在不碰到渔瑶的手的情况下拿住杯子，便用两个手指从上面捏住了杯盖，本想可以连杯子一起捏住的，可渔瑶松开手之后，杯子滑脱了手指落在水泥地上。随着清脆的响声，杯里的残茶溅到了两个人的脚上。

男人谷不由得呆愣了一下。

男人谷用的这个杯子和一般的杯子有些不同。它比一般杯子大些，厚厚的，古香古色，花纹的纹路和色彩都很特别，虽不太好看却有韵味。

杯子是女人卓送给男人谷的，女人卓送给他这个杯子是在10年前的一个中午，地点是火车站前的一个小饭店。那时候的饭店还远没有现在这样多，也没有这样讲究。但那小店非常干净——女人卓有出奇的洁癖，在那样悲欢离合的时刻仍忘不了找干净的地方。

去北京的车还有半个小时开车，整个的过程女人卓都在哭。10年前的女人卓正值妙龄，比现在的渔瑶还要小，正是女人一生中最鲜艳、最迷人的时候，即使泪水涟涟也令人心动。杯子就是那个时候送给男人谷的。女人卓没有给男人谷留下任何东西，只有这个大杯子。这杯子是女人卓父亲留给她的，据说传了几代都没有用。女人卓说："你能喝茶留给你用吧。"女人卓还说："这杯子是我们家的旧物，都说它能带来好运气，男人是需要运气的，就留给你吧。"女人卓说这话时已经泣不成声，男人谷当时心痛如焚，双手把杯子连女人卓的手一起捧住。10年前这样的举动已经引来饭店里人们的好奇和窥视。可女人卓当时已经不顾一切，她抽出一只手温柔地抚摸男人谷的脸，嘴里却说："我不恨你的父母，但我恨你，我恨你！"

当时的情景凄凄惨惨。一对情人的美好初恋被扼杀了。男人谷和女人卓各自的生活轨迹将驶入新扳定的道岔。凄凄惨惨的情景令男人谷 10 年来总是不堪回忆。

现在杯子打碎了，女人卓送给男人谷的唯一一件东西，很偶然地便在瞬间里打碎了，男人谷一时显得有些手足无措。

聪明机智的渔瑶虽然也发觉了男人谷的异样，但在当时绝对想不到暗青色韵味十足的茶杯里还装着另一个女人的故事。

"对不起啊。"渔瑶说，"你一定很喜欢这个杯子吧？"

男人谷迅速调整好自己的情绪，笑笑说："没关系，也该换了。"

渔瑶甜甜一笑说："我到哪儿都是惹祸，没办法啦。"

渔瑶一双黑亮的眼睛清澈无底，内容无比丰富。这双眼睛从那一天起就带着这样的笑意和内容望定了男人谷。男人谷再一次感到了这个姑娘的特别。

温文尔雅、柔和宁静的"小世界"咖啡厅超群脱俗，给第一次来到这里的男人谷留下了深刻的印象。他暗叹自己每天上班从这里路过却不知这里还有一个如此有情调和品位的好去处，渔瑶也感到奇怪，她不相信男人谷从没进过这里。

"真的没来过，"男人谷说，"有时候应酬，也都是到酒店喝酒。再说，我一直以为这种地方很贵的，消费不起。"

渔瑶笑着摇了摇头说："你真的快成老夫子了。你知道咱们院有多少人来过这里？"

男人谷困惑地摇了摇头。

"20个不止。"渔瑶说。男人谷睁大了眼睛："20个？那么多？来干什么？"

渔瑶竖起一个手指说："你轻点啊，到这里能干什么？喝咖啡啦，或者寻找一点感觉啦，温馨的、宁静的，像咱们俩这样。"

刚刚在小巷的雪地里和男人谷亲吻过的渔瑶这时显得温柔甜蜜，楚楚可人。暗暗的烛光映着她略带着潮红的脸蛋儿，黑亮的眼睛仍是那样定定地望着男人谷。

男人谷躲避着渔瑶的目光。他故意地岔开话题说："可是，他们哪儿来的钱？我是说，到这里来要有闲钱才行。"

"是啊，是要有闲钱。可是，人家不会挣么？"渔瑶喝了一大口咖啡，无可奈何地笑笑说，"你呀，太孤陋寡闻了。咱们院现在就有'打的'去'华侨'吃早茶的，你信不信？"

男人谷点点头说："我也有耳闻，昨天福子还找我，说电影厂请他演替身，问我同意不同意。一个场景500块，危险动作加到1000，伤残出医疗费。这世道怎么变这样了，人不成了工具了？"

渔瑶说："这很正常。付出劳动挣钱，谁也没剥削谁。你知道福子的情况么？他媳妇那小工厂垮了，没工资，孩子正上小学的时候，家里还有一个老妈，长年的病号，你让他拿什么养这一家子人？"

"是啊是啊，"男人谷说，"所以我同意了，按规定给院里交管理费就行了。"男人谷把身子仰靠在椅子背上，抬手拢了拢他那头长发，叹了口气说："难办的事太多了。"

渔瑶笑着说："当年你给我们讲课时可不是这副精神，那时候好帅啊，我们班至少有 10 个女孩子看上你了。"

男人谷挥了挥手说："书本上的东西，骗骗你们小孩子罢了。生活总是比书本复杂得多。"

"你知道我多大了？"渔瑶突然问。

"你？ 25 吧，或者 26？"男人谷有些没反应过来。渔瑶却收了笑容，显得挺严肃地说："所以我不是小孩子，你也不过才40 岁。"

男人谷朝四周望了望，又沉默了片刻说："渔瑶，咱们说点别的好吧。"

渔瑶似嗔似怨地瞪了男人谷一眼，然后有些夸张地叹了一声说："行吧，说点别的。有件事早就想和你说，可你忙着出差，一走就是半个多月。今天又忙得跟机器人似的，人家连边都挨不上你。你不是要我在院里千万不要给你惹麻烦么，弄得我连给你送点儿烟都偷偷摸摸的，其实这有什么呀？我喜欢这样，谁管得着？再说，我虽然，虽然爱你，可我一不影响你的家庭，二不影响你的工作，三不妨碍别人，我有什么不对？"

做了四年副院长的男人谷已经是个比较成熟的男人，可他从来没有面对女人的经验。他虽然不爱那个双方的父母作为老战友的"交易"硬塞给他的妻子，可也从来没有想过要越过那不爱的女人去寻求新的幸福。在渔瑶之前，也曾有过别的女人对他表示好感，可由于他的严肃，由于他在经过与女人卓的悲欢离合之后便深埋心底的对女人卓的刻骨铭心的怀恋，从而对身边所有女人的冷漠，她们都在经过了最初试探之后便浅尝辄止了，这样也就形成了男人谷被人公认的"定力十足"。

可是面对渔瑶，面对这个聪明机智的、充满个性的、既真诚又热烈的姑娘，男人谷到底是有些惶惑了。刚才在小巷的雪地里与渔瑶的亲吻恍如梦中，那真切实在的感觉虽然无比美好，却令冷静之后的男人谷有些心慌。美丽的渔瑶无疑是个纯洁的姑娘——男人谷坚信这一点——她还有太多的更加美好的明天的日子等着她去度过，而那主角不应该是他男人谷，不应该是他这个已经有了家室并且心中还深藏着 10 多年前的恋人的男人。对女人卓的怀恋情有可原，可对渔瑶的侵犯则是一种罪过。男人谷检讨着自己一天来的所想、所行，努力驱散着心中悄悄孕育着、生长着的那片温情，用沉稳的语调说道："渔瑶，你还没说正事呢。"

"我说的这也是正事！"渔瑶的眼里突然地就涌上了泪水。

"那好，我们走！明天去单位谈！"男人谷最见不得女人的眼泪，他把头扭向一边不看渔瑶。

渔瑶愣了一下。她掏出手绢擦了擦就要流出的泪水，然后拿起桌上的"红塔山"烟盒抽出一支递给男人谷，轻声问道："你，你生气了？"

男人谷接过烟，摇了摇头。渔瑶见他盯着自己的眼睛，连忙又擦了两下说："很难看是不是？"

被泪水泡开的眼影使渔瑶的眼睛显得又黑又大，男人谷被她的样子逗笑了。"像个熊猫，"他说，"不过很好看。"

渔瑶长舒了口气说："得了，说正事。我知道现在院里很困难，吴书记退休后你主持工作很累。地方戏不好搞，省里虽然说重点保，可经费也越来越少，这是大势所趋，将来总有一天得自己养活自己。我看着你操心我也心疼。我没大能耐，但我得尽力而为帮你。我有三个计划。"

渔瑶说到这里停顿了一下，看男人谷的反应。男人谷没有想到渔瑶竟还是这么有想法的姑娘。他向前倾着身子很注意地看着渔瑶说："嗯，你说吧。"

"第一个计划，恢复咱们院已经倒闭的戏剧服装厂。你出差时我认真想过，又到仓库去了几次，其实工作间和设备都挺好，完全可以用。在楼西侧拐弯处临街的地方打开一道门，装修一个门脸，开一个高级时装店，高薪聘请两位好裁缝。你知道卖什么钱吗？"

突然的提问使男人谷无言以对，他摇摇头。

"卖我的想法！"渔瑶用一个指头点着自己的头说，"我自信我对时装有一种天赋。我虽然没学过这专业，但我选料、出式样，总是与众不同。你注意到我的衣服了吗？那全是我自己选料、自己设计的样式。我从不到画报里去找衣服样儿，在艺院上学时就是，全院的女生都追着我的样子做衣服。你想有个性、有特点就不行，把我气坏了。"

男人谷也笑着说："对了，这是中国人的习惯。要在外国，你的样子再好，只要你穿了，我就绝不穿。"

"没错，"渔瑶说得很兴奋，"咱们就利用这种心理。我尽量选那些本市少有的、冷门的，或者别人认识不到它的价值到了我手里就好看的料子，每种先只做那么一两件，挂在橱窗里招人，马上就有生意上门。如果你手里有好料子，可不知怎么做，那好，我给你设计，我给你做。收设计费、加工费，照样赚你钱。怎么样？反正房子是咱自己的，设备是咱自己的，人是咱自己的，装潢有舞美队，我粗算一下，起码可以省下 10 万的开办费，等于是小本万利呢。"

男人谷的情绪被渔瑶感染起来，他连连点头说："是个不错的主意。那么，你想怎么干呢？我是说，是承包，或者是……"

渔瑶盯着男人谷，无可奈何地叹口气说："唉！我刚才不是说了，你怎么还不明白？我不缺钱。你知道我哥哥姐姐都在外国，他们一年每人给我几千美元就够我过的了。我是为了剧院，或者说为了你。行了，说第二个。我想在咱们院挑一些人，成立一个表演队，可以叫两个名，一个是歌舞表演队，一个是时装模特表演队，其实就一套人马。院里没有演出的时候，晚上包几个歌厅，现在的卡拉 OK 都愿意有伴舞，实际上那帮男人就是想看女演员。当然，咱们绝不搞别的服务。我差不多走遍了全市的歌厅，有几个歌舞团的演员在'北方'那儿干，我看水平也不过如此。咱们院人才济济，绝不次于她们。现在是供不应求，很多老板都想雇，可又很少有专业水平的。到了逢年过节或有什么大活动，再有各大商场的服装展销什么的，咱们就改头换面表演时装。我算了一下，咱们院身材好的，就我这样的吧，或者超过我的，不下 15 个，都是干这行的，模特那点儿东西一学即会，到时穿上咱们自己设计的衣服，保准引领新潮流。事先谈好价，一年也挣个几万，院里和个人都有收入，怎么样？"

男人谷没有马上回答，他招手向服务小姐点了两杯咖啡，都推到渔瑶面前说："说渴了吧？"

渔瑶又推回一杯说："干吗呀？不想让我睡觉了？你说，这招怎么样？伸伸胳膊抬抬腿。这钱太容易挣了。"

男人谷思忖一下说："倒是可行。不过咱们是堂堂省里的剧院，到那种地方去总有点……"

"我的院长大人，那歌厅也不全是坏人，有的档次还蛮高的。再说咱们是有组织的，严明纪律。不过是以自己的特长挣钱，又不是……"渔瑶说到这里有些不好意思，便住了口。男人谷说："我原则上同意，细节再商量。说说第三个。"

"第三个计划么，咱们应该'卖戏'。"渔瑶说着笑了起来，"这是我发明的词儿啊，不知道准不准确。这次老郭联系到榆林县演出给了咱们一个启发。现在农村虽然大部分还穷，但致富的地方不是没有，看大戏又是农村文化生活的主要一项。咱们算好账，一台戏，除了吃、住、行，我们能赚到一定的钱，就可干。能请起的地方还很多。地方戏的出路还是农村，或者县镇。艺术枯竭的过程就是'生于民间，死于庙堂'。这是你给我们上课时曾经讲过的理论，我今天可班门弄斧了。这招怎么样？仅供院长大人参考吧。"

渔瑶调皮地开起玩笑，一边端起杯子喝咖啡一边等着男人谷说话。

男人谷很认真地说："你说的这一招不仅可行，而且很有道理，是剧院今后的发展方向。这次去我就要和榆林农工商联合体的经理探讨这个问题，可能的话和他们一同组成艺委会，实际上就是找他们这个靠山。我们有些演员多年来就是不愿往下走，喜欢待在都市里，把'地戏'搞成贵族剧院，我看这行不通。另外剧目也要革新。"

"对了。"渔瑶轻轻拍着桌子说，"我早就想给你提意见，听说咱们院几十年了就是磨这几个戏，虽然艺术上炉火纯青，可毕竟没有新鲜感。没有创新、没有发展，剧院还有什么生命？你是历任院长里最年轻的，应该有所突破，应该……"

渔瑶戛然而止。她见男人谷面带微笑地望着她，就很认真地问道："我、我是不是说太多了？这弄反了，我成了你的老师了，你没笑话我吧？"

男人谷笑着挥了挥手说："你真是孩子气，我怎么能笑话你呢？说得很好，对我有启发。真的，看来读过书的演员和没有文化的演员就是不一样，那种'艺人'演员可以把戏演得很绝，可你从来不能指望他自己有什么思想。这事我要开艺委会研究一下，做个长远的规划。很好，渔瑶，谢谢你啊。今晚很有收获。"男人谷的语调很真诚。

此时的渔瑶脸色微红，一种幸福感油然袭过心头。她知道男人谷是个刚硬的男人，这样的几句话从他口里说出已是不易。她为能够被自己所爱的男人夸奖而激动不已，双手紧紧握住咖啡杯，抑制着身体的微微战栗。此时咖啡厅的气氛已是无比迷人，烛光摇曳，音乐轻柔，偶尔有服务小姐穿着软底儿鞋无声地飘来飘去。店堂里一片宁静，仿佛坐在这里的几对恋人都已经沉醉。渔瑶的双眼又有些湿润，她真愿意就这样久坐下去。

男人谷轻轻说："不早了，咱们该走了吧？"

渔瑶点点头说："我来结账。"

"那不行，你别争。"男人谷说，"应该男人结账，这规矩我还明白。"

"好好，我不争，把你的钱包给我。"渔瑶说着一把拿过男人谷的钱包，打开飞快地查看一下，又回头望了望马上就要走过来的小姐，然后又飞快地把自己的钱包递给男人谷说："你的钱不够，快点接着。"

账单拿来了，四杯咖啡，一碟点心，一碟切成片的甜橙，加上服务费，一共73元。

男人谷在瞬间便明白了渔瑶的用意。他记得自己的钱包里只有一张50元的，还有些2元、1元的，加起来不到60元。渔瑶事先想到了，怕他尴尬。男人谷打开渔瑶的钱包，见里面有厚厚的一沓钞票，100元的、50元的，还有10元的，没有零钱。男人谷抽出80元放在小姐的方盘内，这时候渔瑶站起身说："我们走吧。"在男人谷略一迟疑的时候她装作亲昵的样子去拉男人谷的手，还用力握了一下。面带微笑的服务小姐感激地说："谢谢啦。"男人谷也明白了渔瑶的第二个用意，他自嘲地笑了笑，便跟着渔瑶走出了咖啡厅。

天空又飘起了小雪。男人谷深深地吸了一口清冷的空气，摇了摇头说："外面的世界很精彩，真是百闻不如一见啊。"

渔瑶笑着说："你发什么感慨，这种地方不给小费哪行啊？让人看不起你。"

男人谷把钱包还给渔瑶说："你哪儿来这么多钱？"

"不瞒你说啊，随便挣的。"渔瑶很得意地说，"那几天我考察歌厅，看到有的歌手唱得实在不怎么样，我和老板说，让我试试。结果一唱，全震了。客人都上来点我的歌，还有送花的，以为我是新来的歌星。我连唱了4个歌厅，4个晚上我就赚了这么多。那几个老板都让我第二天就去上班，高薪。没准儿他们现在正到处找我呢。"

男人谷听了也觉着好笑，又觉着有点惊讶。他不太相信渔瑶的歌会唱得那么好。

"这有什么！"渔瑶笑笑说，"流行歌呗。这年头不跑调都能当歌星。"

男人谷点头说："也是，艺术快毁了，面目全非。"

"哇！有这么严重？"渔瑶夸张地瞪着眼睛。

"我看快了。"男人谷说着话，突然发现他和渔瑶都走在回他家的方向。"哎？你该回剧院了，怎么跟着我？快回去，太晚了，要不我送你。"

此时两人正走到一处没有路灯的树下。渔瑶转过身，面对着男人谷，用深情的目光注视着他，然后又踮起脚尖，双手扳着男人谷的肩膀，把嘴凑到他的耳边轻声说道："我跟你走，我跟你回家。我知道你家里没人，你妻子今天出差了，孩子送走了。让我跟你去，好不好？"

渔瑶的语调充满渴求，无比动人。男人谷感到一股热流瞬间涌遍全身。他握紧双手，痛苦地抑制着想去拥抱渔瑶的冲动。他把头扭向一边，不去看渔瑶那渐渐涌上泪水的美丽的双眼，狠着心说："渔瑶，你不要再这样了。我们可以是好朋友，但不可能有别的。我是个有家室的人，而你还太小，还没有成人，我绝不能碰你。我不能不负责任。刚才的事，算作最后一次吧。"

"可是，你喜欢我！是不是？是不是？你承认！承认啊！"

男人谷轻轻握住渔瑶的一只胳膊说："走，我送你回去。"

哭泣着的渔瑶甩脱了男人谷的手。她双手抓住男人谷胸前的围巾说："你才 40 岁呀，虽然你们这一代人受的是旧式教育，可也不至于就传统到这样啊。你还有许多机会面对新的生活，你干吗让自己这么沉重呢？你虽然面对的是无爱的婚姻，但我也不去破坏它，因为这是你的道德观，我尊重你。可你为什么不能把你的情感、把你的爱抚分一点给一个想你、关心你、思恋你的人呢？"

男人谷摆着手说："渔瑶你冷静点，你听我说。"他低下头，使劲咽了下口水，可还是嗓子发干。他本来有许多话，这时却觉得脑中思绪纷乱，他知道此时说什么都是苍白无力的，甚至是虚伪的。他仰起头，叹了一声，又摇了摇头。渔瑶说："你无话可说，是不是？我知道你心里很痛苦，我可以使你快乐，我可以使你年轻，相信我。你是个干事业的男人，你需要快乐和年轻的心，你懂吗？"

渔瑶擦干了眼泪，又凑近了男人谷柔声说："你总是说我小，没有成人，可我也说过，我就是要留给你呀！我要让你使我成为一个女人！我不要你负责。因为我知道这世上好男人不太多了，以后我也许会嫁人、会成家，即使碰不到好男人我也没什么遗憾了，你说对吗？我不是坏女孩子，这你知道。我是真心爱你，我也说不清这是怎么回事，也许是天意吧？上帝安排的。你说话呀！"

此时的男人谷已是心乱如麻，他虽然被渔瑶的真诚和痴情深深感动着，却还能拼着最后的理智来控制自己。他抓住渔瑶的双臂把她轻轻推得离自己身体远一点，然后有些严肃地说："你听着渔瑶，我不能，我们差不多是两代人了，我不像你说的那么好。即使今后我真的有所变化，有所选择，那也不会是你。"

这句话使渔瑶惊呆无语，她愣了一会儿，突然问道："那么你，你，你另有所爱？"

男人谷不知怎么脱口说出那句话，只好点了点头。

渔瑶感到通身凉透。她喊了一声："不可能！我不信！"随即双手捂住脸，轻声呜咽起来。

今晚的渔瑶没有戴她的小红帽也没有戴围巾。清冷的寒风夹着雪花撩乱了她那没扎辫子的黑发。

男人谷心中涌起一阵怜爱。他默默地取下自己的围巾，围在了渔瑶的脖子上。

渔瑶抬起头，把围巾使劲地裹了一下，又用双拳在男人谷的胸前狠狠地打了一下说："我恨你！"

男人谷望着转身离去的渔瑶的背影，觉得头一阵眩晕。他伸手扶住树干，长叹一声。这是第三个女人说恨我了，他想。

可是——他心中忽然又冒出一个念头——侵犯是一种罪过，那么，拒绝这样一个美丽痴情的女孩儿，是不是也是一种罪过呢？他又想起了白天所想的问题，是与非的界限究竟在哪里？

已近不惑之年的男人谷被这问题困扰着，在黑暗中伫立良久，任冰凉的雪花落在发烫的面颊上。

　　第二个说恨男人谷的女人是他的妻子月。结婚三年后，妻子月终于放弃了让男人谷忘掉女人卓的努力。"我恨你。"她说，"你既然不爱我，为什么娶我？父母高兴了，咱们却毁了。"

　　男人谷不愿承认："什么爱不爱的，不是过得挺好？"

　　妻子月见他这样说，知道他认了，她便也认了。平心而论，男人谷对她不错，是个好男人，这也就行了。再说又有了孩子。

　　可是不爱是能感觉到的。妻子月知道这是根儿上的事，没有办法。她把恨埋在心里了。

3

　　女人卓在飞机快要降落的时候打开了她那非常高级的手袋，她要在走出飞机之前补一点淡妆。34 岁的女人已经没有资本靠着生命的光泽来保持容貌。尽管天生丽质，尽管没有生育，但毕竟已是人近中年。从北京到深圳，10 年的风雨已过，多少会在她的脸上留下点痕迹。她想给 10 年未归的家乡留下一个尽量完好的印象。她不知道她今天能不能见到男人谷，如果能，她自信今天的状态不错。淡妆适度，气色也好，齐颈的短发只在末端压了一个大弯，飘柔秀美，一身的装束也是雅而不贵，恰到好处地衬托着她那职业女性的独特气质。

　　飞机是 12 点 10 分落地，就是说今天还有一个下午和一个晚上的时间，她相信能够找到男人谷。虽然 10 年未通音信，但她知道在他们分手的时候，男人谷就已经在这个城市小有名气，那时候他就是个年轻有为的剧作家，有的剧本已经获了全国奖。

所以 10 年后的男人谷一定不会难找。

女人卓望着舷窗外那越来越近的银装素裹的城市，感到脸颊发热，心动如潮。她不知道以后的一些日子将会发生什么样的故事，她现在也不愿去想，她只有一个愿望，就是找到男人谷，见到男人谷，拥抱他，亲吻他，献给他；向他倾诉这 10 年来对他的思恋，还有，还有怨恨。她本来已经在 10 年前下定了决心，从此再不回这个北方的城市，再不见那个她用生命爱恋着的男人。可是这次公司的总裁突然心血来潮，选中了这座北方的城市做基地，一定要投资建一座大酒店，以扩大公司在北方的影响。然后又很合乎情理地派她这个副总经理带着一个副手和一个秘书来考察，谈意向，也算荣归故里，给家乡做贡献的意思。

老板的决定无可更改。偶然的机会使女人卓的决心顷刻间土崩瓦解。当她掩饰着急切的心情和助手们一起准备行装时，她曾嘲笑过自己怎么如此不争气，可是心照样是急不可耐的。当登上飞机的头等舱，扣上安全带时，她突然长舒了一口气，她知道 10 年的决心和赌气在这一刻便变得毫无意义，它们原来是那样脆弱和无力。她这一生中毕竟还要再次和那个男人相遇，也许不仅仅是相遇。

是天意吧？女人卓想。人是不可以违背上帝的安排的。她想，上帝要我爱那个男人，让我成为他的女人。

我来了，谷，你还想着我吗？你还爱我么？

沉醉于幸福中的女人卓两眼流下了泪珠。服务周到的空姐向她递过面巾纸说："小姐，您没事吧？"

"啊，没事。"女人卓说，"我很好，谢谢！"

离下乡演出的日子还有两天。男人谷没有想到突发而至的一系列麻烦几乎使他陷入困境。

先是上午舞美队长胡从榆林县打来的长途电话，告诉他运景车由于路面积雪太滑在距榆林县 20 千米处驶离公路翻进护路沟。好在车速不快，舞美队的两个押车人员只受了些轻伤，但有些景片被毁已不能再用。

男人谷听后吓出一身冷汗，万幸没有伤人。再有，多亏是运景车，如果是运灯光和音响设备的车，那将损失惨重。

"可是演出怎么办？"队长胡带着哭腔问，"明天装不了台，后天就开不了演，人家这边票都卖了。"

"先别急。"男人谷安慰着队长胡，"先让大郭想想办法，他那边人熟。有可能的话，我今晚或明早就赶去。"

临近中午的时候，演员郭又打来了长途电话，榆林县已经决定帮助抢制损坏的景片和道具并承担了一切费用。但需把舞美队全部人马派来加班。

表面平静但内心焦躁的男人谷放下电话松了口气。他知道全院人现在都在关心着翻车的消息，实际上也是在关心着这次的演出，或者说关心着几个月都没有发的奖金。他知道他必须保持冷静和沉着，全院 300 多人都拿眼睛看着他呢，他必须打起精神，他必须让同事们知道他有能力让地方戏曲剧院活下去，起码不至于垮掉。他想先去大排练场，把演员郭的好消息告诉大家，算是稳定军心吧。然后他要找到办公室主任于，告诉他中午在食堂的小间安排一桌像样的酒席，请一请省里和文化厅联合派来的考核小组。这个小组到剧院来考核干部已经有 3 天，男人谷太忙，恐怕有些冷淡了他们。今天是考核的最后的一天，男人谷邀请他们下午看彩排。主任于曾告诉过男人谷，考核组有纪律，坚决不去酒店。但男人谷想，在食堂喝两杯酒总不会有什么，况且考核已经结束。当然，男人谷自己是不能参加的，他得"避嫌"。他知道这次考核直接涉及他的升职，如果没有问题，他将由现在的副院长升为院长兼书记，党政都是一把手。搞创作出身的男人谷对官职其实并无多大兴趣，他知道那是身外之物，召之即来，挥之即去。可他要干事业，干事业离不了权力。男人谷自信自己是个挺优秀的男人，与其让外行或不太优秀的人来管自己，不如自己管自己。所以，他必须争取。

男人谷这样想着，走出了院长办公室，又穿过了走廊。这时候大排练场里的音乐和锣鼓声已经停了，男人谷知道上午的排练就要结束。他快走了几步，他要在大家走出排练场之前和大家说几句话，据省厅的人说，有可能宣传部部长也来看下午的彩排，所以千万不能出问题。

可是，就在他接近排练场的大门时，他听到从排练场里传出一个和几个女人的尖叫声，接着是呵斥声和一片嘈杂、混乱，男人谷以为是武戏演员翻跟头出了事故。他猛地冲进排练场，却看到了他意想不到的一幕。

几个女演员正在拼命地抱住仍在狂跳着的演员夏。另外一些人正围着躺在练功毯上的演员娟。演员娟双眼紧闭，一手捂着头，一缕鲜血从手掌下流出，淌过苍白的面颊，滴到她的白毛衣上。

男人谷扑到演员娟跟前，蹲下身飞快地看了一下，又抬起头喊道："用什么打的？"

"片刀。"有人指了指扔在演员夏前面的一把道具刀。

男人谷的头嗡的一下大了起来。这种道具刀虽是软铁制成，但也毕竟是铁器，无论是刀刃还是刀背，都足以把头砍开几寸长的口子。"愣什么？"男人谷站起身喝道，"快预备车，送医院！"

人们开始忙碌起来。男人谷转向演员夏。演员夏这时已经逐渐安静下来，她低下头，不敢迎视男人谷的目光，男人谷强忍着心中的怒气，低声指派身边的两个年纪稍大的女演员说："把她送我办公室去，看着她。听着，不许出任何意外。"

这时候演员娟已被人背着走向大门。男人谷跟上去，演员娟示意背她的人停下，又伸出一只手拽住男人谷的衣袖说："院长，给你添麻烦了。"演员娟半睁着双眼，俏丽的嘴角边勉强地挤出一丝微笑，让人顿生怜意。男人谷挥了挥手，示意背她的人快走。他向主任于交代了中午请考核组吃饭的事之后，就自己走到一扇窗前，点着了一支烟使劲地抽着。

人们知道男人谷正在气头上，没有谁敢和他说话，都陆续走了出去。排练场一时安静下来，男人谷抽完一支烟心绪平静了一些，他转过身，看到排练场里这时只有一个人站在门边的把竿旁望着他。

是渔瑶。是自喝咖啡那天晚上之后再没有和他说话的渔瑶。

渔瑶用既关切又温柔的目光默默地注视着男人谷。男人谷在迎住那目光的同时便感到心中一热，同时也感到了心中的慰藉。他在瞬间便体会到了与一个女人的世界的沟通和融合。这种沟通与融合是他在妻子月那里从未得到过的。他再次被痴情的渔瑶深深地感动了。这种内心的丰满与充实，心态的舒展与愉悦，是一个女人所能给予一个男人的真正宝贵的财富。男人谷现在已经毫不怀疑如果他真的和渔瑶结合了，那么不论是情感上还是事业上，渔瑶都将是他的很好的伴侣。可是……

可是，男人谷知道这不可能。他没有勇气跨越障碍，况且，渔瑶小他 14 岁。他觉得这毕竟有些不公平。

如果换了女人卓，他会毫不犹豫，可是她在哪儿？

渔瑶缓缓走到男人谷身边问道："你想怎么办？"

"怎么办？该怎么办就怎么办！"男人谷心中有气，恨恨地说，"这一个是第三者，自然有责任；可那一个打人更不对，犯法。这事也怪我，没有及早处理，拖到现在，矛盾激化了。"

渔瑶心里明白，男人谷的话里有倾向，演员娟是院里最好的女演员，是男人谷的台柱子，他当然对演员娟有所偏爱。难怪他生这么大的气。渔瑶叹口气，摇了摇头说："我不是说这个，我是说下午的彩排怎么办？"

"我的天哪！"男人谷举手捂住额头，"我都气糊涂了，真的，彩排怎么办？"去榆林县的演出一共是两台戏。一台是全本的《桃李梅》，因为是院里的保留剧目，所以基本不用排练，随到随演。一台是折子戏，其中压轴的一折是最受群众欢迎的《包公赔情》。戏中包公的嫂娘便是由演员娟来演。演员娟演嫂娘堪称一绝，得过全国的戏剧梅花奖，院里无人能比。最近演员娟被电影厂借去拍电影，订了合同的。亏得制片主任是男人谷的老同学，好说歹说才把她"反借"回来，不想竟出此意外。男人谷心中不免又生出一阵焦躁。他抬起头，皱着眉头给院里的女演员排队。

"不用想了，没人能拿下来。我心里有数。要不，我来试试？"渔瑶轻声问。

"你？"男人谷飞快地想了下说，"可不是吗？我怎么没想到？你能行的。有把握吧？"

"也只有这样了，尽力而为呗。"渔瑶扑闪着一双大眼微笑着说，"重要的是你别着急，你越着急我越没底。唱腔是全会的，中午加班背背词儿，让'老包'和司鼓陪我走几遍，我想差不多。"

男人谷也相信渔瑶的能力，渔瑶在艺术学院学的是表演，后来又上了两年导演进修班，分到剧院后就在编导室，帮着老导演排戏，理论上是没说的。实际演出经验可能差些，但男人谷仍然相信她。他点点头说："就这样，快吃饭，然后加班。"

院长办公室里，感到有些后怕的演员夏正在哭泣。

男人谷冷着脸把自己的毛巾扔给她说："知道害怕了？你知不知道你给院里惹了多大麻烦？嗯？你总说她勾引你男人，可这种事要有根据，怎么能凭想象乱说？"

"他们从小就好。"演员夏说，"现在又住邻居，这次拍电影又在一个剧组。"

"那又怎么样？"男人谷弯起手指轻轻敲着桌子。

"昨天剧组放假，他回来了，我想给他包点饺子，领着孩子去买肉，走出去才想起来忘了带钱包，我让孩子等着，我回家去取。我用钥匙打开门，看到她在我家。他们……呜……"演员夏说到这里又用毛巾捂住嘴哭了起来。

男人谷感到了问题的严重，他挥了挥手说："好了，别再说了，这事你们听到的人要保密啊。等这次演出回来再处理。我的意见先不报案，交给派出所就麻烦了，咱们争取内部解决。不管怎么样，下午演出要演好，听到没有？"

"谢谢院长。"演员夏被人送走了。

男人谷匆匆到食堂抓了两个馒头，让厨师往馒头里夹了些香肠，然后又匆匆赶到排练场去看渔瑶加班排《包公赔情》。等到两个馒头吃完的时候，他已经凭自己的经验和感觉看出了渔瑶可以胜任这个角色。他稍稍放了点心。一个上午的紧张使他觉得有点累。他想回办公室躺一会儿，便悄悄地走出了排练场。

乐队文默默地站在院长办公室的门边，这姑娘和她的名字一样，文弱、安静，身材窈窕，容貌清秀，而且业务极好。男人谷虽然从未表露过，但心里很赏识这个姑娘。

男人谷走到门边问道："怎么站这里？等我吗？"

乐队文微微脸红，点了下头。

男人谷一边拿钥匙开门一边说："找我有事？进来说吧。"

进到屋里，乐队文越发腼腆。男人谷笑着说："有事就说嘛，怎么还不好意思？"

"我，我害怕。"

"怕我吗？"男人谷说，"我那么可怕？"

乐队文鼓了鼓勇气说："院长，我说了，你可别生气。我想，想停薪留职。"

"什——么？"男人谷吓了一跳，"为什么要停薪留职，想干什么去？"

"去、去酒店弹琵琶。"乐队文低下头，声音轻得几乎听不见。

"什么地方？"男人谷感到喉咙发干，噪音沙哑。

"多味斋酒楼。"

那酒楼男人谷知道，在这个城市里，"多味斋"虽然不算是最豪华的，却是最雅致、最有格调和韵味的酒楼。在那样的地方配一把琵琶或者古筝，实在是个好主意。可是，男人谷不明白那该死的老板怎么挖人竟挖到他的头上来了？

乐队文见男人谷沉思不语，又小心地说："院长，我不瞒你，我已经在那儿干了一个礼拜了，那老板说一天也不能断，我原来想等下乡演出回来，可人家不同意，我没有办法……"

男人谷好像没有听乐队文在说什么。他在想，由于省里的重点保护，他曾为自己拥有一些最优秀的人才而自豪，可是最近的日子他感到了明显的危机——最好的舞美师被一个装潢公司聘去了，最好的灯光师被一个大舞厅挖走了，最好的武功演员停薪留职去拍电视剧，演员娟这次拍完电影也将被电影厂调走，最有实力的创作员干脆辞职在家写武侠小说……外面的诱惑太大了，外面的世界太大了，他感到了自己的无能，感到了自己的软弱。一个上午的怒气在男人谷胸中翻涌着，如果面对的不是乐队文，换了任何一个人他都会把桌上的玻璃板拍碎或是把暖瓶摔到地上。他猛地站起身，隔着桌子一把抓过乐队文的双手，这双手修长细腻，灵活而有弹性，天生便是一双不可多得的操琴的手。他把乐队文的双手举到她自己的眼前说："可是，你看看！你自己看看这双手！你去那种地方弹琴，你不为这双手感到惋惜和羞愧么！艺术学院培养你是搞艺术的！你！"

乐队文哇的一声哭起来："院长，你别发火，我不是，我真的不想惹你生气。院长，你把我捏疼了。"

男人谷感到自己的失态，他放开手，喘着气说："对不起，我不该发火。可是，你到底为什么？是院里对你不好？还是有什么不顺心？"

乐队文哽咽着说："我弟弟没有考上大学，父母又不想让他工作，想让他读自费。"

男人谷点了点头说："我懂了。"

"大专是 15000 块，本科是 20000 块。"乐队文叹了口气说，"父母挣得太少，我就这么一个弟弟。"

男人谷点着一支烟踱到窗前。他虽然理解了乐队文的处境，但仍是心中不快。他背对着乐队文说："既然你决定了，我不强留。你走吧。"

"院长，你，你真的不生气啦？"

"出去。"

乐队文一愣，男人谷声音虽然不高，但乐队文知道她已经把这个男人的心伤害到了极限。她强忍住再次涌入眼中的泪水，轻声说："院长，原谅我。"然后扭身跑出了办公室。

当彩排进行到下午 3 点的时候，主任于走到男人谷的身后，凑近他的耳朵说："院长，你的电话。是个女的，她不肯说是谁。"

男人谷瞟了一眼坐在身边的宣传部副部长和文化厅厅长，摇了摇头，侧过脸对主任于说："不管谁的电话，告诉她一个小时以后打来。"

台上的《包公赔情》刚刚开始，男人谷还是有些不放心渔瑶，不想放过任何一个唱腔和动作。渔瑶很聪明，他不怀疑渔瑶能把这个角色演下来，但他不知道效果会怎样。

4点10分，彩排全部结束，全院的人都没有想到年轻的渔瑶竟能把《包公赔情》演得这么成功，而且许多地方又加上了自己的理解和处理，与演员娟相比又是另一种风格。大家都站起来为她鼓掌，气氛十分热烈。

兴奋的渔瑶等男人谷送走了领导，还没有卸装就跑到院长办公室，一进屋就顽皮地做了个亮相，笑着问："怎么样？"

"相当不错。"男人谷由衷地说，"水袖再好好练练。你艺术感觉太好了，天生是个好演员。"

渔瑶笑眯眯地说："夸我啦？谢谢院长啊。"

渔瑶分到剧院后就做编导，从未上过大戏，所以男人谷也从未见过渔瑶的扮相。现在看着了戏装的渔瑶，男人谷不禁在心中暗叹着渔瑶不仅人是那么漂亮，而且扮相也是如此俊美。他见渔瑶也是双眼含着笑意默默地注视着他，忙在心里告诫自己不可走神。他故意眯起眼睛端详着渔瑶，很职业地说："演《包公赔情》你到底还是年轻了点儿，告诉化妆师再想点办法，尽量找一找。"

"哈，还嫌我不够丑，把我弄成老太婆啊？"渔瑶用手指顶起水袖指着男人谷说，"嫁不出去我可就跟你啦。"

渔瑶的话音刚落，电话便响了起来。渔瑶就站在电话桌的旁边，她顺手拿起电话听了一下说："他在，请稍等。"

男人谷绕过办公桌接过话筒喂了一声，话筒里没有声音。

他又提高了声音说："喂，是哪位？"

几秒钟后，话筒里清晰地传出一个女人温柔、甜润的声音："谷，是我呀。知道我是谁么？"

瞬间的空白之后，男人谷觉得一种声音在脑中轰然作响，突如其来的一阵急促心跳使他嘴唇颤抖。他知道用不着猜疑，用不着试探，这分明是他10年里朝思暮想的恋人的声音。虽然岁月无情，漫长的日子从身边匆匆流过，但这声音如10年前一样，听起来无比熟悉、无比动人。

10年里，男人谷不知有过多少次梦想，又不知有过多少次失望，但总是有一个感觉很强烈地跟着他，他感到她永远在一个什么地方注视着他。他期待着这一天。

男人谷双手握住话筒说："卓，是你吗？卓，你终于给我打电话了。你在哪里？卓，你说话呀！"

女人卓这时却已经说不出话。她哽咽着说："谷，我想你。"

男人谷心中一阵酸楚。他点着头说："知道，我知道。卓，你不要哭，快告诉我你在哪里？"

女人卓勉强地说出"华侨饭店，908"，便呜的一声悲泣起来。

男人谷扔下话筒，飞快地走到办公桌前收拾皮包。当他抬起头来要走的时候，才发现渔瑶正呆呆地站在那里，双手垂下，长长的水袖在脚边堆出两个雪白的造型。渔瑶本来是双眼含泪注视着男人谷，见他望到自己，便跺了一下脚，转身拖着水袖跑了。

激动着的男人谷竟忘了身边的渔瑶。

半小时后，男人谷坐着"的士"来到华侨饭店。他虽然是第一次进到这全市最高级的大饭店，但他无暇浏览和欣赏那金碧辉煌的大厅、那五彩缤纷的巨大的喷水池、那池中圆台上正伏身弹奏钢琴的黑衣女郎……匆匆进了电梯，上到了9楼，又找到908，在举手敲门的刹那，男人谷的心狂跳不止，头几乎眩晕。即将面临的巨大幸福使他在此刻忘掉了所有的障碍，10年来他第一次毫无顾忌地做了一件他自已想做的事。

男人谷按响了908的门铃。

刚刚出浴的女人卓双颊红润，光彩照人。她身穿白色的睡衣，仙女一样扶门而立。在双方互相打量的几秒钟里，男人谷被女人卓的美丽惊呆了。昔日扎着小辫的那个爱哭的少女悄然隐去，现在的女人卓成熟而有韵味，端庄又不失妩媚。男人谷曾经担心她由于10年前的打击会过早地憔悴，今天看到她美丽依然，心里十分欣慰。

用不着更多的话语，在门厅的小过道里，女人卓便等不及男人谷脱去带着寒意的羽绒衣，扑进了他的怀里……这一对旧日的恋人——这一对从插队时候就患难与共的恋人——在瞬间便跨越了10年分离的岁月，像从来没有分离过那样地融合了。

许久，男人谷和女人卓才从重逢的迷醉中苏醒过来。女人卓略带羞涩地说："你好忙啊，连电话都不接。"

男人谷笑笑说："哪想到是你呀。"

"早把我忘了吧？"

男人谷轻轻摇头，沉默无语。

冬日的夜晚，5点多钟天已经黑透了。女人卓拉严了厚厚的窗帘，只点了一盏柔暗的台灯，两个人开始缓缓地诉说别后的境况以及 10 年的相思之苦。不知不觉间一个小时已经过去。女人卓抬手抚摸着男人谷脸上的胡茬说："你可是有点老了。""是啊，40 岁的人了，可不就老了。"

"不是，我喜欢你这样。比 10 年前更像个男人了。"女人卓看了下表说："本来想和你一块吃晚饭的，可他们说 7 点钟来车接我。省里知道我们公司要来投资,特地派了个副省长来招待我，真没办法。明天吧。"

"很正常啊，你现在是大亨了。"男人谷调侃她。

"去你的。"女人卓突然说，"哎，你在这儿洗个澡吧，很舒服的。里边还有刮脸刀。"男人谷犹豫了一下："这，这好吗？"

"这有什么？"女人卓拉着男人谷站起来说，"我告诉他们 7 点钟以前谁也别来打扰我。"女人卓说着走到门边按亮了"勿扰"的红灯，然后又回到男人谷的身边红着脸说："用淋浴，别用浴缸。洗完了叫我一声，我给你睡衣，别用那里边的。"

女人卓说完进到了里间屋。男人谷迟疑了一下，便开始脱衣服洗澡。当他闭上双眼站在温热的水雾里的时候，他不知道接下来将会发生什么样的事情，甚至不知道自己该不该来到这里，可是内心那幸福、愉悦的感觉无比实在，他不能欺骗自己。

男人谷用很短的时间洗完了澡，他用毛巾擦干了身体，又套上了短裤，然后又悄悄地旋开了门锁。他不想叫女人卓，他想自己悄悄地出去穿上衣服。他把卫生间的门轻轻拉开，可是，当他刚刚跨出了一步便再一次惊呆了——女人卓早已静静地等在门边，手里拿着睡衣。

房间里所有的灯都被女人卓闭了，只有卫生间的小灯，从半开着的门缝中泻出一点微光。半裸着的女人卓那丰腴的身体像一尊洁白的玉石雕塑，在暗影中发出一轮柔和美丽的光晕。男人谷痛苦地闭上双眼，抑制着喉咙里的呻吟。当那轮柔和美丽的光晕慢慢地笼罩住他的身体时，他知道一个历史性的时刻即将来临——这时刻在他人生日子的所有记载中将会美妙绝伦、无比神圣，并且不可拒绝、难以抵御。

天意么？男人谷想。也许是，因为这才是我的女人。她告诉我10年来她从未想过再爱另一个男人。如果不是这次偶然的机会，她也许会一辈子独身。

房间里温暖如春，安静无比。面对着娇柔羞怯的女人卓，男人谷倾尽了一个男人的全部爱意。在经过了最初的爱抚之后，男人谷便明显地感到了女人卓的生疏和笨拙。紧接着，当女人卓微蹙着眉头，用牙咬住颤动的红唇，紧张地接受了男人谷的时候，她终于忍不住轻轻地发出了一声——一个女人初为人妇时的惊叫……

这一刻对女人卓来说同样无比重要、无比辉煌！

男人谷在瞬间便也明白了是怎么回事。他先是惊呆无语，然后又伸手轻轻抹去女人卓额头上的一层细汗，疼爱地说："你，你怎么……"

女人卓已经度过了最初的紧张。她脸上洋溢着幸福的笑意，柔声说："我10年前就说过，我永远是你的。"

男人谷懂了。女人卓所受的教育决定了她一旦说出这句话就意味着身心的合一，即使在深圳那样的世界，也没有什么能够动摇她。"可你……"男人谷想说话，却被女人卓用手轻轻捂住嘴。

"什么也别说。有今晚，此生足矣。"

男人谷感动地点点头。他心中温情无限，一点男人的眼泪慢慢地涌入他的眼中。

"多味斋"酒楼离"华侨"饭店只有一站地。男人谷路过"多味斋"那灯火通明的大门时停住了脚步。他低下头犹豫了一会儿，最后还是走向了装修得古香古色的大门。

二楼的正厅富丽堂皇，左手是"品味馆"，右手是"滋补堂"。男人谷听到"滋补堂"里传出隐隐的琵琶声，便走了进去。经过了几曲回廊，男人谷一眼便看到了屋角的乐队文。乐队文坐在一架轻纱屏风的后面，脸上的容貌似实似虚，旗袍开衩处的大腿若隐若现。乐队文低头抚琴，头上的黑发垂下来遮住了眼睛，没有看到男人谷。男人谷轻叹一声，转身欲走。服务小组忙问："先生，用点什么？"

男人谷摇摇头说："你们经理室在哪儿？"

小姐把他引到经理室。男人谷敲门进去。他看到经理竟是个不到30岁的小伙子，点点头，暗叹着这年轻人的才智和能力。

"先生请坐。有事吗？"

"对不起，打扰一下。我想问问，在'滋补堂'弹琵琶那姑娘，你给她多少工资？"

"600。怎么了？"

"1000。"男人谷冷冷地说。

年轻的经理一愣，随即咧着嘴笑起来，"有病啊？你是她什么人？"

"她是我妹妹。"

"那也不行啊，合同都签了。再说 600 不少了。"

男人谷向前倾着身子，盯视着年轻的经理。他突然挥出一拳打在经理的下巴上，还没等小伙子向后仰倒，他又飞快地出手抓住小经理的领带，隔着桌子把他提起来。

"听着，你这个小资本家，你根本不懂她那双手的价值！你还这么小就学会了剥削人！"

小经理被勒得透不过气，困难地说："哥们儿，你、你不怕我废了你？"

男人谷一笑："兄弟，我陪你玩儿。我在你这岁数，早已经打遍半个城了。我现在虽然老了，可为了她，我什么也不在乎。何况我不是难为你，她应该得那么多。"

小经理眨了眨眼睛说："好，大哥，我服你，就 1000 块。"

男人谷放了手。小经理正了正领带，揉着下巴说："说真的，现在像你这样的男人不多了，为个姑娘这么认真。交你这个朋友，走，喝一杯。"

"不了兄弟，我有事，改日吧。记着，不许欺负她。"男人谷从"多味斋"出来后顶着北风走了一个小时的路。"多味斋"离他家太远，可他不想坐车。今天是个太紧张太丰富的日子，他现在心情无比兴奋、无比愉悦，他想通过走路来平静一下。

像每天一样，楼道里黑黑的没有灯。男人谷摸索着上到四楼，他听到有一个人跟在他的后面，大约和他隔着一层楼梯的距离。他以为是邻居，没有在意。可是当他打开自己家的大门，按亮了门灯，又返身来关门时，却看到站在门外的竟是渔瑶。他愣住了。

"我在楼下站了两个小时，"渔瑶平静地说，"我冻僵了。"

男人谷把门拉开说："快进来，有话进来说吧。"

渔瑶进屋后站在离门不远的地方。微红的双眼显然哭过不久。她望着男人谷说："我决定站一宿。我怕你不回来，又希望你不回来，你要是不回来，我可以再不理你了。可是，可是你回来了。"渔瑶说着带了点哭声，"我本来想走，可不知怎么就跟你上来了。"

男人谷此时真不知说什么好。他不知怎么样来说服这个既痴情又倔强的女孩。他想了想说："也好，你坐下暖一暖，咱们今天好好谈谈，你再不能这样了。"

"不坐。你说我小，说我没有成人。"渔瑶从衣兜里拿出一方雪白的大手帕摊在手掌中说，"我知道你有障碍，现在解决了。"

手帕的中间是几滴鲜红的血迹。

男人谷惊愕地退后一步。他知道渔瑶在说什么，但他不愿相信。他伸手指着渔瑶说："什么？你，你难道真的……"

"是的，是真的。"渔瑶强作平静，"跟一个美国电影里学的。既然你那么怕破坏我的完整，那么我可以让别人……"

"住嘴！"男人谷低低地咆哮了一声，不由自主地抬手打了渔瑶一个耳光，气愤地说："你，你怎么能做出这种事啊！"

男人谷痛心疾首。他知道自己确实从心里喜欢渔瑶，渔瑶也确实能给他带来快乐，使他年轻。可他也知道有太多的理由使他不可以去爱这个姑娘，更不可以去占有她。现在她自己做出了傻事，她已经伤害了自己，而他又这么凶狠地打了她……男人谷一时间真是束手无措。

渔瑶哭了。渔瑶无声地哭了。几颗硕大的泪珠滚出眼角，流过那印着男人谷的手印的、有些肿起的脸蛋儿，汇入到嘴角边那缕从口中流出的鲜血中去。

男人谷伸出手，用手指轻轻擦着渔瑶嘴角的血说："对不起，我气昏了。可你，你怎么这么傻啊？"

渔瑶摇了摇头，哽咽着说："因为，我爱你。"随后便失声痛哭起来。

与此同时，门又被人用钥匙打开了。风尘仆仆的妻子月一脚跨进门内看到了眼前的一幕。她轻轻尖叫了一声，肩上背着的红色旅行包滑脱了肩膀砰然落地，人也靠着墙壁慢慢瘫软下去。

4

新任院长上任的当天便宣布了男人谷暂时停职、听候处理的决定。

剧院在榆林县演出的时候，妻子月便已跑到文化厅状告男人谷。剧院的演出获得巨大成功回来后，妻子月又跑到剧院来闹了两次，弄得全院人人皆知。

一个更为重要的原因，是男人谷在演出获得经济效益之后，当场即兑现了奖金诺言，并提高了标准：主要演员每人500元，一般演员每人300元，行政人员200元。联系演出有功的演员郭奖励了1000元。告状的人说这是借改革之名钻空子，要查一查他自己得多少。另外，有人给税务局打了匿名电话，状告男人谷偷税漏税，将剧院收入的18000元充入小金库。另外，有人在与干部考核小组谈话时说，男人谷与渔瑶一直关系暧昧，有人看见他们去咖啡厅，然后一同去了男人谷的家！另外，演员娟是省里的尖子演员，这次被打致伤，领导十分恼火，责怪男人谷管理无方。另外，有人怂恿翻车受伤的舞美人员给文化厅写了告状信，指责男人谷为了急于挣钱，置职工的生命于不顾，明知雪天路滑还强行派车抢先去装台。另外，有人反映男人谷允许女演员去歌厅挣钱，跳"大腿舞"，那不是"色情服务"吗？另外……

男人谷仰天长叹，扼腕不已。他不知道一向勤恳工作的自己怎么竟会得罪那么多的人？

日子已经是3月的中旬，天气已不是很冷。女人卓连打了三次电话才算把男人谷约出来。她已经从每天给男人谷打的两次电话中知道了发生的一切。她也在为此时不能在男人谷身边抚慰他或是分担一点他的痛苦而难过。

为了避人耳目，他们坐"的士"来到一家很僻静的饭店。突遭变故的男人谷满腹心事，面颊消瘦，烟抽得更凶。女人卓呆呆地望着他，心疼得想哭。她不知道怎么样来安慰自己的爱人，只能恨恨地说："这太不公平了。怎么能这样？"

男人谷一杯接一杯地喝着女人卓给他要的五粮液，强作笑颜说："也好，这几天赋闲，觉得很轻松，真的很轻松。"他见女人卓什么也不吃,就那么望着他,便问道:"卓,你相信我吗？"

"我当然相信你。"女人卓说,"我自信没有谁会比我更了解你。虽然 10 年不在一起,但我仍然自信。"

男人谷便和她讲了妻子月,讲了渔瑶,讲得很细。最后,还说起了那杯子。"杯子打了。"他说,"我现在也有点信了,杯子一打,我的运气没了,所以……"

"那么,"女人卓问,"你和她打算怎么办？我是说和你妻子月？"

"我跟她说,分开吧,捆在一起早已没有意义,这么多年你也够委屈的。"

"她怎么说？"

男人谷苦笑一下说:"她说,你不爱我那是你的事,可是我爱你。"

女人卓点了点头,长长地叹了口气。

"我不知道这是谁的错。"男人谷说,"我想,这次也许是个机会,长痛不如短痛。卓,你知道吗,这几天我闭门思过,仔细想了许多,想明白了一个道理,那就是一切都是身外之物,一切都是过眼烟云。唯有爱你,才是最实在的感受。别的,全无意思。"

女人卓轻轻按住男人谷拿杯子的手说:"谷,你别这样,你不要这样,你才 40 岁,你还有的是时间。我说了,你可别生气。我有两个办法,一个是你跟我走,一个是你留在这边,辞了剧院的职务。无论你干什么,由我出资,做你想做的事。"

男人谷沉思着没有作声。女人卓小心地看着他,她了解这个男人，她尽量不让任何一句话伤到他的自尊。

"或者，咱们办一个文化贸易公司？"女人卓试探着问，"这样，渔瑶说的那个时装店、模特队什么的，就都可以用这个公司的名义办了。我相信你能行，还是本行啊。"

男人谷似乎没有听女人卓在说什么，他自言自语地说："可能要调我回省里的创作室，但主任是不会让我做了，还干创作员吧。"

"你那么看重那个职务？刚才还说都是身外之物。"

"干事业要有权力。"

"可是，你考没考虑过换一种事业？换一个干法？"

男人谷略一沉吟："也许，我真的该想一想你的建议。"

"没错。"女人卓兴奋起来，"要换，就干脆离开这里，跟我走！"女人卓说完突然捂住嘴，然后又笑着说："不是啊，不是跟我走，是咱们一起走。"

男人谷握住女人卓的一只手，深情地说："我们早已分不出你我，你不用怕刺伤我。给我点时间想一想。"

"可以啦。不过我明天要走了。"

"来得及。"男人谷拍着她的手说，"来得及。"

机场的候机厅里，男人谷正和女人卓依依惜别，却一眼看见渔瑶站在他们身旁，他望着渔瑶愣住了。

年轻的渔瑶也是刚刚遭受了生活的打击，可她毫无苦意，依然是明亮照人。一个高级的鹿皮牛仔包很潇洒地甩在肩上。她笑盈盈地说："院长，也不给介绍一下？"

"哦，这是卓，这是渔瑶。"男人谷一时显得有些忙乱。

"你好。"女人卓显得不太热情，略带矜持地和渔瑶握了握手说，"来送人？"

"不，"渔瑶笑着说，"和你一样，去深圳。"

"去干什么？"男人谷一脸的惊奇。

"看看。"渔瑶笑眯眯地拉住女人卓的手说，"大姐，多关照。"

开始登机了。渔瑶凑近男人谷，突然在他的脸上吻了一下，又笑着指了指男人谷的另一边脸，向女人卓说："大姐，那边。"

女人卓感到很突然，她窘迫地摇了摇头。渔瑶抿起嘴唇，无声地笑了笑，又轻轻叹了一声。她见女人卓脸上带着很复杂的表情转身离去，便也最后看了男人谷一眼，跟在女人卓的身后，向出港口走去。

走了几步，女人卓和渔瑶几乎是同时转过身来，向男人谷挥起了手。

男人谷望着这两个深爱着自己的女人，这两个虽然风格不同却又同样美丽超群、同样迷人的女人，缓缓举起了自己的手。

他觉得自己的手无比沉重。

夏日迷惘

……你这篇小说写得不错。组织上认为你最近进步挺快，组织上还是了解你的，你有才。当然啦，别影响工作，摆正关系吧。这段你表现不错，要注意谦虚，要稳。组织上考察一个人既要看业务，又要看为人。对，注意点。那就这样？

——一个电话·代题记

快下班的时候，向梅从林副厅长的办公室出来，收起了一脸的微笑，皱着眉头回自己的办公室。长长的走廊里很静，向梅的半高跟鞋敲着地面发出挺好听的声音。偶尔有几个下班晚的人见到向梅，都恭敬地笑着点头问一声："向科长，还没走？"然后夹着皮包匆匆走过。

向梅很满意这样，她知道自己在机关里的作用。不管是真是假，人们必须尊敬她。这她心里很清楚。

虽然是初春，天还是黑得早。走廊里亮着低瓦数的顶灯，灰白惨淡的灯光交融着昏黄浑浊的暮色，弥漫了整条走廊。向梅被这暮色包裹着，一边低着头想心事，一边走过一个个紧闭着的办公室的门。她两眼盯着自己那双被光滑闪亮的水磨石地面显得寒酸的半旧的黑皮鞋。由于精力太集中，没有看到从电梯里匆匆跑出来的老铁，两个人差点撞个满怀。老铁笑着"哎"了一声。

向梅一抬头，发现老铁和自己站得很近，除了跳舞的时候，还从没有过这样。向梅脸突然红了起来，笑着说："哟，吓死我了。"

向梅说话的同时，身子往后退了一步。虽然她知道现在人差不多走光了，但她还是往后退了一步。老铁是 M 处的副处长，人并不老，45 岁的年纪，只因为个子高，结实魁梧，人又长得挺帅，名字里有个"铁"字，所以大家叫他"老铁"。

老铁急急地说："正要找你们呢，小杨走了吗？"

"她有病，下午就走了。什么事？"

"复印，"老铁把手里的一叠纸伸到向梅面前，"下周开会要用的材料。"

"那，我给你印吧，我有钥匙。"向梅说着把材料接过来看了看，"不多，你等会儿吧，印完了拿走。"

"那我不等了，我还有别的事。你下周一早上给我就行。"老铁没有注意到向梅那有点期待的目光，"耽误你下班了，谢谢啊。"

向梅笑了一下，没等说什么，老铁已经转身走了。向梅呆呆地望着老铁，叹了口气。在老铁就要伸手按电梯钮的时候，向梅突然喊了声："哎，老铁！"

老铁扭头看着她，她缓缓走到他身边低声说："告诉你，你可能要提了。这次副处转正处有你一个。"

"哦？还有谁？"

"我们办公室老主任，就你俩。"

老铁笑着点了点头："那你不是也快了吗？"

向梅很认真地说："下礼拜一就开党组会，然后就上报了。你，注意点啊。"

"注意什么？"老铁也认真起来。

向梅一时竟不知怎么解释。这是她常用的语言，一般人都能懂的。她不知老铁是真不懂还是装糊涂，红着脸不知怎么解释。老铁潇洒地笑了笑，转身走了。

回到办公室，向梅还觉着有点怅然。她打开复印室的门，站到墙上挂的镜子前，呆呆地望着自己。还好，快40岁的人了，皱纹还不算太多，但皮肤是明显的有些松弛，脸上也没了年轻时候那样的光泽，再加上不化妆，确实比不过机关里那几个20岁的姑娘，也比不过那几个30岁的少妇。她们一天围着老铁转啊转的，不要脸！

向梅心里一惊，她不知道是不是连自己也骂了进去。她有时候有点恨自己，几年来费尽心思经营到这个份儿上，多不容易。这么大个机关，十多个处，百多号人，她可以把他们玩弄于掌股之中，她的一个眼神都让有些人寻思半天。就连几个副厅长，对她也是言听计从。向梅虽然是个女人，但在机关里如鱼得水，常常感到自己的威武雄壮。可自从这个老铁一调来，像磁铁一样把许多女同志的目光都吸过去的时候，向梅觉得自己也抵抗不了这种诱惑而越陷越深了。只有在他面前，向梅才觉得说话没劲，全失了在别人面前的威严。

这太可怕了，向梅想。这可恨的老铁，他为什么偏偏要调到这儿来？

复印机嗡嗡响着，散发出一种淡淡的墨粉味儿，有点儿不好闻。这都是小杨的活儿，向梅从来不碰，也就是老铁，她才肯帮他的忙。刚才她满心希望老铁留下等她，那将是多好的机会，而且是为了工作，名正言顺。向梅想起有许多次老铁和小杨在这小屋里一边复印一边说笑，开心极了。她嫉妒得没有办法，又不能有丝毫的流露。她要不动声色地等待机会。这种痛苦的反差早已把她的内心磨炼得十分坚强。

不要急啊，你们，向梅想。我有办法一个一个对付你们，包括小杨那个小妖精。小杨的舅舅是省政府的秘书长，最近已经"二线"了，她还指望什么？

"咣当"一声，司机小王吹着很响的口哨推开门闯进来，大大咧咧走进复印室说："哟，科长，下班了还忙哪，真辛苦！"

"你不是接林厅长吗？怎么还没走？"

"给省委打电话哪，好像是组织部吧，没完没了的。"

"告诉你多少次了，"向梅脸上带着一点笑，口气却很严厉地说，"别在机关里吹口哨，流气！"

"不是下班了嘛。"小王笑笑，"哎，向科长，我姐姐从香港回来，带了几件连衣裙。那料子，那式样，没治了！我给你留了两件，保准好。"

向梅低着头没作声。她在琢磨林副厅长这么晚给省委打电话是什么事，会不会跟她的使用有关？小王又问了一声，她才摇摇头说："都半老太太了，穿什么能好？"

"你长得年轻啊！向科长，你看上去也就三十四五岁儿，正是穿衣服的时候。要不，我送到你家去，试试？"

向梅看了小王一眼，笑笑，没置可否。对这种蹩脚的拍马屁她早已不当回事了。小王凑近一点说："科长，那个……我说，咱们机关那个百分之几的涨工资，你看我这回……"

"小王，"向梅停了手里的活儿，很严肃地看着小王说，"那是照顾有职级、有成绩的同志，明文规定的。你是工人编制，极个别才可以考虑。"

"就是。哪有活口，还不是你一句话的事儿？"

"我负责'人事'，当然由我来办。但得经过群众评议，最后领导也要把关的。"

"对对，这我都明白。向科长，咱俩差不多一块儿从市里调来的。这几年我干得怎么样你也清楚。你就帮我吹吹风，你的话好使啊。赶明儿你当了主任，我还不是给你跑腿？"

小王说到这戛然而止。向梅猛抬起头盯着他说："小王，你瞎说什么？"

"真的，那天晚上我送林厅长和张厅长回家，他们在车里商量的，你可千万别露我啊。"一阵快感掠过向梅的全身。她明显地感到头皮和手指尖都有点发麻，便使劲地搓了搓手说："这种话可不许乱说啊。我心里有数。最近这段注意点，工作要主动。"

"好嘞！"小王心领神会地走了。

活儿干完了，向梅打开窗子，让微凉的春风吹吹有点发热的面颊。

8 楼。从宽大的窗子望下去，下面大街上的车辆和行人小得可笑。向梅经常愿意这样居高临下地望下去，觉得心里很舒服。

关于人的事我都应该知道啊。向梅想。那么，可能是因为涉及我个人，不便说，他们就定了吧？

老厅长刚刚办了离休。按资格，林副厅长比张副厅长老，可张副厅长在机关时间长，又有政绩。所以省里才决定由张副厅长暂时代理党组书记，但并没说代理厅长。林副厅长在省里有根基，稳坐钓鱼台。将来谁能当厅长还是个未知数。而另一个赵副厅长年轻，有学历，是开放型那种，早就跃跃欲试，几次到省里告两个老副厅长的状，要求考核任免，凭真本事。事儿是明摆着的，谁当了厅长都不会太好过。党组的另外两个成员是两个老处长，虽是行将"到站"，却有举手权。严处长和林副厅长是亲家，老婆又和张副厅长的老婆是老同学；江处长是赵副厅长的老领导，可张副厅长在"文革"中救过江处长的命；江处长的儿子又在林副厅长老婆的手下工作……

这都是明面的，暗中的还热闹着呢。所有这些，向梅都了如指掌，他们也都不瞒她，许多事还都要由她亲手来办。不论哪个副厅长去省里汇报工作都得带着她，要了解机关里每个人的情况也只有问她，她的意见举足轻重地影响着领导们的决策。她经常要抑制着自己不把那份相当强的优越感流露出来，十分灵活地周旋于领导们中间。有时候她自己都觉着奇怪，她并不感到忙乱和劳累，相反倒极愿意参与到这种纷争中去，在这种参与中她学到了许多东西。

老主任是十多年的老副处了，因为当年有一段风流史，和一个女打字员弄到一起了，一直提不起来。这次提升正处，紧接着就是个"离"，明摆着的事儿，照顾了。这向梅最清楚。看来，张、林两个副厅长心里一有谱，她这个主任就有把握，头儿们对她都不错。那么，起码先干上副处，再兼人事科长，这样，在机关三个女科级里，她就又先跳出来了。她不能容忍别的女人比她高。

像每天一样，向梅带着满脑子这样的想法，骑上她的小单车，在朦胧的暮色中向家里驶去。

"新大地"是全市最有名的鞋帽商店。向梅每天路过这里都要放慢速度，让目光从四个大橱窗的这一头缓缓地滑到那一头。可今天她破了例，不仅停住看了一会儿，而且还走进了商店。

她的衣袋里今天揣着90元钱，是省委《机关生活报》给她的稿费，虽然是年终总结，但也算是自己的心血，因为写得好，被选中并破例发了整版。

向梅连着试了三种鞋后，售货员就开始显出不耐烦的神情，还带着一脸的嘲笑。向梅突然地改变了主意，匆匆穿上自己的旧鞋，狼狈地走出店门。

门前变幻不定的霓虹灯照着她那张沮丧的脸，音箱里一个歌星在轻述："……生活多美好，到处是欢笑……"向梅朝音箱狠狠地盯了一眼，几乎哭出来。又骑上了车。平静下来的时候，她才意识到今天根本就没有买鞋的打算，鬼使神差才走了进去。刚上中学的儿子学校很远，却宁可倒三次车也不骑这辆废铁一样的小单车。老关的眼镜腿摔断，镜片也裂了个璺，还有儿子学英语的小单放机，还有老关那两个肘都露在外面的毛衣，还有……

向梅是第一次得到工资以外的钱，没想到却这么为难。她一拐车把，骑进了市场，家里一个星期没油了，老关每天晚上还要喝一点，下酒菜无非是干豆腐、花生米。可孩子正是长身体的时候。那么，90元就都慢慢吃掉吧。向梅终于做出这样的决定。同时心里也感慨着：做主妇其实比当科长难。

机关原来没人事科，"人事"的事儿由办公室统管着。办公室是处级，原定设一个专人办"人事"，但一直没落实，只好由老主任兼管。向梅调来后，跟老主任讲了这样一个道理：您这么大年纪了，管管全面就行了，干吗管那么多具体事？成天跑省委、人事局，又不像厅长们有车坐，又整天有人找谈话，又要外调，累死了。不如设个人事科，您兼着科长，我办具体事，或者再进个人，您看怎么样？

老主任是三十多年的"老机关"了，什么事不懂？向梅这话一出口他就明白了。想想也快六十的人了，不如做个人情，自己又不搭什么，就答应了。他是省委指定的党组秘书，负责记录和整理材料，是没有举手权的党组成员。他在党组会把这事提了，领导们也没反对。过了半年，他又提出自己身体不好，就把向梅提上来做了科长。向梅当科长后又调了两个人，人事科就有了三个人。老主任信得过她，大事小情都让她帮办，这样，向梅成了不挂名的主任。老主任乐得轻闲自在，等着提正处然后离休。

一个最重要的既成事实，就是向梅列席党组会，代替老主任做记录和整理文件。

星期一早晨，差15分八点，向梅准时踏进大楼正厅。电梯刚上满了一伙人，门还没关。站在门口的张华看见向梅，赶紧叫了一声："向科长，快点上来！还能挤一个。哎，先别关门！"

向梅紧走两步，挤上了电梯。张华把身后的老铁往后拱了拱，给向梅留出了一个人的地方。向梅没想到又和老铁挤得这么近，虽然中间隔了个张华，但她仍觉得有点心慌。电梯里有一半是本单位的人，她知道不能有丝毫的失态。她迅速调整了一下心理上那点不平衡，平静地对老铁点了下头说："材料印完了，一会儿让张华给你送去。"

"谢谢科长了。哎，一会儿来听听我们处的会吧，中午有顿便饭。"

"不了，我今天可能要开党组会。"向梅实在害怕面对老铁的目光，也隐隐地有点嫉妒张华能够和老铁那么紧地挨在一起。

没等电梯门全打开，她便一脚跨了出去。

张华紧跟在她身后，嘀咕说："向姐，我告诉你，D处的马处长那天找赵副厅长谈话，把你告了。"

"是吗？"向梅没动声色，继续往前走。

"哎呀！你倒沉得住气！"张华把向梅一拉，拉进女厕所，又挨个儿把三个门打开看看是不是有人，然后急急地说："马处长说，他们要调的这个女的，是难得的人才，市里本来不放，也是准备提处长的，他好不容易才挖来。可是你利用职权之便，把外调时听到的一些反映添油加醋汇报给党组，硬是拖着不办。

还说你……说你嫉妒人家,怕人家调来后超过你……"

向梅小声问:"你是怎么知道的?"

"那天我给赵副厅长送文件,大门没关,他们在赵副厅长睡觉那小屋谈的。我穿的软底儿鞋,他们没听见。我就听了几句。"

"那,赵副厅长说什么?"

"赵副厅长没说话,就嗯嗯地应着。我没敢多待,就出来了。"

向梅轻蔑地笑了笑说:"好了,你进屋去吧,这段时间注意点,要涨工资了。"她说着把自己的提兜交给张华,然后转身向张副厅长办公室走去。

张副厅长给她出了个难题。H处一直比较薄弱,工作上不去,这个处的业务性又很强,学这个专业的人不多。张副厅长经一个老战友推荐,在外单位物色了一个人,各方面都不错,又对口。张副厅长要调这个人,而且是当骨干调。这意思向梅自然很明白。可林副厅长不同意,理由是H处的编已经满了,不宜再调人。向梅知道这只是借口。林副厅长还有个没说出来的理由,就是H处的田副处长是林副厅长一手提拔的。田副处长这人工作虽不怎么样,却很"活",和林的关系非同一般。林副厅长两次提出把田副处长转为正处,都被老厅长和张副厅长压下了。而张副厅长现在要调的这个人,显然是要超过田副处长,培养他当H处的处长的。张副厅长曾多少和向梅露过这个意思。上星期六下午向梅从林副厅长屋里出来,心事重重地和老铁撞到一起,就是因为这事。林副厅长的态度仍很坚决,而他在党组又分管"人事";虽然张副厅长现在代理党组书记,但并不是名正言顺的"一把手",对林的意见还得尊重。

　　向梅当然谁也不想得罪。她想先劝张副厅长把这事缓一缓，然后再劝林副厅长把田副处长调到 A 处，接严处长的班，就可以提为正处。而张副厅长无非是关心 H 处的工作，至于田副处长到哪个处，他并不一定在意，又算给了林副厅长一个面子，又解决了他要调的这个人，甚至可以来了就提副处长。

　　这个两全其美的主意，是向梅想了一个星期天想出来的。她知道自己在党组会上敲的"边鼓"越来越受到领导们的重视。她还有个不便明说的想法，就是 A 处的油水比别的处多些，把田副处长调 A 处，林副厅长自然少不了好处。所以她自信林副厅长会同意。唯一的不利，就是 A 处归赵副厅长分管，谁知道他有没有心腹要提上来？不过好在赵副厅长羽翼未丰，而且看来破格当厅长的希望不大，所以向梅对他考虑少些。

　　因为是星期一，人们都来得挺早，各屋都在打扫卫生，出出进进的挺热闹。向梅在走廊里走着，不断点头回答着人们的问候。快走到 D 处门口的时候，看到老马拎着拖布从屋里出来，她忙微笑着迎上去："马处长，真早啊。"

　　"啊，向科长，有什么指示？"

　　"马处长真逗。哎，我告诉你，"向梅亲热地拉住老马的胳膊，轻轻把他拽到走廊边上，"你们处小黎转干的事儿，有希望了。我跑了好几趟人事局，他们说，现在对转干部严控，而且今后都是合同制干部，聘任。下个月可能要有一批，今年就这一次了。咱们机关本来干部编满了，不再办合同干部，但你们需要，我看可以考虑。"

　　"那就谢谢你费心给办了吧。他是我们处骨干，这么多年了还是个工人编制，挣那么俩钱儿，书报费都没有。"

"你马处长的事我当然上心，谢什么。"向梅笑着往脑后捋了捋头发："他表现还可以吧？劳动态度怎么样？听说经常早退？"

"那是我同意的。忙起来他当两个人使。他老父亲瘫痪，有时候早走一会儿，不是经常。"

"噢——"向梅拉着长声点了点头。

"哎小向，我们调温小杰的事，你还得多费心啊。"

"这个，"向梅低下头，用脚尖抹着地下的几滴水，"我的意思，调人可以，但一定要慎重，尤其是女同志。咱们单位女同志现在不少了，如果不是特殊需要……噢，你看J处新调的李莉，光看她业务好，可到底是有些轻浮，爱穿、爱玩，不太踏实啊。为人好坏，很重要的。"

"温小杰为人不错，再说，我们也确实是需要啊，你高抬贵手吧……"

"那，这最后党组定，我说了不算哪。"

"别逗了小向。"马处长笑着拍了向梅肩膀一下，"怎么样？明儿我请你上'金川'，听说你爱吃那儿的小笼包子？"

向梅望着老马的背影，心里有些矛盾。她知道刚才张华告诉她的消息不会假，所以她才和老马这么亲热。她一贯是这样，越是她恨的和看不上的人，表面上就对人家越好。可是她又知道老铁和老马交情很深，是那种两肋插刀的朋友，而且老马今天又是这个态度，很给她面子，这倒让她有些为难起来。

她最近常常责问自己：和老铁并没有什么特殊的关系，接触也不多，但只是跟他有点瓜葛的事，怎么就总有点优柔寡断，纠缠不清呢？快四十的人了，这算什么？她想起当年在农村插队时学到的一句话：男人学坏，三十以外；女人找补，三十过五。

那么……她明显地感到脸红了，不愿再往下想。9点钟的阳光透过宽敞明亮的窗子射进走廊，空气中飘动的灰尘在阳光中清晰可见。向梅呆呆地望着，突然感到头部一阵尖锐的刺痛。她痛苦地闭上了眼睛，伸手扶住了墙。

"发条上得太紧了。"——她想到丈夫老关的话："当初就劝你不要干这个，这不是个好干的活儿。"

等到向梅一坐到自己的办公桌前，她的神经便又像满了弦的发条一样开始运转起来。她现在是深有体会了。不敢哭，不敢笑，永远是紧张严肃的形象，真累啊。可是，在淡而无味的机关生活里"人事"又是最重要、最有味儿的部门之一，又是多么重要、多么难得的机会啊。她知道下午要开党组会，而且主要研究"人事"问题。她要好好把线头理一理，要不动声色地让领导们的思路按她引导的方向走。

老铁推门进来，到复印室里和小杨说着什么事，把小杨逗得咯咯咯地笑。

向梅能想象得到，小杨一定是坐在那小皮转椅上，身子来回转着冲着老铁甜甜地献媚。这小妖精！

张华抬头看看向梅，冲里屋撇了下嘴，把本来就不好看的脸弄得挺丑。向梅知道张华和小杨素来不和，她绷着脸憋住笑说："张华，一会儿你到人事局去一趟，把这次补报职级的有关材料取回来，再问清楚具体要求。你跟评委会梁处长说，我今天开党组会，没时间去，过几天再去向他汇报。"

"哎，又要评职级了？年初不是评完了吗？"

"省里为了平衡，给一些单位补了点名额，照顾个别可上可下的同志。主要是老同志和有特殊贡献的年轻人才。哎，暂时保密啊。"

"知道。哎对了，这是 B 处送来的田明的鉴定。"

向梅接过张华递来的那张纸，认真地看了看说："这不行。B 处也太不负责了，怎么能这么简单？田明犯了那么严重的错误，要走，我们考虑到他的实际情况，可以放他走。但鉴定不能这么草率。咱们要对接收他的单位负责是不是？"

"就是。他还找了我两次，让我把他的档案偷偷拿给他看，想知道对他的处理是怎么写的。做那一副可怜相。这回他不'洋巴'了，你看看他们 B 处那几个大学生，平时傲得不得了的样子！"

"这事我找魏处长，鉴定要重写！"

间休的时候，大家都出去做操。向梅在一栋大厅里遇见了 M 处的老蔡。几个月不见，老蔡那干瘦弯曲的身子似乎老得更加不堪了。向梅忍着心里的一丝厌恶打着招呼说："哟，蔡老师，不是在家养病么，怎么上班了？"

老蔡几年前得了尿毒症，好歹治过来，捡了条命，今年六十了，走路都打晃，可为了要"靠"职级，就是不肯退。他看到向梅，忙伸出手拦着说："我说向、小向啊，我正要找你，找你啊，有话说啊。"

老蔡把向梅拉到大厅里的沙发上坐下，"就、就这儿谈吧。

小向啊，我是老不要脸啦。我得求你帮忙啊。你刚到人事科的时候，我给你提过意见，咱们有点矛盾，都是、都是误会啊。后来我有病你还看过我啊，我真是……"

老蔡说得挺动情，两只眼竟有些红红的，汪了一点老泪。向梅大度地笑了笑：“过去的事算了，蔡老现在有什么要求？”

“好，好好！年轻人不计前嫌哪。小向啊，我是不是快到站了？”

“嗯……马上就到了，按省里规定，提前一个月就该……"

“该办手续了，我知道。可是，听说最近职级的事，有补的名额？”

向梅原想否认，可想想还是点了下头。

“那，副厅级巡视员能有几个？”

“这我也不知道，真的蔡老。这不张华今天才去人事局问情况。而且……"

“小向，我知道你要说什么。”老蔡掏出手绢，擦了擦眼睛，“年初评的时候，给我评了处级，我感谢组织。可现在马上要退了，我想，要有可能的话，评个副厅级。我虽然没什么能耐，可论、论资历，也干了一辈子了。跟我差不多的，都有当厅局长的了。我倒不图官名，反正职级是‘非领导职务’，是个虚名儿，跟提升不一样。我评上去了，还能给年轻同志倒出个处级名额。这么的，我回去跟子女们也有个交代，不过是挣个脸面。唉！人老啦，反倒看重了这些，真是没脸了。我求你小向，一定帮我这个忙。”

向梅看着老蔡那刻满了皱纹的老脸，没有作声。

这会儿来求我了？她想，当初跟老主任告我的状，说我太有心计、能搞权术，千万不可重用什么的，我能这么快就忘了么？你就没有心计么？没有心计为什么把我看得这么透？

老蔡脸上掠过难以掩饰的失望，低下头说："唉！我知道你还记恨我。"

"没有没有，蔡老师，这说哪儿去了。我是想，补的名额不会太多，这事，得党组定，我说了不算。您可以找几位厅长谈。"

"小向，"老蔡把身子仰在靠背上，喘了一会儿说，"我是到站的人了，实话实说，我知道这事求你有用，要不我也不会来麻烦你。你以为我真来开会的吗？要光为了开会，别说他小铁开车接我，就是背我都不来。他那套工作作风，哼！"

向梅觉得很好笑。老铁和老蔡的矛盾机关里都知道，可老铁一直干得不错，你生气有什么用？这老头，你败就败在这儿了。人家老铁都不屑于和你斗，你大不了泡病号不上班，老铁倒落个耳根清净。她看着老蔡那半头白发，忽然动了点恻隐之心，有点可怜起他来，就说："蔡老，我也跟你说句实话，你要想实现你的想法，就得注意和老铁的关系，他是你本部门的领导啊，你工作这么多年，连这个都不懂吗？"

老蔡愣了一下，看了看向梅，随即点了点头说："你说得有道理，那我先上去开会了。哎，你还没答应我呢。"

"好了好了，能帮忙我一定帮忙，你快上去吧，我出去办点事。"

向梅把老蔡送进了电梯，就站在那儿等着电梯下来。她实在不愿和这老头一块儿上去。

向梅回到办公室的时候，屋里只有小杨一个人。小杨正站在镜子前试衣服，见向梅进来，忙喊道："哎，向梅！我这裙子怎么样？"

小杨是个大高个儿，穿什么都好看，长得又漂亮。只有李莉调来后才可以和她比美。

虽然进了五月，但毕竟是北方，天气还挺凉。小杨却换上了裙子，是厚厚的呢裙，里面是黑色的紧身连袜毛裤，脚上是高腰的皮靴。小杨用手把裙子拉起来，转了两个圈说："好看吗？下次舞会我就穿它。"

向梅心里当然承认好看，简直无可挑剔。可她只淡淡地笑了下说："还行。小杨啊，你虽然不是人事科的，我的话你可以参考。咱们办公室是直接为领导服务的，又直接对外联系，办公室的作风代表着机关的作风，不要学下边处里有些人……"小杨僵住了一脸的笑，忍住了脱口欲出的话。她看了看向梅那一身臃肿的冬装和旧皮鞋，叹了口气说："行啊，我记住啦。"

小杨见向梅冷冷地走到桌边坐下，也就跟过来，靠在桌边上说："向科长，怎么啦？有心事？"

"不是，我有点累。"

"哎！中国人谁不累？看你会不会活，我就不累。科长大人，我看你……"

"嗯？什么？"

"算啦，不劝你了，咱俩不是一个活法儿。喏，这个给你。"

"什么？"向梅接过小杨递给她的一个信封。

"你弟弟不是要调外贸驻深圳办事处调不进去么？我让我

舅舅给写了封信，保准没问题，电话已经打过去了。"

"真的吗？"向梅实在没想到小杨会帮她这个大忙。这事她是无意中和老主任说起的，不想被小杨记下了。

"没错儿。"小杨倒是不太在意的样子，"我舅虽说'二线'了，可还是人大主任。再说，那边的头儿是他老部下，好说。"

"那，这可得谢谢你了。"

"得啦。这年头谁求不着谁呀！"

党组会从中午一直开到晚上六点多，最累的是向梅，所有关于"人事"的事儿都要由她提供情况，拿出参考意见，同时还要做记录。散会的时候，她握笔的手都麻了。但她心里很愉快，她原以为没戏了，一直到快散会的前 20 分钟，张副厅长才提出有关她的两项提议：

1. 提升向梅为办公室副主任，行政副处级，主持办公室全面工作并兼任人事科长；

2. 此次会后老主任即办离休，由向梅接任党组秘书，正式参加党组会但无表决权。

没有异议，显然领导们事先通了气。只等着报省委审批了。

向梅掩饰着内心的兴奋，简单收拾了一下满屋烟气的小会议室，便匆匆锁了门准备回家。经过赵副厅长房间的时候，赵副厅长也穿了衣服出来锁门，要走的样子。赵的家还没搬进省城，他现在住办公室。向梅便招呼他："赵厅长，楼下食堂关门了，上我家吃晚饭吧。"

"不去了，我答应老厅长今晚去他家吃饭，连看看他。他最近身体不太好。"

和赵副厅长道过了再见后，向梅站在大楼前的台阶上，望着他的背影站了好一会儿。她知道赵和老厅长的关系很好，赵当处长的时候老厅长就对他十分偏爱，他的提升就是老厅长力荐的。向梅猜不透老厅长原来有没有要举荐赵当厅长的意思，但她知道老厅长的提名无疑将起着决定性的作用，省里也一直在等老厅长开口，可老厅长一直没有拿出明确的意见，他在等什么？

向梅慢慢走下台阶去开她的小单车。五月的天气很好，傍晚的微风吹过一阵阵似凉似暖的春意，向梅不由张开双臂活动了一下酸痛的肩膀，动了两下又突然停住，前后望了望，并没有人看到她，只有收发室的老头儿在楼前扫院子。

那么，赵当厅长的可能也不是没有，而且可能性也不在两个老副厅长之下。向梅突然意识到有些忽略了这一点。最近赵对她比较冷淡，是不是因为她对这位年轻副厅长的应酬少了些？这是个失误。她庆幸自己在下午的会上没有坚持反对赵的意见。

赵副厅长在会上明确提出了 D 处调温小杰的事。他当然不能说马处长找他告了向梅的状，只是巧妙地说调人要尊重用人单位的意见，有些外调来的情况要做一点分析，看人要看主流，等等；还说："女同志的多少并没有死的规定，只要她有才干，我们又需要，就可以调嘛！像 J 处新调来的李莉不是干得很不错么？还有你小向，还担任着挺重要的职务嘛！"

赵副厅长说到这里，看着向梅很亲切地笑了几声。向梅表面上不好意思地笑着，心里却迅速地权衡了一下。她见别人都没有反对的意思，就笑着说："赵副厅长说得对，我外调来的情况也不一定都准确。反正是D处要用的人，他们觉得行，就调吧。"

事情虽然是这么定了，但向梅觉得自己吃了个哑巴亏。老马这人也确实有手段，今后不可不防。外调是她和张华一起去的，关于温小杰的某些传闻，向梅知道张华那张嘴已经在机关里散得差不多了，这毕竟对向梅有好处。

向梅自信自己这次进了"中层"，今后就会有更大的发展。离退休还有十几年的时间，正处是没有问题的，干得好，副厅长也不是没有可能。这样想着，她就觉得头皮又是一阵麻酥酥的感觉，心跳也不由得加快了一些。温软的春风亲切地拥抱着她。由两行橘红色路灯勾勒出的长街似乎向她展示着无限的前程。她奋力地蹬着车子，破旧的链条发出"嘎啦啦——嘎啦啦"的声音，一路声响伴随着她。

向梅骑着车在大街上慢悠悠想心事的时候，B处的田明正坐在她的家里等她。田明是个大学毕业生，分到机关还不到3年，小伙子性格直爽，思想又活跃，是魏处长的得力助手，经常给魏处长出些新点子。向梅最看不上的就是这种人，仗着有文凭、有能力，不把别人放在眼里。向梅曾经找田明谈过话，希望他在机关里"谦虚一点，扎实一点"，田明当时就笑着反驳她："向科长，您的意见我接受。可是反过来呢，我也给您提点意见，希望您在机关里活泼点、宽容点、活得自在点。您的活儿并不多呀，满可以少操点心，早点下班去市场买菜回家做饭。何苦把自个儿弄得跟老太太似的？"

向梅当时忍下了这口气。过后她又知道田明曾经跟省里来考核干部的人提过：人事科权太大。

向梅仍然没动声色，可等到魏处长提出要考虑提田明做副处长时，向梅在党组会上激烈地陈述了反对意见，又分头找几个副厅长做了工作。由于魏处长的坚持，最后党组不得不做出了一个"两步走"的决议：先任命田明为B处一个室的室主任，行政科级，考验一段，再考虑提副处长的事。

田明的主任做了不长就犯事了。一天晚上，他去一个老同学家还书，正赶上老同学在家看黄色录像，另外还有两个人田明不认识。老同学硬把田明留下来，看了还不到半小时就完了。没过10天，老同学事发，把田明"咬"出来了。公安局把他弄去蹲了几天拘留。魏处长跟林副厅长关系好，硬逼着林出面找公安局谈，把田明接了回来。

田明回来后沉默了一段，就张罗着要调走。开始向梅不同意，后来想想还是算了，走了少一个对头，就答应了。按魏处长的意思，为田明的前途着想，处理决定就不要装进档案了。但向梅不让步，坚持着起码也要在鉴定里带一笔。田明到向梅家就为了这事，他知道那"一笔"在鉴定里的分量。

田明久等向梅不回就走了。紧接着小王又匆匆来过，扔下两件连衣裙。小王知道向梅有个妹妹，长相和身材都比向梅强得多。他才不信向梅会穿这样的裙子。

向梅到家的时候，丈夫老关正歪在沙发上看电视。长条茶几上放着两份东西：一份是一大瓶雀巢咖啡，外带一瓶"伴侣"；一份是两件连衣裙。

老关懒洋洋地站起来，笑着说："你怎么才回来？咱们家快成接待站了。"

"开党组会啊，我都累死了。"向梅急急地脱去衣服扎起了围裙："哎，你饿坏了吧？我做点好吃的给你喝酒啊，我买肉了。珍珍呢？"

"我吃过了。单位有人搬了新房子，请客。珍珍上姥姥家了，今晚不回来了。"

"哦。"向梅这才注意到老关嘴里的酒味儿。在突然地感到一阵轻松的同时，一股疲劳也袭过她全身。她颓然跌坐在沙发上，看到了茶几上的两份东西。

"咦！这是谁的？"待老关说完，向梅皱着眉头呆愣了片刻，然后抬起头问道："老关，你说，这、这怎么办啊？"

老关叹了口气："我和田明唠了几句，小伙子也挺可怜的……我坚持不收，可又撕扯不过他……"

"哼！这会儿都知道求我了，明儿我都给他们拿单位去，让他们'曝光'！"

"那又何必呢？给他们钱就得了，或者以后找机会补回去。"向梅一边麻利地点火、烧水、煮挂面，一边苦笑着说："傻子，你就知道说，哪儿来的钱啊。你看看那东西，够你两年的酒钱了。"

老关哈哈一笑："那好，我戒了。"

"说一百次了。"

"这次真的。"

向梅低下眼睛，神色有些黯然："算啦，你又不抽烟，一辈子就这么点儿爱好，我们娘儿俩省点，都有了。"这回轮到老关呆愣了片刻，然后用力挥了挥手说："唉，你这个科长当得也太认真。得啦，不说这个。"他抖开一件连衣裙："哎，这件真不错，穿上试试。"

"瞎说！"向梅在围裙上擦干了手，拿过裙子说："我穿这么新潮的东西，能行吗？"

"也是。这玩意儿露得太多，也太花了点儿。"

向梅嘴上虽这么说，也知道自己绝对不能在外边穿这两件裙子，但还是希望老关坚持让她换上。她甚至有点跃跃欲试，起码可以在自己家里陶醉一下。可听到老关这么一说，她突然就没了情绪，看看老关那张比实际年龄老得多的脸，那一对藏在700度镜片后的小眼睛，那一副薄薄的身架，不知怎么就生出一点怜悯。或许还有点别的什么，她说不清。又不知怎么就想到了老铁。老铁不仅英俊潇洒，而且还是个很有情趣的人。要是换了他，他一定会逼着自己的妻子换上连衣裙，然后亲手为她扣上背后的三个小纽扣，再站得离她远一点，让她转两圈，欣赏个够，然后再走近她，搂住她的腰……

向梅觉得脸红了起来。她一惊，窘迫地望着老关，见老关也瞪着一双被酒烧红的眼睛看着她。她叹了口气，把连衣裙扔在沙发上，转身欲去厨房。可老关一把拉住她的胳膊："我说珍珍今晚不回来。"

"啊，你刚才说过了。"

老关又粗鲁地一拉，就把她拉到了床边："来，挺难得的……"

向梅意识到他要干什么，突然地感到厌恶，一把推开他正在解她衣扣的手，闪开身子说："我还没吃饭呢。"老关呆呆地坐在床上，听着向梅在厨房里弄出叮当的响声。

向梅虽然也有点自责，但她实在是恨老关太不争气。她在单位像个机器人似的活着，回家自然也需要一点温情、一点浪漫，平衡一下紧张的神经。可老关从来都是直截了当，两个人在床上总是像完成任务一样。就连珍珍不在家他也不会好好地温存，真是笨死了。难道这事还要做女人的开口告诉他吗？

等到她吃完了挂面回到屋里，老关已经和衣睡着了。

今晚弄得这么糟。向梅本来今晚心情不错，想找机会把自己提升副处级的事告诉老关让他也高兴一下，可没想到这样。她从来没有读书看报的习惯，每天晚上只用无休止的电视长剧消磨时光。可今天她又特别想和谁好好唠唠，老关睡得正酣，她只好面对着莫名其妙的电视剧想心事。

一个美好的春夜就这样默默地流逝而去……

向梅愈发觉得在机关上班要比在家里有意思得多。

星期五的下午，是省医院的探视时间。向梅骑着车去看住院的小黄。

沉默了一冬的树们现在已经出满了嫩绿的叶子，间或有一两株杏树开着淡粉的花儿，明亮的阳光亲切地照下来，让人心情好得没有办法。向梅虽然读书不多，却也知道"心旷神怡"这个词儿，她很愉快地在宽阔的长街上行驶着。

省委把报告批了回来。上午的全机关大会，宣布了一系列的任免名单，该离的离了，该退的退了，该提的提了，该调整的调整了……一切都由她帮领导们策划着、实现着。会上还宣布了三个工作组的成员名单：一个是职级评定工作委员会，向梅是评委之一并兼副主任；一个是百分之三调工资工作组，向梅是副组长；一个是机关廉政建设清查小组，向梅也是副组长。

小黄的病床边坐着个姑娘，打扮得很入时却不流俗。姑娘正在低着头削苹果，见到小黄与向梅打招呼，也放下水果站起来，垂着两手，很有礼貌地说："向科长，您好！"

"小黄，这是谁呀？"向梅站在病床另一边，上下打量着那姑娘。

小黄笑着说："是我女朋友，叫叶儿。"

长得真漂亮，向梅想。向梅从不夸赞漂亮女人，对她们她有一种天生的嫉妒。可小黄是她的手下，又是她亲自物色调来的，加上她今天心情好，就说："小黄啊，你有这么漂亮的女朋友还保密啊，我们都没听你提起过，不够意思啦。"

小黄急着分辩道："科长，我调来才两个月，还没来得及呢。再说，我们也才认识不久……"

"跟你开玩笑呢。叶儿，等小黄病好了一块儿上我家去玩吧。在哪儿工作？"

"在电影厂。"

"哦？演员？"

"不是。"叶儿红着脸不好意思地摇摇头。

小黄忙把话接过去："科长，科里工作挺忙吧？"

"忙是忙点，就盼你快点上班。你年轻有才，又不像有些大学生那么傲气。张华虽然听话，可素质差，很多事指不上啊。"

"科长，我也是没什么能耐，反正尽力就是了。"

叶儿递给向梅一个削了皮的苹果，向梅接过来吃着说："小黄，那次咱俩没唠完，你到底为什么不愿在原来那儿干了呢？"

"唉！向科长，你不知道，那个单位太复杂，根本不好好工作，谁有点成绩就收拾谁。不知怎么搞的，把我也弄进去了。太复杂了……"

"噢——"向梅若有所思地点点头。

"向科长，你说，我这么年轻，刚参加工作，在那种地方混上一辈子，我不就完了？"

"那倒不一定。"向梅有点不以为然，笑着说，"矛盾嘛，哪儿都是一样有，看你怎么处理。有时候这种环境倒是能锻炼人。"

"矛盾倒不怕，只要是为了工作，可那些人整人啊。向科长，我看咱们单位挺好，没那些乱七八糟的事儿，这种环境就能让人安心工作。"

"小黄。"向梅站起来，一边把水果兜放到床头柜上一边说，"你还年轻，有些事慢慢就理解了。现在什么也不要想，安心养病，过几天我再来看你。对了，如果机关里有人来看你，和他们闲谈时一定要注意。比如他们说的机关里的一些事情啦，对某某的看法啦，谁谁和谁谁好啦，或者问你的态度啦，或者通过你打听我的什么啦，等等吧，你都要注意。一方面不要无原则附和，一方面也得通过谈话暗中了解一个人的特点，掌握他们是些什么样的人，以后工作时才可以得心应手，知道吗？我们搞'人事'的，要时刻注意与别人不同。一下子也说不完，出了院再唠吧。叶儿，好好照顾他哟。"

叶儿把向梅送到医院的大门前，两个人站在台阶上又唠了几句。因为她们站的位置比较显眼，所以惹来许多过往人们的目光。叶儿上身穿了一件雪白的毛衣，下身是一条黑红两色的厚呢长裙，脚上是一双棕色的羊皮靴，脸上施了一点淡妆，油黑的长发在脑后随便地挽了个松髻。虽然恬淡素雅，却愈发显得光彩照人。向梅知道那些目光都是看叶儿的，她自己倒正好成了叶儿的一个陪衬，她最不能容忍的就是这样，心里觉得十分不自在。如果不是因为与叶儿初次相识，她几乎就要对叶儿的穿戴做出一番品头论足的批评，像对机关里那些女同志一样。可叶儿毕竟不是自己单位的人，她只好突然中断了谈话，冷冷地说了声再见，快步走出大门。

叶儿一个人在那里愣了半天。

和小黄虽然没谈上几句话，但向梅觉得来的时候那好心情已经荡然无存，心里倒隐隐觉得有点不是滋味儿，她找不出太明确的原因。她感到小黄与张华不是一样的人，不能让他的过于天真和正直影响了人事科的工作。

还有那个叶儿。一个人事干部，找了那样一个对象，对他能没有一点影响么？叶儿说她不是演员，看来是撒谎，这么漂亮的女孩子，在电影厂不是演员又能干什么？向梅想到听人们常说的女演员与导演的风流趣事，还有镜头里那些不加任何掩饰的拥抱接吻……天哪！她要找小黄谈，她要对她手下的干部负责。

向梅本来可以直接回家的，但她记起中午张副厅长说过下午有事找她，就又回了机关。

"我是想问问你职级和工资的情况，下周就都得开始搞了吧？"

"对，下周一就开始，我想快些搞完。这种事拖的时间越长，就越容易复杂化。"

"是啊，这两天就不断地有人找我谈话，我都推给你了，你就多操点心吧。"

"这没什么，也是我分内的事。人事局那边我去过了。主任科员或副主任科员大概能给五到六个之间；处级和厅级巡视员一共可以有三到四个之间。这其中的比例比较灵活，可以根据我们的具体情况自己定，您看……"

"人员的情况你掌握得全面，你的意思呢？"

向梅因为不知道张副厅长的意思，本想先探探他的口实，可他又推回来了。她不得不在心里迅速地估量了一下：按现在的情况，机关里老同志偏多，争厅级的人要多些。而严和江两位老处长，是多年的党组成员，又都即将办离休，评职级适当照顾也在情理之中。严处长在年初已经评了个"副厅级"，再无他求。可江处长现在是正处，离休前无论如何要弄个"副厅"，几位副厅长也一定会同意。B 处的魏处长呢，和林副厅长关系甚密，本人又干得相当不错，在中年干部里评"副厅"的呼声最高。因为魏本人条件好，想来张副厅长不会不同意。C 处的老副处长孙锋是张副厅长的亲戚，虽然在业务上孙稍逊一些，为了搞平衡，下一个也就是他。况且孙已 57 岁，提升正处绝无可能，唯有评"副厅级"搞安慰。还有，D 处的马处长虽然资历不如前几个，但也是干得有声有色，去年曾有另外一个单位要调他去做副厅长接班人，因为老厅长和几位副厅长坚决不放才没有走成。他最近也放出口风，也有争一争"副厅级"的意思。关键是马和赵副厅长又是老同学，要搞平衡，不能忽略了赵。这样，起码就有了四个"副厅级"是必给的。向梅知道，自己所在这个厅是省里的大厅，凭自己的能力和林副厅长的面子，到人事局争取到四个"副厅"指标还有点把握，反正不要处级，也给人事局省下几个处级的指标。

那么，就全要"副厅级。"向梅想，几位领导虽然都不好意思说，但他们的心思自己还是猜得准的。M处的老蔡就实在对不起了。

向梅之所以能在几秒钟内就完成这套设想，是因为她这几天一直在想着这事儿。张副厅长听完了她的汇报，盯着手里的烟头沉思了一会儿，微微点了点头，表示首肯，同时又问她："人事局那边怎么样？"

"让林副厅长帮我去要么！再说，上次咱们'副厅'相对少了些，这次有理由多点。吴副局长这次兼评委会主任。"

"老吴我也熟，这更好。那么，要来四个'副厅'，你能保证都按这个设想落实？"

向梅轻松地笑了笑："张厅长，工作是人做的啊。放心，几个老同志的条件都在那儿摆着，由组织上掌握嘛。"

"嗯，我看可行。职级评委会，咱俩是挂帅的，就可以定了。我再和老林、老赵打个招呼，你就办吧。还有，这次争'副厅'的老同志多，你要注意别把事搞僵，尽量一碗水端平，让大家都满意。"

"张厅长，这种事，很难人人都满意的，您说呢？"

"是啊是啊。小向啊，你是越来越成熟了。"

向梅不好意思地笑了笑说："那，工资的情况……"

"工资小组是老林和你负责，具体事你来办，我就不多问了吧。"

"那哪行啊。"向梅笑着站起来，给张副厅长倒了杯水，"您是党组书记呀。我想，这次文件上虽然规定了主要解决有职级和有成绩的同志，但咱们机关的实际情况呢，又是办公室工人编制的同志工资低的偏多，这样的机会又很少……"

"规定、原则都不是死的，可以根据实际情况灵活一些嘛。"

"只是，我刚当了副主任，就为办公室争名额，我怕……"

"小向，不必考虑这么多，当然啦，要尽量圆满，解释好了，大家还是能理解的。有些事可以由我们出面做工作。还有，那清查小组，我已经和老赵唠过。你们的工作既要认真，又不能小题大做，有些同志告状是属于不了解情况，我看我们机关没有什么不廉洁的嘛！有些小问题能在机关内解决就在内部解决，不必什么都弄到省里去。把机关的名声搞臭对咱们自己有什么好处？"

"这您放心，我心里有数。"

张副厅长走了。向梅觉得很累，便回到办公室，坐在沙发上闭目养神。

很好，看来张对这个设想挺满意。她想。林副厅长那边没有问题，已经征得了他的同意，明天再找赵谈，就齐啦。这里面有个最隐秘的想法，向梅当然不能说。那就是"副厅级"评得再多，对她也构不成什么威胁；可是如果"处级"多起来，就会影响到她，就会有更多相同年龄的人赶上或超过她，甚至像李莉和最近要调的温小杰那样的女业务尖子，都可能评个处级。所以，她要尽量不动声色地抑制"处级"数量的增长，最大限度地减少各种对自己的威胁，直到自己有资格评副厅级。

向梅就这样自信地为自己设计着未来的前景，从8楼慢慢下到1楼。在大厅里，她看到了坐在沙发里的老铁。

傍晚的阳光略带橙红色，透过大厅的落地窗，柔和地勾勒出老铁风度极佳的坐姿。一缕轻烟从他右手的两个指缝缓缓飘出。向梅望着那缕烟，倏地感到一阵晕眩，脑中似乎有了瞬间的空白，她真希望这空白能使她忘掉身外的一切而只留住此时此地的情景。

老铁轻轻咳嗽了一下，向梅不知道刚才是不是曾经有过那一瞬，不过她还是很快恢复了常态，笑着问："老铁？怎么还没走？"

"等你哪。我知道你没走。"

"等我？"向梅心里突地一颤，"等我干什么？"

"当然有事啊。"老铁笑着站起来，"走吧，我请你吃饭。"

"吃饭？可我……我得回家了啊。"向梅觉得在老铁面前总是有些手足无措。

可是老铁请吃饭，这又是多么强烈的诱惑！

"走吧——你没别的理由。老关今天夜班，珍珍晚上在她姥姥家。"

"你怎么知道？"

"别问了，走吧。"老铁不由分说，出了大门，用一只手把向梅的小单车拎过来，摆在向梅跟前，向梅只得开了锁跟他走。

"金川"酒店。装潢漂亮的大茶色玻璃里面亮着幽暗的壁灯。音箱里似有似无地传出女歌星"你到底爱不爱我"的悲叹，在暗合的暮色里愈发显得缠绵凄楚。

向梅停住脚，犹豫了一下。老铁转过身略带嘲笑地说："怎么啦？连饭店都不敢进，不至于吧？告诉你，我是谈工作。"

向梅有些为难。"金川"离机关大楼不远，又临大街。虽说下班了，但难保不遇上本单位的人。再说她也真是极少单独和一个男人进饭店。可是她又实在舍不得这次机会，就犹犹豫豫地跟老铁进了大门。

老铁问向梅喜欢吃什么，向梅说随便。老铁和小姐点好了菜，向梅就问："说吧，什么事？"

"我都不急，你急什么？来，边吃边说。喝点啤酒。一件公事；另一件呢，算私事吧。"

"公事是什么？"

"我们处的老蔡。"

"我就猜到了。评职级的事吧？你放心，就是有名额也评不上他！"

"错了。向梅，我求你，就是想帮他说话的。"

"你们不是……"

"矛盾是矛盾，可那是人家应得的，两回事。这我要是分不清我就不是人了。你凭良心说，老蔡他够不够？"

"这个……"

"你也不敢说不够是不是？论资历，论水平，论业务成绩，老蔡都不比我们这些处长们差。"

"可是，我以为……"向梅感到有点发窘。

"这不怪你。吃菜啊。你按正常的思维来想，当然要误会我，这我理解。"

"可我说了并不算啊。"

"向梅啊，"老铁笑着给她倒酒，"咱俩不错，你用不着跟我说这个。这么说吧，成不成是一回事，但你使不使劲是你的事，反正是我求你。你在党组会上替我力争，起码把我的态度反映上去，嗯？"

老铁叉开五指，把长头发往脑后理了理，露出宽宽的额头，眼睛紧紧地盯住向梅，目光中充满着男性的温柔和热情。

向梅脸一红，忙低下眼睛，慌乱地点了点头。

"行啦，说私事。最近我爱人和我闹别扭，万一她闹到单位来，出面谈话的肯定是你。请你帮我劝劝她。"

"真的？为什么事儿？"

"唉！女人，还能有什么？疑心太重。"

"那，那你……"

"看看，你也一样是不？我啥事没有。"

"可是，怎么闹到这么严重？"

"四十多的人了，我工作又这么忙，总不能像刚结婚那阵，整天围着她转。她就总疑心我对她没了感情，有外遇什么的。你记得上次我们处搞新项目，接待日本专家吧？我跟那个女翻译接触多些，有天晚上和专家彻夜长谈，人家女翻译当然得陪着。她就乱猜疑……"

"这种事，当然不宜让更多的人知道……"

"我找你正是这个意思。"

"老铁，我跟你心里有数就得了。在中年处长里面，你和老魏是干得最好的。现在党组成员一下子空出来两个，你是很有希望的，不要因为这些小事……"

老铁干了一杯酒，点着头说："一切拜托你了。"

老铁把小姐叫过来结账。向梅用餐巾擦了手，在幽暗的灯光里，她大着胆子注意地看了看老铁。她突然地意识到老铁也是个极有心计的人，因为她在一瞬间想通了老铁为什么要替老蔡争那个名额。老铁是个很有头脑的人，不会看不出这次评职级的各种可能。老蔡的无望是明摆着的，那么，老铁的这种态度就既不会伤到别人，又为他自己增了光彩。难怪他要把他的态度"反映到党组会上去。"也许，老铁是真心替老蔡争，可向梅只能按照自己的思维方式去想。她宁愿相信老铁是经过权衡才这么做的。

可能多喝了点酒，向梅在回家的路上觉得有点晕，但她心里很高兴。一是因为和老铁度过了这样一个晚上，二是因为她看破了老铁藏在心里没有说出来的秘密。她时刻都在锻炼着自己分析人的本领，这是她的优势，也是她后半生赖以维持生存的本领。每次得到成功的验证她都会很高兴。只因为是老铁，她才不忍心说穿他。

回到家里，向梅借着酒劲儿开始找衣服。明天是周六，大楼里有舞会。向梅舞跳得不太好，但她喜欢参加舞会。自从学会跳舞以来，她渐渐体验到被一个异性搂着跳上几场舞，那整个身心都相当愉悦的感觉。虽说她长得并不出色，衣服也不如别的女人多，但每场舞会都能得到许多男士的邀请。那些有求于她的男人知道这是靠近她的最好机会，有时候甚至要排队，事先预约。她跳舞的机会要比那些长得漂亮、服装艳丽的女人多得多。向梅知道这是由于她的身份，她并不觉得这有什么不好，相反却很满足。

可惜的是她的衣服实在太少，简直就找不出两件出众些的。小王送的两件连衣裙被妹妹拿走了。向梅在镜子前比来比去，最后叹了口气，坐在沙发上出神。

向梅实在很累了，手里拿着几件衣服，偎在沙发里迷迷糊糊进入了梦乡。

半个多月后，小黄出院上班。张华一见到小黄，很夸张地双手一拍，声音很大地说："呀！小黄！上班怎么不告诉一声，我好帮你收拾一下桌子。你瞧这乱的，我放了一些材料，来来，我帮你弄……"

小黄很随便地说："不用，我自己来。向科长，我上班了。"

"怎么样？能行吗？"

"没问题，在家也待不住。"小黄又扭头冲里屋喊了声："杨姐！你好啊！"

小杨懒洋洋走出来，倚在门框上说："还行吧，谢谢'黄人事'关心啊。"

小杨说完，自己先扑哧一声笑了。小黄也笑了："你可别逗我笑，我伤口疼。"

张华一边帮小黄收拾着桌子，一边白了小杨一眼。向梅笑着说："小杨，以后别这么叫，这什么词儿啊？"

"是了科长。黄儿，你看你脸捂那么白，得锻炼啊，中午咱俩打乒乓球。"

"行啊，这回你准赢我。"

闲聊了一会儿后，向梅对小黄说："小黄，一会儿到各屋去走走，见见面，了解了解情况。干咱这行的，就得多观察、多分析。喏，这给你。这是一份全机关人员自然情况表，我会慢慢从头至尾把我掌握的每个人的情况介绍给你，你要尽快熟悉。另外，一会儿你找 D 处的小黎谈一次话。"

"谈话？谈什么话？"

"是这样，小黎呢，是多年的'以工代干'，现在虽然没这个规定了，但马处长一直要求给他转干，我同意了。这不张华已经办回来了。人事科要找他谈一次话，这是惯例。"

"可是，科长，他是 D 处的人，应该由马处长谈，我又不了解他……"

"所以你要尽快了解每个人。"向梅觉得这样打断小黄有些生硬，又缓了语气说，"当然，马处长可以参加，但你是主要的。"

"那，谈、谈什么？"

"哎呀！"张华笑着推开手里的一摞报表，用指头点着他说，"真是扶不起来的天子。我教你几个要点：第一，这是组织上对你的关怀和信任；第二，证明你这几年工作是有成绩的，组织上是了解你的；第三，不是说你就没有缺点了，比如什么什么，要注意克服；第四，今后继续努力，注意别骄傲，尊重老同志，劳动态度要更好，等等。完了呗。"

小黄满脸迷惘地望着向梅。向梅点了点头说："嗯，大致是这样，一会儿我再把他的情况和你说说。小黄，今后人事工作，你要多操点心，决策的事我给你们拿主意，你放手干就行了。"

小黄一时还接受不了这么多变化，只有不住地点头。这时电话铃响了，张华接了电话，对向梅说："科长，林厅长请你去一趟。"

向梅走后，张华对小黄说："小黄，你这身儿挺时髦啊。"

小黄看了看自己的衣服说："这有什么，现在都穿这个。"

"是啊，都穿这个。可你是谁？"

"我是谁？"

"你看，大毛衣外套，还带红格的，白条萝卜裤，高级意大利休闲鞋。头发也做过型是不？你想象一下，等会儿你就穿着这身儿坐那儿和小黎谈话。人家小黎可是一身中山装啊。"

"噢，我明白了……"

"明白就好。你没注意刚才向科长看你那眼神儿？她的脾气我最知道，她最会观察人。"

"那她为什么不直接和我说？"

"她对你印象不错，给你留面子呗。"

"可是……"

"黄儿！"小杨从里屋出来，声音很大地打断他，"哎，听说你对象是电影演员？"

"哪儿啊，她不是。"小黄还想和张华分辩，"张华，那你说向科长……"

"黄儿！"小杨给小黄使了个眼色，"那她做什么工作？听说长得挺漂亮。是不是张华？"

张华鼻子里哼了一声，站起身，拿着暖瓶出去打水。

小黄说："你干什么？神秘兮兮的？"

小杨叹了口气："唉！黄儿，大姐告诉你句好话：别得罪向梅。"

"……"

"另外，你要是不想给自己惹麻烦，就千万别当着张华评价任何人，你跟我不一样，我不怕她们，可你是有前途的。"小杨笑着说，"用向梅的话说，各方面注意点就是了。"

"注意什么？"

"哎哟，你真是个呆子。我看向梅的意思是有意要培养你。不过你得学着那个点，不然……"

"什么点？"

"小老弟，你怎么这么笨呢？"

"我看向科长人不错啊，不至于……"

小杨脸上没了往日那常有的笑容，沉思了一会说："是啊，我也没说她是坏人。活法不一样罢了。对你来说呢，也是个选择。算了不谈这个，想不通就趴窗台上往下望一会儿。"

小杨说完也出去了，剩下小黄一个人脑袋抵着窗玻璃看下面如蚁的行人。

初夏的细雨就在机关大会刚开始的时候不紧不慢地下起来。因为人们是坐在 9 楼的大会议室里，所以听不见雨点落在地上和打在树叶上的声音，只能透过宽大的玻璃窗看见外面灰蒙蒙的一片雨丝。有的雨滴落在窗玻璃上，慢慢地流下去，又慢慢地流下去。

几位领导分别读完几份"传达范围到广大群众"的中央文件，最后由赵副厅长做"机关廉政建设"的情况总结。因为午休刚过，又是伴着这样的春雨，很多人昏昏欲睡，似听非听。

向梅坐在门边的小桌旁。这儿是她的老位置，一边做记录，一边可以"统观全局"。她的目光像探照灯一样在每个人脸上划过来，又划过去。过一会儿，要由她来宣布评职级和百分之三调工资的结果。其实宣布不宣布已经无所谓了。这种事，只要有一个人知道，用不到几天全机关就都会知道。党组会的决议永远保不住密。就连她自己，有时候也是有目的地、巧妙地泄露过。这很正常。她还知道对这两个结果，机关里有些反映，甚至有人写信告到省里，这她都不在乎，甚至觉得那些人太可笑，太不自量力。党组会的决定，谁敢怎么样？

向梅这一次却失算了。就在她刚要宣布散会之前，例行公事地问了声"大家没什么事了吧？没事散会"的时候，坐在墙角的老孟举起了一只手说："请大家等一等。"

这是从没有过的事。所有的人都很惊讶地把目光转向老孟。老孟却很镇静地说："对不起，占用大家几分钟时间。我想请问向科长几句：这检查廉政建设，是不是到此就算结束了？"

向梅皱着眉说："可以说基本上结束了。"

"基本上？所以赵副厅长刚才说'尚有个别没搞清的问题留待以后个别处理'。赵副厅长，我绝没有针对您的意思啊。我只是想请问向科长，噢对，向主任，这个别问题，是不是包括我安电话的事？"

向梅没想到会在这时候杀出个程咬金，她也从未受过这样的质问，而且是当着全机关人的面。她虽然很生气，却没忘了迅速地思索一下这事该怎么处理。她看出老孟今天是有准备的，不能和他硬碰，少说话为好。

"好，你不回答说明你是默认了。那么我再请问，关于我的电话问题，到底是哪里不清楚？请现在就问我本人，不必在背后搞神出鬼没的调查。"

"老孟！"赵副厅长轻轻拍了下桌子，"你的事下去再说，这是干什么？"

"不！我请求各位，"老孟提高了声音，而且把"请求"说得很重，"听我把话说完。向主任，我只问你一句，是不是你向党组反映，说我的电话是用公司的公款安装的？是不是？"

向梅心里一惊。她不知道老孟是真的清楚底细还是猜测。但她脸上没有露出丝毫痕迹，尽量平静地说："老孟，你现在不太冷静，我不和你吵，咱们下去个别交谈好不好？"

"不对！你不敢否认是不是？你几次提到党组会，一再坚持立案审查我是不是？"

向梅忍着，沉默着，鼻尖上渗出一层细汗。张副厅长很严厉地接过去："党组会的情况难道要向每个人公布么？那叫什么党组会？老孟！你是个老同志了，怎么能这样？你一会儿到我办公室来一下，其他人散会！"

"向梅！"老孟为了控制局面，很快地站起来，用手指着向梅说："你卑鄙！你要往公司里安排亲戚我没同意，你就报复我！大家请看，这是我安电话的收据，两张，一共 1483 元。公司的账你们也查过了，怎么样？有问题没有？几位领导，我知道我今天这样不对，我可以检讨。可我是帮你们认识一个人啊！向梅！"

老孟说得兴起，转身一把推开一扇窗子，指着外面说："我绝不冤枉好人，你要敢说不是你做的手脚，我立马从这儿跳下去。你要承认，请你跳下去！"

人们的目光又刷地转向了向梅，向梅强忍着眼泪没有流出来，一转身，跑出了会议室。张副厅长起身走到老孟面前，盯着他说："闹够了没有？闹够了到我办公室去。其他人散会！"

"我们也请大家等一下。"

一波未平，一波又起。A 处的年轻干事小韩站起来，手里拿着两张写了字的稿纸晃着说："我们也占用大家几分钟。据我们所知，这次调工资的文件规定得很明确，是照顾有职级、工作有成绩、工资又相对偏低的业务人员。我们机关一共才四个指标，怎么就一下子评了两个办公室的工人编制的同志？而且向科长，噢，向主任还解释说，本来办公室通信员老唐也是考虑在内的，因为老唐一向工作踏实肯干，听组织上的话，但指标太紧，只好割爱了，等等。言外之意就是办公室本该有三个人的。这样的比例是不是太大了点？我们呢，自认为工作还踏实，都算小有成绩，也没有谁不听组织上的话，说'自认为'是因为这也许和人事科对我们的评价不太一样。可是也请问一句，谁规定了必须按人事科的标准来评价每位同志呢？所以，我们六个人，我，还有 H 处的小胡、J 处的小申、R 处的小白、M

处的小谭、D 处的小陈，联名给党组写了一份，算是意见书吧，请领导们参考。"

小韩一向老实，平时话不多，今天这番话却是不慌不忙，头头是道。人们实在没有料到在散会后的几分钟里竟会发生这样多的变故，都以各自不同的心情注意着会场上的气氛。几秒钟后，林副厅长把手里的茶杯用力砸在茶几上。茶几上的钢化玻璃板哗的一声散成许多圆粒。林副厅长威严地扫视了一周，大着嗓门说："不像话！你们干什么？有意见可以，不能搞围攻啊。我觉得人事科的工作不错嘛！跑到机关大会上来闹。噢，评了你就高兴，评不上就提意见是不是？这么点觉悟都没有吗？那都是群众评议又经党组讨论的，不是我们哪个人定的。"

小韩面带微笑，极有风度地走到林副厅长面前，把稿纸放到碎玻璃上说："林副厅长，您也太小看我们了。党组会的决议是不能改的，这我们懂。我们也不想争那几块钱。这里面写的是又一回事，我们只是觉得人事科得秉公办事，得改革一下工作方法，没别的意思。"

会到底是散了，这几件事却成了人们几天都谈不败的话题。老孟是机关办的服务公司的经理，他是个很会经营的人，这几年为机关挣了点钱，给大家搞了些福利，挺得人心。最近整顿公司，机关不能再办服务公司了，老孟就回机关待命，还没安排工作。向梅万没想到会栽在他的手里。查老孟的电话，确实是向梅一再坚持的。除了老孟说的那个原因外，还有一个很重要的原因，就是老孟回机关后的位置，极有可能在办公室主任或副主任之间。向梅凭着自己多年干"人事"的经验，强烈地预感到了这一点。她也知道老孟是个办公室主任的好料，他现在已经是副处级的职级，再有了实权，对她是个极大的威胁。

向梅苦苦思索：是谁向老孟透的信儿呢？五个党组成员，对老孟的印象都不错，可是对她向梅也都挺好。那就是说，都有可能，又都没有可能。那么老孟为什么知道得这样清楚呢？

读书不多的向梅也许不知道"智者千虑，必有一失"这句话。她忽略了一个人，就是司机小王。向梅虽然整天围着厅长们转，但司机接触领导的机会也不比她少。小王给林副厅长开车，用的是新买的"桑塔纳"。而张副厅长的旧"伏尔加"常出故障，有时候就和林副厅长坐一个车。有天晚上他们在车里商量起老孟的事到底该怎么办，就提到了向梅的态度很坚决。按他们的意思，向梅是检查组的副组长，当然要尊重她的意见。

机关里很少有人知道小王和老孟的关系。老孟曾有恩于小王，小王的对象又是老孟介绍的，两家经常来往，不分彼此。小王把这消息告诉老孟后，叮嘱他千万不可说出去，不然他小王不仅得罪了向梅，就连两个领导也得怪罪他。给领导开车头一条就是嘴要紧。

涉及个人利益，老孟哪里顾得了那么多？

这些向梅自然都不知道，而她又觉得尊严受到了极大的侮辱，就憋了一股火；又听说她跑出会场后小韩向党组递了联名信，明确提出人事科手伸得太长，于是又一股火逼上来，当时就病倒了。

还有一个人百思不得其解，就是张华。她不明白眼看要到手的一次涨工资的机会怎么会飞到小杨头上去？而且向梅明明暗示过他"最近注意点"的。这又只有小杨和向梅两人心照不宣。向梅的弟弟现在已经在深圳工作，已经把第一次拿到的薪水寄了一部分给姐姐表示谢意。况且向梅也早看透了张华是个靠不住的人，说不定哪天就把你卖了，这种人只可利用而不能让她太得势。

张华也不是一点没有长进。她学乖了，不动声色地等待下次机会。

在向梅养病的时候，小黄吃惊地注意到人们聊天时悄悄地换了新鲜的话题。小伙子虽然稚嫩，却也有股倔劲儿：他开玩笑似的在机关通知板旁边贴了张大纸，上面用毛笔写着：

本人未婚妻系电影厂录音室工作人员，不是演员。

长相中上等，作风正派。谨此勘误，谢谢各位关心。

黄佳林

日子很快又很慢地过着。雨一场一场地下，有时候大，有时候小。

又是一个星期一。病后痊愈的向梅在差 10 分八点的时候出了电梯，走上长长的走廊。今天是她病后第一天上班，人们仍然都很尊敬地问候她，一切都没有变。她的略显苍白的脸上慢慢地有了一点红晕，又现出了自信的微笑。

老厅长最终放弃了本单位的三个人选，毅然推荐了离省城不远的 S 市的市长来做厅长。省里尊重老厅长的意见，同意了。张、林、赵三位副厅长的努力均成泡影。此举出人意料。老铁在探病时把这个消息告诉给向梅，向梅也只有暗叹老厅长胸有成竹，走了一着高棋。同时她也迅速地在心中为自己制定着今后的战略方向。

新任厅长也是正式上班才第二天。从 8 点 10 分开始，他就依次到各处室做自我介绍。走到办公室时，他握着向梅的手说："你就是向梅？不是病了么？怎么样？可以上班了？"

"我没事厅长，一点小病。"

"啊，那就好。以后再唠，我到别的屋看看。"

"厅长，我陪您走吧，一边给您介绍一下情况。"

"不用不用，我自己走走。你忙你的事吧，注意身体，别累着了。"

厅长走了，向梅觉得一种从未有过的茫然和怅然猛地袭上心头。她差点就要哭出来，强掩饰着回到自己办公桌边坐下。

上午，厅长挨个儿找中层干部做一般谈话，了解情况。办公室的门一直开着，看着一个个处长、副处长们来往走过，向梅坐立不安，一次次向走廊上张望着。张华小声对她说："今天是第二天，上周六谈了一天了。"

"了解情况，人事科应该参加呀，找你们了吗？"

"没有啊。就要了一张全机关人员名单。也许，谈办公室的情况会找你吧？"

厅长，你小瞧我了。向梅无声地笑了笑。我会让你知道你离不开我的。

晚上快下班的时候，向梅才接到厅长的电话。她长舒了口气，平静了一下心绪，缓缓走过长长的走廊，敲响了厅长办公室的门。

厅长把老厅长的写字台换了个位置，宽大的写字台正对着门。厅长面带微笑，静静地坐在皮转椅里等候着。

向梅推开门，一眼便望见了厅长身后的白墙上挂着一幅装裱精致的横幅，上面是四个斗大的字：正道直行。

厅长笑着说："是老厅长送我的，他的书法是越练越好了。你看怎么样？"

"真不错。没想到老厅长书法这么好。"

"是啊。其实练字容易，但要真达到这四个字的境界，那是很难的对不对？请坐吧。你有病，还把你请来，真对不起啊。"

小黄使了一下午的劲儿也没勇气和向梅谈，只好在下班的时候把一份请调报告放到向梅的桌上，用墨水瓶压住。

他还要走，继续寻找能够安心工作的地方。

小杨又叹了口气，摇着头说："你呀，你真是念书念傻了。"

别离开我

别提起我的过去

给我现在

别承诺我的未来

给我现在

——代题记

忧郁的雪莹是个出色的舞蹈演员。

34 岁的雪莹天生丽质，美丽绝伦，却极少有笑容。16 年前的那个夜晚的悲惨遭遇给她的名字抹上了一道黑色的重彩，过早地埋葬了她的青春，也彻底地扼杀了一个美丽女人从 18 岁开始所能生出的种种故事。雪莹从此再无笑容，藏尽妖媚和温柔，一双内容深刻的眼睛终日布满愁云。舞蹈是她唯一的生命，她只为舞蹈活着。

34 岁对一个舞蹈演员来说已经不是个好年龄。可是雪莹在歌舞团仍旧独领风骚。她的条件、素质、功底和理解能力仍旧无人匹敌。16 年前的遭遇只给作为一个女人的雪莹蒙上一层终生难以抹去的羞辱，却丝毫不能破坏作为舞蹈演员的天赋。所以 16 年来雪莹努力地想不让自己作为一个女人活着，只有在舞台的演出中才露出真情的、迷人的笑容。离开了舞台的雪莹仍然是忧郁的、冷漠的。

所以当她在这一天的沉沉暮色里遇到了这样一件生活中难有比这再重大的事情时，仍然显得有些迟钝，不像所有女人那样对这种事反应强烈。她对男人是彻底绝望了。

日子和每天一样平常。雪莹下午洗完了衣服，照例在晚饭前小睡一会儿。丈夫刘也像每天一样依着雪莹的口味做了虽简单却极精致、质量很高的晚饭。为一个 34 岁却需要保持体形的女人做饭不是件容易事。丈夫刘为此费尽心机，好在他有钱又有时间。

雪莹在 6 点钟醒来的时候丈夫刘已经走了。饭桌上压着张便条，告诉她晚上有应酬，是最近这笔买卖的最后一次应酬，很重要的。雪莹对此不感兴趣。丈夫能发财对女人来说是件好事。可雪莹不想作为女人活着，所以她不感兴趣。丈夫刘挣的钱早已超出他们生活在这个北方城市里所能享受到的最高标准，她不知道他还要那么多的钱干什么？

丈夫刘对雪莹好到极致，这雪莹很清楚。平心而论，雪莹也十分感激他。虽然这和爱情什么的是两回事。雪莹只当他是个好男人。雪莹虽然胃口不太好，但想着晚上还有很重要的排练，所以还是多吃了些。

宿舍楼在歌舞团大院的背后。去团里需要经过一条市场街绕到前门。雪莹像每天一样，冷漠、忧郁地穿过市场里熙熙攘攘的人群，在小街尽头的小商店里买了10听罐装可乐。这次团里上大型舞剧《人参姑娘》，女主角 A 又理所当然地落到了她身上。她的搭档男 A 演员马每天练托举都是大汗淋漓，所以她每天都买些喝的给他。大排练场的灯光已经亮了，除了几个刚分到团里来的新学员在练功外，只有导演徐和演员马。门边小桌上放着的录音机已经响起了舞曲。导演徐正在给演员马说动作。雪莹走过去，一边和他们闲聊了几句，一边脱掉了披在紧身练功服外的风衣，加入了排练。

雪莹进排练场 10 分钟后，录音机里的音乐突然停止了。这时候雪莹正在和演员马练托举。演员马一手抱住雪莹的大腿，一手把住她的腰部，要把她横在自己的脖子上随着音乐做一个漂亮的旋转。可是这时候音乐突然停了。没有了音乐的托举就形成了一个很尴尬的姿态。大家向录音机望去，见录音机旁站着一个风姿绰约的少妇。少妇是演员兰，也是演员马的妻子。演员兰轻轻鼓了几下掌，然后扭动着腰肢款款向场内走来。演员兰是雪莹下一茬的舞蹈演员，年近 30，却已经体态丰盈，脸上的笑容妩媚妖娆，一双细长黑亮的眼睛充满性感，是那种让许多男人见了就会产生很直接想法的女人。她在演员马面前站定说："我有病你都不能在家陪我？我是你老婆。"

雪莹和导演徐这才注意演员兰的两颊红红的，目光也有些迷离，看来确是在发烧。惨白的荧光灯下演员兰的病容显得楚楚动人。

演员马走过去把她的毛衣裹紧，抱住她肩膀往后推转着说："你先回吧，我一会儿就回，别再凉着了。"

"我不回！我就不回！"演员兰突然发作。她使劲儿挣开演员马的手，自己拉紧毛衣护住高耸的乳房，用穿着高跟鞋的双脚踩着地板喊道："我要看你是怎么被她迷住的，这个臭女人！她除了舞跳得好还哪儿比我强！啊？她占了所有的好角儿不算，还要占人家男人！不要脸！"

导演徐喝了一声："小兰！你别胡说八道！"

"徐大姐你不用护着她！"演员兰喊着冲到雪莹跟前，上下打量着雪莹的身体，眼里突然涌上一点泪水说："所有的奖都让你得了，所有的风头都让你出了，你给别人一点机会行不行？我们家大马一天不见你就想得难受，你还要干吗？自己的小男人腻味了，想换换大男人的口味是不是？"

雪莹被这突如其来的打击弄得不知所措。巨大的屈辱使她难以抑制满眼的泪水，甚至说不出一句反击的话，只是恍若回到了 16 年前的那个夜晚，同时觉得 16 年来的生活毫无意义，脑中一片空白。

新进团的十来个年轻演员都停止了练功，不知所措地围在离他们不远的地方看着他们。这是不谙世事的女孩子们进团后接受的特殊的一课。她们对眼前的场面有点新奇，又有点害怕。雪莹在她们目光的包围中感到无比窘迫，又万分委屈。她本想转身跑掉，又想到实在没有做错什么，演员兰凭什么可以这样侮辱自己呢？雪莹声音发颤地说："小兰，我什么地方得罪你了？你对我这样？角色是团里安排的，你有意见可以提，但你不能侮辱我，我甚至可以不演这个角色，可是……"

"是啊是啊，你可以不演，你是尖子演员，有资本，可以拿把啊……"

雪莹气得浑身发抖，哭着说了句："你，你真是蛮不讲理。"就再也无话。

导演徐见演员兰还要再吵，就又喝了一句："小兰！你太不像话了！大马，你把她弄回去！"

歇斯底里的演员兰在演员马的怀里挣扎着，哭闹声几乎招来了所有在团里住的单身的人。导演徐宣布今晚排练停止，并告诉雪莹先走，不要理会演员兰。

被污辱的雪莹走进市场时心情仍不能平静。她已经在考虑明天如何找团长谈话，辞去女 A 角。可怜的雪莹只有到今天才突然地意识到由于她自身的美貌和事业的成功，已经对她身旁的女人构成了两种致命的威胁，所以受到攻击便无可逃脱。只是雪莹没有再深入地想一想，16 年来由于她的温顺、宽容和与人无争，已经使她所受到的攻击和伤害降到了最低的程度。她应该庆幸才是。

可是雪莹并没有更深入地想到这一层。她只是用自己的准则去揣度别人。演员兰刚进团时对雪莹十分尊敬，也曾在雪莹的帮助下立了好几个很不错的节目，只是近两年身体发胖才不思上进。雪莹曾劝过演员兰坚持练功，30 岁的人应该还能跳几年的。雪莹绝无恶意。所以她实在是不能理解自己何以会受到这样肮脏的伤害。

雪莹这样想着，心中万般难受，不知不觉中又已是泪流满面。她浑身酸软无力，跌跌撞撞地走进了宿舍楼那黑黑的楼道。由于雪莹在悲哀地想着心事，所以当她掏出钥匙摸索着打开了自己家门，听到了那种对她来说既陌生又异样的呻吟声的刹那，她仍然没有很快地反应过来。这种快乐的呻吟显然来自做爱。可是 16 年前的那个夜晚已经注定了雪莹的命运，她的恐惧、忧郁和冷漠使她即使在婚后也绝无这方面的经验，她根本不懂这种奇怪的声音是来自何处。所以当她又向屋内走了几步时，她才彻底地明白了在这样一个平常的夜晚，在她的只有一间屋却收拾得十分洁净的家中发生了多么可怕的事情。

丈夫刘和那个女人采用了一种雪莹绝对难以想象的姿势。由于雪莹动作轻捷和出现得过于突然，他们甚至来不及做任何的掩饰。被吓懵了的雪莹甚至也忘了转过脸去，只是呆愣着。装着 10 听饮料的塑料提袋滑脱了手指砰然落地，有一听摔破了封口，黑色的可乐在光洁的水泥地面上迅速漫开。被那女人穿过的雪莹的绣花绒布拖鞋在黑色液体形成的奇异图案中显得丑陋无比。

雪莹经过了最初的呆愣之后，先是发出一声短促、尖厉的叫声，之后唯一的反应只有一阵突然的强烈的恶心。她抬手捂住嘴，急转身冲出房门跑进走廊的公共厕所，把半个多小时前吃下的精美的晚餐毫无保留地呕吐出来，几乎晕厥过去。

这个夜晚将和 16 年前的那个夜晚一样深刻在雪莹的生命之中，不可磨灭。

那个女人雪莹认识，名字叫朱然然。

忧郁的雪莹从此将更加忧郁。

团长金实在是没有想到《人参姑娘》排到关键的时候竟出了这样大的问题。雪莹看上去脸色极苍白。她说出那句让团长金吃惊的话时神情也很平静，不像是心血来潮。"《人参姑娘》我还是不上了。多留些机会给年轻演员吧，让她们锻炼锻炼。"她在团长惊讶不已的注视下笑得很自然。"真的团长，我不为什么。当年我不也是这么跳出来的？你忘了那年演《骄杨颂》，徐大姐突然病了，你硬逼着我化了妆，把我推上台。那年我才22吧？"

团长金锁紧了眉头说："雪莹，有什么困难和我说。如果没困难就必须上，没什么说的。"

雪莹这时候是站在团长金的办公桌的对面。团长金的生气使她有些害怕也有点委屈。团长金从不对她发火。她鼻子一酸，突然眼中就涌上了泪水。团长金看到了雪莹的眼泪，不由得有些心疼。雪莹是团里的台柱子，也是他的骄傲。他亲眼看见了雪莹的成长，当然也知道16年前的那个夜晚雪莹的遭遇，所以他更加小心地保护她。他知道雪莹是个不可多得的舞蹈天才。

雪莹平静了以后缓缓转过身来说："团长，我确实是有点累了，最近总觉得腰和腿不得劲。"团长金这时才注意到雪莹今天穿着和装束的随便，还有略显出的懒散。雪莹往日来上班都是打扮得干净利落，脸上施一点淡妆，为了练功方便，一头黑发总是梳得平平的，在脑后紧紧地绾一个发髻。今天的雪莹穿了一身雪白的运动便装，头发松松地披下来，用一条手绢扎住，从脖子一侧绕过来斜搭到肩上，与往日不是一种风格，却也是美丽无比。

团长金叹了一声说："这样吧，给你两天假，在家休息一下，后天必须来上班。"

雪莹正要答话，电话铃响了。她一边走到电话桌旁接电话一边说：“团长，你真的再考虑一个 A 角人选吧，把我换下来，要不让 B 角小米上。你的电话。”

团长金拿过话筒说：“雪莹，我不想再说什么了，你再好好想想。这是咱们团第一部大舞剧，我是为了你，为艺术。”

雪莹觉得自己几乎就要被团长金说动了。她忙指指话筒示意团长金接电话，又说了一句“团长，我都 34 了”，就觉得喉咙哽，一转身冲出办公室。在门口和匆匆进来的男人乔擦肩而过。男人乔一把拽住雪莹的手腕说：“雪莹，都等你呢。咦？你脸色这么不好，病了吗？”

男人乔的手温热有力。雪莹无端地在心里生出一阵激动，苍白的脸上也突然地有了血色。做舞蹈演员的，排练和演出时互相的触摸不计其数，可在平时雪莹还从来没让男人这么碰过。她微微挣了挣，男人乔松了手，可一双睿智有神的眼睛还热热地盯住她，根本不避团长金的目光。

雪莹有点慌乱，她低下眼睛说：“乔老师，我不上了。”她转过身接着说：“我不上了，我和团长请了病假。”

惊愕不已的男人乔不由自主地向雪莹追了两步，又突然走回来问团长金：“这怎么了，团长？”

“排群舞！”团长金放下电话喊了一声，“先排群舞！”

男人乔吓了一跳。但他仍是不解。他望着雪莹的背影，心里弄不明白为什么今天见了雪莹是这样激动不已。暗恋着雪莹的男人乔实实在在地感到换了装束的雪莹与往日的不同。矛盾着的雪莹因为受了来自同事和家庭的两种打击，所以今天来找团长时目光中少了些忧郁和冷漠，多了点让人顿生怜爱的软弱和柔顺。她像 16 年前那个夜晚一样的孤立无助。在这个略带凉意的初秋的早晨，雪莹表现出了 16 年来最具女人魅力的一刻。这一切，都被暗恋着她的男人乔实实在在地感觉到了，也更加坚定了他苦爱雪莹的决心。

忧郁的雪莹这次显得很任性。她并没像团长金说的那样在三天后去上班，而是闭门谢客，连早晚功也不去练了。清白的雪莹不能接受也不能容忍演员兰泼向她的肮脏的污水，而她又从来不会吵架，所以这种抱病便成了她唯一的反抗方式。至于小她一岁的演员马，雪莹只是拿他当兄弟一般。演员马虽自身条件极好，小伙子长得也帅气，但雪莹早就看出他天赋有限，艺术感觉并不良好。雪莹凭直感认定他不会再有大的发展。而且《人参姑娘》的男 A 角由于他的领衔多少也会有些令舞剧减色。只是团里再找不出比他更好的，这是没有办法的事。雪莹也曾为男人乔穷尽心血的舞剧没有一个好男 A 角而暗自叹息过。她为男人乔遗憾，也为艺术遗憾。这只有她自己心里清楚。漂亮而浅薄的演员兰当然不会知道。

三天来团里发生了许多事。舞剧演期日渐逼近，而全国独舞、双人舞大赛的赛期在即。舞剧因雪莹的抱病已经停排两天，"独双三"已经立出的几个节目令团长金大失所望。男人乔为舞剧已经呕心沥血，难以再顾到独、双、三人舞。团长金一筹莫展，狠狠地剋了演员兰一顿。盛怒之下的演员马当着团长金的面抽了演员兰一记耳光，演员兰从此不依不饶，声言只要演员马再和雪莹一同演出她就去跳南湖……

舞台上英俊伟岸的青年猎手和美丽纯洁的人参姑娘就这样

让演员兰给逼散了。

艺术办公室主任兼演员队长男人乔沉默了。

团长金甚至想到了辞职。

朱然然居然一请就请到了雪莹。

这也是雪莹的与众不同之处。雪莹更看重的是演员兰对她的伤害，所以团长金两次来请她上班她坚决不让步。而对丈夫刘的不忠，她只是度过了最初的生理上的厌恶，然后就渐渐平静下来，对这件事的本身倒是有些漫不经心。

因为雪莹并不爱她的丈夫。

16 年前那个夜晚的故事虽不能说是雪莹嫁给丈夫刘的直接原因，却给了丈夫刘娶到雪莹的绝好机会。当时的结合既合理又残酷，令人扼腕不已。

但合理和残酷都不能变成爱。

不爱丈夫的雪莹对丈夫刘的风流事自然不太看重，只是对男女之事更加冷漠与厌恶。

稍作打扮的时候雪莹有点后悔。她有点后悔一赌气就答应了朱然然。这算什么事？

朱然然在电话里说得很诚恳。"雪莹姐，"她很亲切地叫了一声。"我向你道歉。"她说，"我知道你一个礼拜没出门。我必须和你说几句话。"朱然然把"必须"说得很重。雪莹绝没有想到朱然然在经过了那个夜晚的事件的变故之后居然还能给她来电话。她握着话筒一时无语。

"雪莹姐，我知道你看不起我。"朱然然又说，"你可以不和我说话，可我求你千万出来一下，我有话和你说。你不来我就等你一夜。"

"算了，你不必等一夜。"雪莹冷冷地说，"我可以去一趟。这里有你的一个皮包，里面有些票据，还有化妆品。本想给你扔了，又觉得挺可惜。我给你送去，我也有话，见面再说吧。"

天擦黑的时候，雪莹出了歌舞团宿舍那老旧不堪的楼。去年丈夫刘看好了一处商品房，3室1厅，要价12万。雪莹听后惊得不行。"12万？你买得起吗？"

丈夫刘眨了眨小眼睛，笑着说："当然买得起，要不我说它干吗？"雪莹这才问丈夫刘："你到底挣了多少钱啊？"丈夫刘得意地反问她："你这个老板娘光知道跳舞，你什么时候关心过钱呢？"

"不是，我是说你差不多就行了。连房子都买得起了，还挣什么？"雪莹一脸的天真。

丈夫刘也很认真地盯着雪莹。他想说：你的那些衣服、首饰、化妆品，这满屋子的高档精品，还有你那每天像女皇一样的饮食，离得了钱么？钱少了行吗？

可是他没有说。他只是叹了一声说："算了雪莹，我不跟你说钱，跟你说钱你不会感兴趣。你就只管用，只管跳你的舞。什么时候你说你跳够了，我再拿钱供你干你愿意干的事。"丈夫刘那天从外边喝过了酒回来，话也比平日说得多，也难得雪莹这么认真地听。所以他说得挺动情，望着雪莹的一双小眼睛也充满深情。

房子到底是没有买。雪莹离不了住了十几年的宿舍楼，最主要的是早晚练功和上班方便。

丈夫刘事事依着雪莹，也就不再劝。

雪莹走出了黑黑的楼道，来到了正是热闹时候的市场小街。这是她一个星期以来第一次出门。出事的第二天中午丈夫刘就负罪而逃，给雪莹留了张条子，说是去郑州进货。细心的丈夫刘没有忘记给雪莹备足了差不多 10 天的食物，装满了家里一大一小两个冰箱。雪莹没有胃口，加上不练功，所以吃得很少。受了欺负的雪莹自己并不知道她在家里静静地待了一个星期后，虽然吃得不多，但因为停了练功，反倒显得胖一点，比原来略显清瘦的她更具气质、更具风采。

繁闹的市场街充满活力，买的与卖的在这个时候形成了一天中最后一个高潮。一个星期没有出门的雪莹由于是去赴那样的一个约会，所以忧郁的心情并没有得到一点缓解。她小心地躲闪着来往的行人，想快些走出市场，却在"美美"发廊前被女人旭叫住了。女人旭原来也是舞蹈演员，后来厌倦了剧团生活，自己出来开了个小发廊，倒也自得其乐，小有财发。女人旭在团里时就和雪莹要好，后来开发廊的资金又是雪莹丈夫刘赞助的，所以和雪莹就更亲。女人旭扔下手里的活儿把雪莹拉进小屋说："雪莹，我没去看你呢，知道你心情不好，看也没用，你自己知道出来走走最好。这下太棒了，你给他们来个罢演，让他们知道你的厉害。前天我看见那个人，要不是别人拉着，我就上去扇她俩嘴巴，真是太欺负人了。"

雪莹知道女人旭在市场滚了两年变得粗俗不堪，早已经没有了舞蹈演员那公主一般的高贵气质和优雅谈吐。她见女人旭越说越不像话了，就拦住女人旭的话头儿说："行了行了，你别把人放那儿不管，快忙你的活儿吧，我出去办点事。"女人旭扔下手里的活儿跑出来送她。雪莹看着女人旭消瘦的双颊和布满细纹的眼角说："怎么样？是不是挺累？"

女人旭叹了一声说："还能怎么样？吃喝玩乐呗。"

"差不多就行了。"雪莹像劝丈夫那样劝了一句，"挣那么多有什么用？别把身体累坏了。"

女人旭笑了："雪莹，你说得轻巧，你们家刘军要不是能挣钱拿什么供你？凭你那几个工资跳舞早把你累趴下了。"

雪莹很认真地说："小旭，我总觉得你改行改得太早了，挺可惜的。这次排《人参姑娘》分角时，那个假参女我一下就想到了你，你跳太合适了。"

"得了吧！还没跳够啊？跳到头儿还不是得改行？"女人旭突然停住脚面对雪莹，也是一脸认真地说："干脆你也出来算了，拉拢几个人咱们一块儿干，你挑头儿。"雪莹吓了一跳，惊讶地问女人旭："干什么？开发廊？"

"什么呀。"女人旭笑着摇头，"我有个想法准行。哎哟哪天再唠吧，我得回去干活儿了，你好好想想。"

雪莹缓缓摇了摇头说："不用想，什么主意也不行，我还得再跳几年。我不像你，我离了舞蹈还能干什么？"

女人旭淡淡一笑说："雪莹啊，我看你是无可救药了，咱俩没法儿对话。算了不说这个。来，吃点水果。"

这时候两个人已经走过了鱼市和水果摊床，来到了市场的尽头。女人旭随便地从一个水果摊上抓了两个香蕉，递给雪莹一个。雪莹没敢接，看看摊主又看看女人旭。女人旭把香蕉塞到雪莹手里说："吃吧。"然后冲着摊主挤了下眼睛。摊主是个小伙子，看上去很文静。他会意地笑了笑说："姐们儿，多拿几个。"

"行了。留着孝敬你老婆吧。"女人旭扔下这句话又冲雪莹挥了挥手，咯咯笑着走了。

雪莹红着脸，在许多男人目光的包围下逃似的离开了市场。她想，人可真是什么样的活法都有，这才两年的工夫，女人旭怎么就变成了这样？好好的一个演员就这么给毁了。女人旭在艺校和雪莹同班，又同年入歌舞团，有几年出类拔萃的程度不在雪莹之下，可就这么完了。雪莹不禁在心里叹了一声。

在歌舞团生活了 16 年的雪莹，被 16 年前那道阴影笼罩着终日忧郁的雪莹，对舞蹈之外的许多事都很冷漠淡然的雪莹，当然对许多事都难以理解。她是一个出色的舞蹈演员，但不是一个思想者。"这是所有优秀的舞蹈演员的弊病。"男人乔在一次讲课时狠狠地说出这句话。"光知道练功不知道思想的演员永远不是个好演员。"他又狠狠地说出这句话。

雪莹记得这是男人乔调来团里第一次讲课说的话。课题是"演员和人物的关系"。男人乔告诫说，演员不是导演的木偶。

说得真对。雪莹不知怎么想起男人乔心里又是一阵无端的紧张。

经过了入夜前这片刻的转移，雪莹暂时忘却了心中的烦恼。等到坐进了出租车，雪莹才记起此行的目的，心里便复归沉静，等待着这次特殊的会面。

朱然然的美丽是与雪莹、与演员兰都不同的一种。她不是很靓，端正的五官没有什么太大的特点，但是仔细端详又挺有韵味，很耐看。两个美丽的女人在一家圆形餐厅的临窗桌前默然对视。雪莹的目光宽容、坦荡，当然也含有一点冷漠。而朱然然的目光也很真诚和恳切。雪莹甚至出了好大一会儿神去琢磨：为什么这种女人也有那么真诚恳切的目光？

这次艰难、别扭的谈话进行了一个多小时。雪莹疲惫不堪却始终保持着冷静和大度。结束的时候雪莹看了看一口未动的酒菜，拿出 200 元钱放到桌上说："钱我付了，你不必争。他做的孽，该让他花钱。"

走出大门外，一阵萧瑟的秋风使雪莹感到凄凉无比，她突然觉得自己老了，很累，也很孤独。也许这就是医学上说的"中年懒惰"吧？该死的丈夫刘还不回来，躲有什么用？时间可以冲淡许多事，但不是一切。雪莹当时就说："准备离婚吧。不管你去哪里，回来就办。"雪莹还很宽容地说了一句："你放心，我决不和你闹，也不要你的财产。只不过要快，我不想再和你生活在一起。我恶心。"

雪莹见到朱然然从另一扇门走了出来，又向停车场走去。雪莹想起刚才的谈话。朱然然只有一句话令人同情，雪莹想。"雪莹姐，"她沙哑着嗓子低声说，"你知道，他是我的老板。"这句令人同情的话使雪莹更加憎恨丈夫刘。如果朱然然不说出谈话结束时那句话，雪莹将保持对她的这一点同情。可是朱然然当时很坦然地说："雪莹姐你放心，我不会和他睡了，他不行，我不习惯。"雪莹虽然对性事所知甚少，却还是听明白了。这就使她同样地憎恶朱然然。亏她说得出口，雪莹想。这无耻的女人。

雪莹很想哭，很想像个真正的女人那样好好地哭一次。没有哪个女人能够像她这样受了如此的打击和刺激之后还努力地压抑自己不做一点的发泄。

雪莹当然也有发泄的方式，那就是练功和演出。大汗淋漓之后仰躺在冰凉的红油地板上，望着大排练场那米黄色的天花板，心中那份舒适和愉悦无与伦比。

可雪莹已经有一个星期没有练功了。她突然觉得自己有点孩子气。《人参姑娘》可以不排，但功总是要练的，34岁的演员不练功还想上台么？

一个多星期没有练功的雪莹经过了突然的晨跑和早功之后，感到有些不适。昨天晚上突发而至的那种慵懒和疲惫感似乎一个上午都在缠绕着她，挥之不去。

下午上班不久，团长金和男人乔在排练场找到了在把竿前压腿的雪莹，男人乔说："昨晚我和团长到你家去你不在。舞剧不能再拖了，你别意气用事。小兰的胡说八道怎么能算数？"

雪莹擦着汗，静静地望着两个喝了点酒的男人。

团长金见雪莹无话，就接着说："上午我俩去厅里开会，厅长还问起你。艺术处王处长还要来找你谈话。我说不用了，歇几天就没事了，误不了演出。他说，那不行，尖子演员嘛，关心不够啊。"

团长金说过后就和男人乔一起盯住雪莹，看雪莹的反应。雪莹见两个男人那样专注地盯着自己，目光中充满关切和期望，不由得心中一阵感动，同时也觉得有点对不起他们。但是经过了一个星期的反思和休整的雪莹，特别是昨天晚上回来后想了半宿心事的雪莹，已经很冷静地想明白了许多事，并且对今后的事情也做出了一些新的决定。雪莹天生善良，很少有攻击性，不善与人争斗，但不是没有个性。对演员兰和朱然然这两个女人，雪莹采取了一种可以宽容但绝不原谅的态度。

胸有成竹的雪莹准备很坚定地实施自己的新决定。雪莹一边思忖着该怎样说服眼前这两个对自己充满希望的男人，一边微笑着开口道："团长，乔老师，我知道时间紧，我没有时间多想，所以我还是早点把我的想法告诉你们。《人参姑娘》我还是不上了，不过我真的不是冲兰，我犯不上和她那样的人置气。我实在是希望团里多给年轻人一些机会，别把什么事都压在我身上。我最近真觉得累，胳膊腿儿都到份了，也有点发胖，你们看。体力也是不行了，一场舞剧我真不知能不能挺下来。团长，我就快过 35 岁的生日了。"雪莹说到这里停住，这回是她等着看两个男人的反应。

团长金和男人乔对视一眼。团长金见男人乔不开口便说："那《人参姑娘》怎么办？谁演？"

"团长，"雪莹指了指小舞台上还在排练的演员米说，"你认没认真地看过小米的排练？"团长金想了想说："我当然是看你看得多，别的人我不太注意。小乔可能看过吧？"团长金见男人乔点了点头忙问雪莹道："你是说，让小米挑大梁？"

"没错儿！"雪莹启发着两个男人说，"团长，乔老师，你们把我抛开仔细想一想，是不是这样？乔老师你应该心里有数。"

男人乔抱起双臂长舒了口气说："团长，我有点被她说服了。"雪莹接着说："团长，这孩子你也了解，其实各方面条件都不比我差。我 24 岁那年还不如她呢。再说她身材比我细，更适合人参姑娘这个人物。她年轻，体力好，不至于太累。我凭感觉知道她能行。我真愿意她能超过我，这样咱们团大有希望，是不是团长？"

团长金拢了拢稀疏灰白的头发，望着舞台上她的身影沉思了一会儿说："雪莹啊，你真令我感动。我说，你确实不是因为小兰骂你？"

雪莹严肃地说："不是，我不会那么没水平。她侮辱我的人格我不会原谅她，但她的一些话给我一些启发，使我冷静地想了一些问题。我如果觉得小米不行的话，那我拼着命也得演下来，不能给你们出这个主意。可如果小米的效果比我好，为什么不让好的上呢？干咱们这行的，不就是为了艺术活着，个人的荣辱算什么？"

团长金慨叹一声说："艺术现在分文不值了。难得还有你这样的演员，太少了。小乔，下午开艺委会，然后你就安排吧，抓紧搞。"

雪莹望了望男人乔。站在团长金后面的男人乔向她点了点头，目光中竟充满毫不掩饰的爱意。雪莹蓦地一惊，顷刻间便从心底里升起一股柔情。

从此她开始躲避男人乔的目光，但心里又莫名地渴望。她不知自己这是怎么了，16 年来从未经历过的这种感觉越来越多地搅得她心中难以安定。她惶惑了。

男人乔虽然为舞剧倾尽心血，劳累不堪，但还是挤时间为雪莹立了一个 15 分钟的双人舞《两地情》，并从艺术学院即将毕业的学生中选了一个很不错的男孩子给雪莹配舞。不知是艺术的力量还是爱的力量，男人乔对自己编的《两地情》十分满意，雪莹也觉得相当喜欢，马上投入了排练。

投入了排练的雪莹又如鱼得水。只有在有舞蹈陪伴的日子里她才活得正常。许多人说她"事业心强"，她自己倒不这样想。她认为这起码是用词上的夸张。她只是热爱舞蹈，从心里，从感情深处热爱舞蹈。舞蹈就像是她的恋人、她的情人，须臾不能分离。

这话也是男人乔给她总结出来的。男人乔那天讲课时似乎十分激动，文采飞扬的论述令艺术学院舞蹈系那帮女孩子们听得如痴如醉，不时用掌声打断他。艺术本身就充满了神奇美妙的情感色彩，而这种情感色彩在我们舞蹈中就具有更加迷人的魅力，从而使我们这个艺术门类在辉煌的艺术殿堂里成了最浪漫、最具想象力的一种，所以不要把舞蹈仅仅当成你的事业，你如果不能像热爱你的情人、你的恋人那样热爱舞蹈，你就永远不是一个优秀的演员。

男人乔在一口气说出这个长句子后稍作停顿，然后果断地说："我看我们团只有雪莹初步地具备了这种素质。这种热爱比所谓'事业心'要高出一个档次。当你怀着这种情感去排练和演出时，那么你将不仅是完成一种职业和工作，而是一种生命，生命的体现。我相信别的行当也是如此。"

当时坐在会议室角落里的雪莹听得耳热心跳，羞愧不已。但也正是这番非常准确又充满激情的话令雪莹钦佩无比，对这个刚调来团里一年的男人乔顿生好感。

那次讲课后又一个秋天过去了。濒临绝境的歌舞团在男人乔的影响下开始走向复苏。而在现在这个秋天里，男人乔又把所有的热情都投入了《人参姑娘》和《两地情》中，消瘦的双颊和布满血丝的双眼令人看上去很担心。雪莹不知不觉中暗暗关心起男人乔的健康。她知道39岁的男人乔现在是孤身一人，无人照顾。

日子仍旧像每天一样平常。可是这个秋天里的雪莹的确发生了一点不易被人察觉的变化。连她自己也不知道，她目光中的忧郁少了，美丽的嘴角也不时地有了笑容。

不常笑的雪莹笑起来娇柔无比，更加迷人。

心中爱着雪莹的男人乔，实实在在地感到了雪莹这微小的变化。聪明的、自信的、敏感的男人乔，清楚地知道，如果他继续努力的话，将会使他和雪莹之间的关系产生什么样的结果。当他隐约地从雪莹的目光中捕捉到那种虽然极微小却前所未有的特殊含义时，他有些矛盾，这矛盾使他犹豫。一方面他觉得他有责任去开发这个优秀的女人被压抑了16年的情感世界，让她品尝到真正的、相互燃烧的、相互融化的、刻骨铭心的爱情；一方面他又觉得刘军既已得到法律的承认，那么刘军就有权利让不爱丈夫的雪莹继续这种除了精神其他一切都很富足的生活。

男人乔知道这两种选择对雪莹来说都将是残酷的。如果选择前者，那么他将把16年来冰清玉洁的雪莹带进一个危险的境地；如果选择后者，那么雪莹将继续面对情感的牢笼，继续忧郁，永远都不会成为一个真正的女人。而这种残酷，是在雪莹与刘军结合的那一刻就已经伴随着她了，只不过是一种延续。男人乔还知道，如果他放弃前一种选择，那么34岁的雪莹也许会失去最后的一次机会。没有危险，但也没有激情。那就真的只能是舞蹈这个情人伴随她度过一生。

同样热爱舞蹈，对自己的艺术才能无比自信的男人乔，在这件事上却迟迟得不出一个答案。34岁的雪莹和39岁的男人乔在舞剧和双人舞演期在即的逼迫中，就这样各自受着情感的煎熬。

这个秋天于是变得很丰富，很有色彩。

刘军知道事情已经没有什么转机。雪莹表现出的冷静和坚决使他感到一阵阵的悲哀和绝望，同时也生出一股寒意。平心而论，刘军是个标准的好丈夫，作为妻子的雪莹应该心中有数。刘军只是不明白，难道12年来他对雪莹付出的心血和情意就抵不过这一次偶然的过失么？他为自己这唯一的一次却被雪莹撞见的风流懊悔不已。在郑州的豪华宾馆里，在生意人的酒宴上，在唇枪舌剑的讨价还价中，甚至在飞机上，他都一刻不停地设想回家以后的种种可能。他幻想着雪莹能够原谅他。为了这个女人，即使做牛做马他都没什么说的。这种幻想令他痛苦不堪，生意上的事也弄得一塌糊涂。可他一点都不在意。钱赚多赚少有什么重要？只有雪莹不离开他才是重要的。

可是一切全完了。很简单。

雪莹已经写好了离婚协议书，只等着他签字。东西物品也收拾得齐齐整整。他的，她的，界限分明。"我排练很紧。"雪莹说，

"马上就要进京比赛。咱们没时间多谈。这个双人舞对我很重要，我做了许多大胆的尝试。我想尽量不让这事儿影响我的情绪。"雪莹还从来没有这么认真地和丈夫刘谈起过自己的舞蹈。她觉得和钻在钱堆里的人谈舞蹈感觉不对。虽然刘军最初也是舞美队打灯光的，但终究感觉不对。

雪莹说过后就看丈夫刘的反应。丈夫刘在这早有预料但毕竟是刚刚实际遭到的打击下，已经说不出一句话。他嘴唇颤抖着，眼中禁不住就涌上了点男人的眼泪。他摇着头，又摇着头，不知是想说"不"还是想让雪莹别再往下说。

雪莹毕竟是女人，前些天她面对着朱然然的眼泪都不免有了一点同情，何况对做了12年夫妻的丈夫刘？她把头扭向窗外说："我很感激你这么多年对我的好处。可我知道我不是个好妻子，我很少给你做饭，也不肯给你生孩子。你要做生意赚钱，也很辛苦，你不必守着一个各方面都不能满足你还要你来照顾的女人。分开了，对我们各自都好一些。"

丈夫刘已经是泪水盈眶，几乎就要哭出来。他激动地说："你错了，雪莹，这么多年你还是不了解。我挣钱干什么？我挣钱为了什么？我挣钱还不是为了你？"他见雪莹仍把头向着窗外不看他，不禁提高了声音说："没有了你，我挣钱有什么鬼用？"雪莹转过头说："你吵什么？怕邻居听不见吗？"

丈夫刘软下来说："雪莹，你真的不能原谅这一次么？我从来没觉得你不是个好妻子。就算你对那种事冷淡，不感兴趣，我也从来都尊重你，从不强迫你是不是？可我到底是个男人。"

雪莹没有动摇。雪莹想这根本不是理由。雪莹还想到，由于 16 年前的遭遇使她在 12 年前稀里糊涂地嫁给丈夫刘显得很合理这本身就十分荒唐。她在当时就想过,就算自己会没人"要",可为什么就非得让一个男人"要"?可那毕竟是在 12 年前。人们认为身价一落千丈的雪莹还应该感谢丈夫刘的选择才是。尽管丈夫刘身材瘦小,其貌不扬,在团里是个打灯光的工人。可他能够"要"雪莹仍然很合理。

没有人想到别的。没有人为雪莹想一想。

可是 12 年后的今天人们已经对这种"合理"或"不合理"看得不那么重要。雪莹自己更是通过这次事变激发了 12 年来始终在潜意识里深藏的不甘与疑虑,直到毅然做出新的选择。

雪莹也做过各种努力试图唤起自己的热情,可这全没用。即使丈夫刘后来辞职单干又出人意料地表现出非凡的经商才能,从而赚了大钱再一次弥补了两个人身价的差距,雪莹也仍然是忧郁和冷漠的。

情感和身价实在是两回事。

没有希望了,雪莹想。经过深思熟虑后的雪莹显得非常清醒。"该说的我都说了。"她说。"咱们还是别耽误时间了。"她说。"争取快把手续办了,然后各干各的正事儿吧。"她又说。说完最后这句话她就站起身绕过丈夫刘走到门边。丈夫刘也摇摇晃晃地站起身,又摇摇晃晃地走到窗前望着外面飘零的秋叶。他叉开腿,双手叉腰,头微扬着。身上那套 1400 元的"皮尔卡丹"西装使他那比雪莹矮半个头的身材看上去高大了一些。

"雪莹,"他很低沉地说,"你这么绝情……"

雪莹几乎被他打动,连忙抓起练功包甩在肩上,然后摔门而去。

　　绝望中的刘军做了最后一次努力。他拎了两瓶茅台去找团长金。在团长金家他把事情和盘托出，而后醉得不省人事。真心不想离开雪莹的刘军本想借助团长的威望说服雪莹，可是他万没有想到此举使他又犯了一个错误。因为雪莹曾经警告过他不要告诉任何人，在绝对保密的情况下办好手续使事情既成事实。

　　"过得好好的，离什么婚？"团长金像对孩子说话一样，口气不容辩驳。"别再闹了，好好练你的双人舞，准备去北京参加比赛。"团长金说这话是在歌舞团的大门口。团里的面包车刚送他来上班。深秋的早晨已经有了很多的寒意，一阵阵秋风挟裹着残留在树上的黄叶从人们身边掠过。团长金把头缩在风衣领子里，双手插兜裹紧了风衣，等着远处的雪莹走近他时，他就说出那两句话。

　　走近了团长金的雪莹，听到团长金说出这话，心里虽然一惊但很快就平静下来。她一边在心里恨着丈夫刘一边问道："团长，他和你说了？"

　　"我已经狠剋了他一顿。他不是那种坏男人，你也不必抓住不放非要闹到那一步。影响多不好。算了，别再提这事了啊。"团长金说完最后这句就转身向大门里走。他见雪莹并没有跟上来，就停住脚回身望着雪莹。雪莹站着不动。团长金又走回到她面前说："雪莹，你怎么了？"

　　雪莹说："有什么影响不好？咱们团离了多少对儿了，你管得了吗？"

团长金好像没有料到雪莹会对他说这样的话，他往后退了一步，很认真地看了看雪莹，然后愠怒地说："别的人我管不了，可是你我非管不可！"雪莹也提高了一点声音委屈地说："团长你不公平！我怎么了？我为什么就不能？"

"你？你是省里的尖子演员，领导们的心中都挂了号的。这次厅里给你报了文化系统的'三八'红旗手，省里已经批了，还要考虑你省劳模的人选。你想想，这个时候你闹离婚，像个什么话？"团长金没有想到一向温和的雪莹竟会这么不听劝，情急之下把不该透露的消息也说了出来。

雪莹想：这不是我闹，是你在闹啊。可她没有说。她一向很尊重团长金，所以她没有说。我为什么要闹呢？她想。我想心平气和地分手，安安静静地离婚，这完全是我自己的事，实在不用别人来操心。12年前好心的人们已经帮了我一把，为我安排了一种合理的命运，使我即使在16年前那个夜晚留下的阴影的笼罩下仍然能为人妻。可是有时候好心并不一定能做好事。12年来平平淡淡的，有恩无爱的生活已经证明了这一点。如果说16年前的悲惨遭遇是一道阴影的话，那么12年前开始的这种"等价合理"的组合就不是一种阴影么？我既然可以抹去和忘掉16年前的那道阴影，那么也就可以抹去现在的这道无形的阴影。在阴影下生活的女人怎么能是一个真正的女人？

16年来我不是个真正的女人，这多么可怕！

像男人乔说的那样，雪莹不是个"思想者"，可是她在最近的日子里的确想到了一些深刻的问题，使得她能够清醒冷静地面对一些人和事，而不再只是忧郁和冷漠。

35 岁的雪莹真正地成熟起来了。

团长金见雪莹沉思不语，就继续劝导说：“你好好想想是不是这么回事？不要因为一时的冲动影响了你的前途。”

雪莹望着团长金苦笑了一下又摇了摇头。她虽然为自己到底辜负了团长金的一片好心而觉得有点愧疚，但还是很坚决地说：“团长，我不想做尖子演员，我不想当劳模，我不想当‘三八’红旗手，我不想在领导心里挂号，我不想成为人们注意的中心。”

由于排练紧张，索性住到办公室里的男人乔出去买早点回来。当他走近团长金和雪莹身边时恰巧听到了雪莹这几句话。他见团长金和雪莹的神情都很严肃，不由得站住听他们谈话。团长金没有理会男人乔，只是惊讶地盯着雪莹说：“那、那你要做什么？”

“就做个普通的演员，普通的女人。”雪莹说。

男人乔见团长金要发作，忙插进去说：“团长，什么事啊？”

团长金恨恨地挥手说：“问她自己！”然后就转身愤然而去。

男人乔又转回头来看雪莹。美丽的雪莹在对团长金说出这番话后心头如释重负，轻松无比。她实实在在地迎住男人乔的目光，微微地一笑。

这一瞬间无比辉煌！有一些刚来上班的同事虽然看到了这一幕，却无法猜测他们互相对视的目光中的深刻内容。直到后来证实了男人乔和雪莹的恋情，才突然地记起这个落叶飘零的秋日的早晨。

这个早晨寒意逼人，在男人乔和雪莹的眼中却充满浪漫和温情。

雪莹扑倒在地的瞬间心中充满恐惧。她知道从这个时刻起她将越来越难以像原来那样随心所欲地控制自己的身体了。

深蓝色的练功地毯柔软舒适，像海水一样托住她疲惫不堪的身躯。晕眩中的雪莹长舒了一口气，彻底放松了身体，任凭幻觉中的海浪托着她一起一伏地涌动。双腿和腰间的疼痛慢慢减轻了。

《两地情》的乐曲又从遥远的地方缓缓飘来，不离她的耳畔，雪莹想堵住耳朵可手软得毫无力气。我不要。她想。我不要再跳了。让我歇会儿。她想喊可嗓子发干，根本发不出声。快！再快些！再快！怎么搞的？动作不到位，重来！这又是乔的声音，这几天他就只有这几句话。这"法西斯"，他想把人累死，一点儿都不知道心疼人。他训起那男孩来更是可怕。"你是有思想、有感情的演员，不是'活把竿'！你给我听着，这节目叫《两地情》，没有你的配合光要她一个女人有什么情？"

真的，两情相悦才是真正的幸福，雪莹想。这我最有体会了。我做了35年女人，和一个男人相守了12年都没有体会到，却在这短短的一个秋天里体会到了。这样想着，雪莹不禁微笑了一下。从前忧郁的雪莹在35岁这个丰富多彩的秋天里体会到了太多的事情。其实日子仍旧是很平常，可是许多不自觉中的不平常就把雪莹带进了一个个生活中的大小旋涡，也就在不知不觉中改变了从前的雪莹，使雪莹觉得既顺乎情理，又突如其来。她来不及细细地品味，只是惊喜地、忙乱地接受和体会着情感碰撞所带来的折磨和刺激。那种苦思苦恋的滋味，那种痛苦中的幸福充满了无尽的温柔和甜蜜。雪莹想，这只能解释为上帝对她的赏赐。上帝也很公平。上帝终究还是要让她成为一个真正的女人。

幻觉中的涌动慢慢停止了。雪莹干涩的嘴唇碰到了冰凉的水滴。她睁开眼睛，用手支起上半身，看到了围在她身旁的几个人。导演徐近前来扶她，她摇了摇头，抬手拢了拢被汗水粘在脸颊上的散发，不好意思地笑着说："唉！真没用。真是老了。"

男人乔突然弯下腰，双手架起雪莹的胳膊，一用力，把她从地上提了起来。雪莹那患有骨质增生的腿膝在经过了片刻的放松之后，突然吃重又疼痛起来。雪莹不由得"哎哟"一声，几乎跪倒。男人乔说："雪莹，你坚强点，你站好！"他把雪莹靠到把竿上，让她双手扶住把竿，然后严肃地说："雪莹，你得挺住，你必须挺住！你看看在场的这几个人，哪个不比你老？你不能从心理上战胜自己当然觉得老。我设计的动作是难了点，可这一连串的动作是这个双人舞的关键，是内心的展现，是情感的宣泄，是对恋人那种苦苦的思念，是那种刻骨铭心的爱！没有了这些，这个双人舞就毫无意义，你知道吗？"

这是个什么样的男人？这么热烈、这么真情、这么执着？雪莹望着男人乔那被一头长发显得更加消瘦的脸颊出神地想。他像热爱生命一样地热爱艺术，即使对我也毫不留情，甚至有些粗暴。像他的拥抱和他的吻一样，那么热烈突然、那么火辣激情、那么不讲道理地使你在幸福的战栗中投降。而当你在这种粗暴中感受到那一点男人的温柔时，你才能觉得自己是一个真正的女人。

丈夫刘有时候也很温柔，雪莹接着想。可是他的温柔就像平淡的白开水一样，像哄孩子。雪莹很认真地想男人和男人可真是不一样。

走了神的雪莹被男人乔在手背上重重地拍了一下。男人乔说："雪莹，你必须振作起来！咱们团只拿了你这一个双人舞，你不能让大家失望。"

雪莹心里说：乔，我累了，我真的太累了。我爱舞蹈，可我更爱你。我不能跳一辈子舞，我的前半生都给了舞蹈了，我的后半生就都给你吧。我知道对你来说艺术比女人重要，所以我会努力。你和舞蹈，都是我永远的情人。

雪莹就这样思绪翻飞却始终无语，只是痴呆呆地望着男人乔。团长金看着雪莹那被汗水湿透的练功服，不免有些心疼。他挥挥手说："算了，小乔，让雪莹好好歇一歇，明天再看连排怎么样？"

团长金说完领着艺委会的几个成员出了小练功室。录音机也被导演徐拎走了。《两地情》的乐曲终于在房间里消失。没有了音乐的小练功室突然显得非常寂静，淅沥的秋雨声也清晰地从窗外飘了进来。雪莹看着最后一个人带上门锁，长舒了口气，身子一软，就靠在了男人乔的怀里。她头抵着男人乔的肩膀说："乔，对不起啊，我真是有点跳不动了。"

男人乔叹了一声说："这不怪你，是我太着急了。我是想让《两地情》的成功系数大一些。你想没想过，'独、双、三'的大赛好几年才有一次，这可能是你最后一次机会了。"

雪莹使劲摇摇头，把头贴在男人乔的胸前："你别说了，乔，什么都别说，让我就这么静静地靠一会儿，什么都不想，抱紧我。"

男人乔看着这个从前是那么忧郁冷漠、此刻却这么柔弱无比地依偎在自己怀里的女人，心中升起万般柔情。他双臂用力，像要把雪莹融化在自己体内那样抱紧了她。

"哟，你轻点！"雪莹叫了一声。

男人乔看了看紧闭着的门，拍了拍雪莹的后背说："别让谁来了撞见。来，我给你按摩一下腰和腿。"雪莹摇摇头说："不用，让我再靠一会儿，别说话。啊，真舒服。"

被雪莹的情绪感染了的男人乔轻轻抚摸着雪莹。雪莹在男人乔的爱抚中感到了一阵阵的兴奋和激动，她双颊发热，身体也微微地战栗起来。这种战栗使她记起了她与这个男人共同度过的那个里程碑一样的夜晚，还有后来那几次充满新奇、充满神秘、充满温馨浪漫的美妙时光。对性爱原本就十分漠然冷淡的雪莹自从在自己家里遭遇了丈夫刘和朱然然并有了那次痛苦的呕吐之后，对这种事就更为反感。所以在那个最重要的夜晚里，雪莹就是这样战栗着，在茫然、惶惑和惧怕中被男人乔引领着一点点走向那个生命的里程碑。当然，在这漫长、困难的过程中，雪莹也真切地感到了男人乔与丈夫刘截然不同的对女人的温存和爱护。雪莹在最初的关头依然推拒着男人乔那结实有力的身体说："乔，你非要这样么？难道男人都要这样么？乔，你不要破坏了我们的幸福。"

男人乔盯视着雪莹的双眼，深情地说："雪莹，你不是要做个真正的女人么？你会更幸福的，相信我。"

男人乔的抚爱令雪莹娇羞无比。一种 12 年来从未体验过的感觉渐渐涌遍全身。当那个神圣的时刻终于来临时，雪莹停止了战栗，她几乎是带着一种牺牲感接受了男人乔。然而她的这种彻底的放松恰好帮助她自己在这一瞬间点燃了性爱之火。16年前那个夜晚的悲惨遭遇以及12年中她对丈夫刘的敷衍都不能使她真正地了解男人。她来不及回忆，来不及判断这种区别，便像初为人妇的女人那样轻轻地惊呼一声，然后就被随之而来的那股巨大情潮给淹没了……

上帝终于弥补了一个过失。

当时的雪莹并不知道这个夜晚中的这个时刻对她的生命来说是多么重要。只是在后来的逐渐从容的结合中才慢慢地体会到只有当情感成为性爱的基础时才会使性爱发生那么深刻不同的变化。16年前那个陌生凶恶的男人强加给她的身体和心理上的伤害将随着这种变化成为十分遥远的过去，终至渺无。

雪莹对自己恢复了自信，内心充实极了。

时间是傍晚。窗外还是秋雨绵绵。屋里没有开灯。沉浸在幸福和温情中的雪莹与男人乔没有听到用钥匙开锁的声音。雪莹在这声音的同时仰起头说："送我回家吧。"

男人乔还没有说话就听到了开门的声音。两个人刚来得及把身体分开就看到了站在门边的演员兰。演员兰一手拎着练功包，一手提着个小录音机。看到了屋里俩人的演员兰惊得一愣，忙低下头说："对不起，我以为你们走了。我、我过会儿再来啊。"演员兰说着慌慌张张地要走。男人乔这才记起这些天演员兰每天晚上把自己关在小练功房里练功。他忙招呼演员兰说："你练吧，我和雪莹这就走。"

演员兰放下东西，开亮了壁灯，又冲着雪莹友好地微笑了一下。雪莹有些惊奇地发现，这个秋天里演员兰也发生了很明显的变化。她人几乎瘦了一圈，可仍是丰腴匀称。原来的披肩长发剪短了，大眼睛更加黑而明亮。暗黄的壁灯下，楚楚动人的演员兰一扫往日的懒散和随便，显得很有精神。

雪莹自从被演员兰骂过之后一直没有和她说话。现在雪莹也到底没有笑出来，只向她点了点头便和男人乔一起出了小练功房。

绵绵的秋雨中还有一个男人在宿舍楼的门前等着雪莹。这个人的怀中抱着一个花了 200 元定做的生日蛋糕。蛋糕的一圈围着 35 个粉色的小桃子，中间则是 12 个相互环套着的蓝色的圆圈。

蛋糕的样式是朱然然设计的，取自一首流行歌的歌名——《蓝色的回忆》。整个一个秋天里，这个男人颓唐绝望，醉生梦死，挥霍无度，生意上几乎破产。还因为赌博被公安局抓去拘留了一次。要不是朱然然，他恐怕活不到冬天。

这个秋雨绵绵的夜晚是这个人 12 年来第一次没有在雪莹生日这一天为她做晚饭。

以后也不会再有了。

自信的男人乔没有料到会是这个结果。虽然他对《两地情》还有几处不太满意，但估计通过初选是没有问题的，还来得及再加工。可是录像带一送到北京，评委会就回了电话，双人舞《两地情》初评落选。就是说没有了进京复赛的资格。

男人乔和雪莹在全国舞蹈界都是小有名气的人物，评委会对他们没有拿出更好的节目表示非常遗憾。评委中有一位男人乔的同学还特意打了个电话说，可以宽限他们一些时间再补报一个节目。

"没有这个可能了。"男人乔苦笑着谢了老同学。他挂断了电话，仰天长叹了一声。雪莹却只有伤心流泪的份儿。她恨自己不争气，她的"二度创作"没有更好地表现男人乔的创作意图。男人乔安慰她说："这不能怪你，你已经尽力了。"

所有人都失望的时候奇迹出现了。演员兰要求团艺委会审查她自己立的节目——独舞《大寒》。

14分钟的《大寒》充满了浓郁的北方农村的特色。一个头戴花巾、身穿素袄的农家姑娘在碾坊里推碾拉磨。碾坊外是飘飞的瑞雪。不时传来的爆竹声告知着年关的将近。近景是两株果树和庄稼院，院里是两座贴着倒"福"字的粮囤。天幕上打出的远景则是被白雪覆盖着的纵横阡陌的土地——丰收的喜悦、姑娘对新生活的渴望、古老陈旧的碾坊对姑娘的束缚、沉重的碾磙对人的无形的压迫、姑娘努力地想冲出循环往复的碾道，象征着她终将打破这"小寒大寒又一年"的陈旧的日子。

雪莹被感动了。男人乔被感动了。几乎全团人都被感动了。在艺术面前，雪莹再一次表现出她那善良、宽容的天性。她眼含热泪摇着演员兰的手说："小兰，祝贺你，太成功了。"

男人乔在《大寒》的基础上又做了些加工，突出了主题。然后团里以最快的速度制景、配器、合成、录像，最后把录像带送到北京。

下第一场冬雪的这天雪莹起得晚了点。她拉开窗帘见到了铺在市场街上的那层薄薄的新雪，不禁轻呼了一声。虽然秋天还没有去尽，但见到新雪总让人觉得凄凉、飘落、零乱的感觉消失了。冬天虽然寒冷，却很安定、很洁净。雪莹很喜欢冬天。

看看表，早已过了练早功的时间。她伸了个懒腰，又打开窗子活动了一下身子，心想：可真是越来越不长进了。《人参姑娘》没有角色，双人舞又落选，本来除了练功没有事做，可仍然觉得疲惫。难道35岁真是人生一坎么？她拿过录像机上放着的那盒《两地情》的录像带在手里摆弄着，心里回忆着自己在这个双人舞中的不很成功的表演，不禁暗叹一声。作为一个职业演员，她知道从这个冬天开始，舞台生活将渐渐地离她而去，无可挽留。但是作为雪莹，她又总有些不甘。也许，真的是该认真地想一想女人旭的计划了。

安分守己，平平静静地生活了16年的雪莹，虽然在这个短短的秋天里接受了许多的变化，但要让她像女人旭那样地辞去公职，完全靠自己的力量去创办一所私立舞蹈学校，她毕竟还很犹豫，也没这么大勇气。这是和与丈夫刘分手、与男人乔结合以及让出舞剧主角等都不同的另一种重大抉择。

然而女人旭的计划又实在是太诱人了。

想到这个，雪莹有些兴奋。她想起女人旭的话。"事儿都是人干的，"女人旭说，"舞跳不动了，总得干点别的。35岁不正是干事儿的时候？"雪莹想想这话也的确有道理。她草草吃了早饭，准备到团里看看，然后就去找女人旭。可没等她换好衣服，女人旭就来敲她的门了。

薄薄的新雪在秋日的阳光中开始融化。出租车拉着雪莹和女人旭在宽阔的长街上飞跑。女人旭在车里兴奋地向雪莹报告了这些天她为办校奔波的结果。"烧香拜佛，各个衙门的手续差不多都齐啦。"女人旭最后说，"我早就跟你说过，什么也不用你操心，你就等着当你的副校长，好好教学生就得了。怎么样？还有什么犹豫的？你看！"女人旭说着从兜里拿出一张大宣纸展开，上面写着几个大字：北方舞蹈学校。"是求咱们省画院的院长写的呢。"女人旭很得意，"他还给咱们画了一大幅国画，准备开学典礼那天送给咱们。那老头真有意思，他说我孙女就最爱舞蹈，我第一个送她报名。"

雪莹笑笑没有作声，这以后当女人旭领着她看了租来的100多平方米的两间大屋子又喋喋不休地叙述着计划的细节时，她一直都没有作声。只是在最后女人旭再一次问她的态度时，她才很钦佩地说："旭，你真行，你真能干。可是钱呢？钱从哪来的？"女人旭拍了下手笑着说："哎哟我的大公主，你终于也关心起钱来了。你不用担心，我这两年挣的几万全投进去，开办费够了。以后就可以挣钱了不是吗？对了，刘军那天在银行碰到我说钱由他出。我想不管怎么说这是你俩的事，我做不了主。你说吧。"

"不要。"雪莹脱口而出。"哈！这么说你同意了？"

雪莹说："我还真让你说动心了。不过我还得和团里商量一下，这不是个小事。"她没好意思提男人乔。她当然还得问问他的意见。

雪莹回到团里的时候，男人乔正在团长金的办公室发火。艺委会的几个人还有演员兰都在。北京来电话说独舞《大寒》得了创作二等奖、表演一等奖。并且和其他获奖节目一起组成了一台晚会在北京公演，催演员兰和有关人员迅速赴京。但是，评委们考虑到《大寒》过于沉重和压抑，所以把独舞的题名改为《雪花飘》。

"俗不可耐！"男人乔愤怒地拍着桌子说，"如果不叫《大寒》，这个独舞就从根本上失去了意义。简直是岂有此理！为什么不征求我们同意就把名改了？团长，你应该再打电话给评委会，说我们坚决不同意首演的现场直播用《雪花飘》这个名，如果不改回来，我们宁可不上！"

团长金说："你冷静点，这都是气话。得了奖毕竟是好事。"

男人乔仰天长叹说："对艺术如此不负责任，我无话可说。小兰，你自己的意见呢？"

文化不高的演员兰当然不会有更好的主意。她是偶然在展览馆里看画展时突发灵感想起创作这个独舞的。那是一幅国画，上面画着在碾坊推碾的姑娘，画的题名就叫《大寒》。

雪莹没有在男人乔心情不好的时候和他谈自己的事。看看天近中午，雪莹便和男人乔一起回了自己的家。雪莹不太会劝慰人，只是做了几样小菜给男人乔下酒。男人乔默默喝了几口酒，突然抬起头凝视着雪莹说："雪莹，我是不是活得太认真了？"

雪莹没有答话，只是默默地给男人乔的杯子里斟满酒。男人乔望着窗外说："过了这个秋天，我就40了。《两地情》我本以为能有反响，可还是落选了。《人参姑娘》又迟迟不能公演，谁看了都得提点意见，改乱套了。没有人尊重艺术。"

雪莹抓起男人乔的一只手抚摸着说："乔，你怎么这么伤感？"男人乔不说话，只是一口接一口地喝酒。雪莹突然说："乔，咱们结婚吧，我给你生个孩子。"

带了几分醉意的男人乔愣愣地看着雪莹说："孩子？就是说奶瓶、尿布？你和我，咱们都得告别舞蹈吗？"雪莹很认真说："乔，干咱这行的，总不能干一辈子。成了家，不影响你做导演，也不影响你编舞。我呢，也想好了，我可以停薪留职，和旭一起办个舞蹈学校。教出几个好学生，既对社会有点贡献，又能有一定收入，可以保证生活。"

雪莹说完就注意地看男人乔的反应。男人乔沉思良久，叹了一声说："雪莹，我没想到你，你突然变得这样实际。你原来是那么热爱舞蹈。"

雪莹说："我仍然热爱舞蹈，可我得正视现实。我自己是跳不了几年了，把我的东西传到学生身上，不也是一种延续吗？"

男人乔说："雪莹，我实在是没有准备。"他停顿了下说，"我觉得你有点儿变了。"

雪莹没有作声，等男人乔往下说。男人乔就说："我不反对你办舞蹈学校，我也相信你的能力。可我总觉得你就这样离开舞台有些可惜。即使过两年不能跳了，也要搞编导。我曾和北京舞蹈学院的同学说过，送你去大专班进修。"

雪莹拿过男人乔的酒杯呷了一口酒，思忖了一下说："乔，咱们的想法有点儿分歧。我想我的优势在表演。再说将来办歌舞团的出路究竟怎么样也很难说。靠咱们的这点儿工资怎么养家？你想过没有？"

男人乔努力地睁大了有些发红的眼睛看着雪莹。他不明白一向生活在象牙之塔中的雪莹怎么突然会提出这么既简单又实际但又很尖锐的问题。他有些激动地拍了下桌子说："什么出路？我不信艺术最终会落到那步田地！我不信政府会放弃艺术，会不管我们！"雪莹暗叹一声，笑了笑说："乔，你有点喝多了，咱们先不谈这个吧。其实我和你的心情是一样的。但我记得你说过的一句话：艺术是永恒的，可人是有限的。这么多年了，我才认识到自己是个女人，我得抓紧时间。我想有个像样的家，有个好丈夫，有个孩子。""你已经是个真正的女人了，为什么一定要生孩子？"

雪莹松开了握着男人乔的手。她也沉思良久，然后缓慢但是坚决地摇了摇头说："乔，这不一样。我必须生个孩子，哪怕剖腹产。咱们的孩子将是个十分优秀的后代。乔，我说过，你和舞蹈，都是我永远的情人。"雪莹见男人乔低着头，就伸出双手托起他的脸凝视着他，目光中充满期待，也充满柔情。"乔，"她轻轻叫着，"我爱你。你听着，男人的归宿是事业，可女人的归宿是男人。"

困惑着的男人乔没有给雪莹一个明确的答案。虽然他内心里觉得面对雪莹的这种目光他应该毫不犹豫地答应她，可他终究是没能给她一个明确的答案。他对这个被他唤醒又变化了的美丽、优秀的女人多少有一点失望。他不想做骑士。

《人参姑娘》终于获准公演。首场演出的这天下了第二场冬雪。第二场冬雪下得极其壮观，大雪片铺天盖地，飞扬飘洒，打得人睁不开眼睛。所有的车辆都小心翼翼地行驶。

这样的天气，文化中心的大剧场里却是座无虚席。歌舞团每一个人都受了感动，非常兴奋。演出准时开始了。

却不见了刚被提拔为副团长的男人乔，也不见了雪莹和女人旭。演员兰还在北京。

日子仍旧是像每天一样平常，只是各人都在忙着各人的事。虽然他们心里也都挂念着团里第一部舞剧的公演，但毕竟各人有各人的事。陈旧平常的日子每天都有新的故事。

只有朱然然一个人独立在大门外的台阶上。她在等雪莹。她要告诉雪莹关于刘军的一些消息。